소수자의 시 읽기

소수자의 시 읽기

초판발행일 | 2023년 11월 27일

지은이 | 황정산
펴낸곳 | 도서출판 황금알
펴낸이 | 金永馥

주간 | 김영탁
편집실장 | 조경숙
인쇄제작 | 칼라박스
주소 | 03088 서울시 종로구 이화장2길 29-3, 104호(동숭동)
전화 | 02) 2275-9171
팩스 | 02) 2275-9172
이메일 | tibet21@hanmail.net
홈페이지 | http://goldegg21.com
출판등록 | 2003년 03월 26일 (제300-2003-230호)

값은 뒤표지에 있습니다.

ISBN 979-11-6815-064-5-03810

*이 도서는 한국출판문화산업진흥원의 '2023년 우수출판콘텐츠 제작 지원' 사업 선정작입니다.

소수자의 시 읽기

황정산 평론집

Reading Poetry of Minority

황금알

서문

시인의 윤리와 소수자로서의 시인

시인의 행실이 조금 불량하거나 시인이 비도덕적인 행동을 보일 때 가차 없이 "시인이라는 작자가 그렇게 살아서 되겠어." 이렇게 사람들은 나무란다. 반대로 시인이 너무 반듯하고 모범적이어도 "당신 시인 맞어? 그래서 시를 쓰겠어?"라고 빈정댄다.

이렇게 사람들은 시인들에 대해 모순되는 생각을 가지고 있다. 비도덕적인 시인을 욕하다가 착한 시인을 보면 시인이 너무 반듯하다고 또 뭐라 한다. 하지만 시인을 폄훼하거나 시인을 옥죄는 이런 말도 안 되는 지적에 사실은 진실이 있지 않을까 생각해 본다.

일단 시인은 윤리나 도덕으로부터 자유로울 수 없다. 아니 시인이기에 더 높은 정도의 윤리나 도덕을 요구받기도 한다. 하지만 시인에게 요구되는 윤리나 도덕은 좀 특별한 것이다. 그것이 무엇인지 생각해 보자.

먼저 우리 시인들이 왜 시를 쓰는가 생각해 볼 필요가 있다. 단지 시인으로 행세하기 위해서, 시로 유명해지기 위해서는 아닐 것이다. 새로운 것을 만들어 낸다는 창조의 기쁨이 우리 시인들로 하여금 시를 쓰게 만든다. 그런데 언어를 통해 새로운 것을 만들어 낸다는 것은 또 무슨 의미가 있을까? 새로운 언어를 만든다는 것은 기존의 언어에 의해 말해져 왔던 세상과 삶을 새롭게 다시 본다는 것을 의미한다. 다시 말해 언어를 통한 삶의 성찰이 시를 쓰는 중요한 의미이기도 하다는 것이다.

이렇게 보았을 때 시인의 윤리성이라는 것은 삶에 대한 성찰이라는 아주 막연하고 광범위한 것이다. 시인에게 도덕성을 요구하는 것은 바로 그런 차원에서이다. 시를 통해 삶과 세상에 대한 성찰을 보여주는 시인이 그에 부합하는 행동을 하면서 살아야 한다는 것이다. 결코 틀린 이야기는 아니다.

그런데 또 한편으로 사람들은 모범적인 시인을 폄훼한다. 다시 말해 시인은 좀 삐딱해야 한다는 것이다. 그건 왜 그럴까? 시인에게 삐딱한 불량함은 소중한 것이다. 그것으로 시인들은 세상을 견디고 또 다른 불량한 인간들과 소통을 한다. 그래서 그 불량함이 건전한 세상과 굳건한 정신에 흠집을 내고 착한 사람들을 뒤흔들 수 있으리라 믿는다. 그래서 지킬 것은 지키며 착하게 살라는 모든 권력의 강요를 조금이라도 벗어나거나 피할 수 있게 만든다고 생각한다. 시를 쓰는 시인들은 이 불량함이 세상에 불온한 공기를 퍼뜨리고 있다는 즐거움에 젖어 있다. 이렇게 불량함을 전파하는 것이 시인의 소명이고 운명이다.

이렇게 보았을 때 시인은 아이러니한 존재이다. 쉽게 말해 불량함이 윤리가 되는 존재이다. 세상의 가치에 반하고 질서에 순응하지 않으며 권력이 쳐 놓은 질서를 애써 거부하는 불량함을 통해 삶과 세상을 성찰하는 윤리를 실천한다. 비윤리 또는 탈윤리가 윤리가 되는 것이다.

그러므로 기존의 가치에 순응하고 규범화된 윤리를 맹종하는 시인은 비윤리적이라 단언할 수 있다. 더러 그러한 시인들이, 기존의 가치관에 안주하며 위안을 느끼는 대중들의 사랑을 받거나 권력의 시혜를 얻어 안락한 삶을 보장받을 수 있을지는 몰라도 규범의 강요에 신음하고 있을 많은 사람들의 고통과 속박을 외면하고 있다는 점에서 그들은 비윤리적이고 반도덕적이라 할 수 있다.

종교적 교의를 설파하고 정치적 이념을 선전하여 사람들에게 꿈을 갖게 하는 것은 시인의 윤리가 아니다. 그것은 시인이 갖지 못한 또는 시인이 이미 버리고자 한 권력의 역할이다. 시가 권력에 복무할 때 시인은 타락한다. 시인이 아무리 숭고한 종교적 교의나 정의로운 정치적 이념을 전파하더라도 그때 시인은 자유로운 영혼이 아니라 권력의 입이 된다. 시인은 권력들이 만들어 놓은 질서에 불량하게 대들고, 그 억압에서 벗어나고자 하는 인간들의 꿈을 대신하는 사람이다. 시는 자유의 다른 말이다. 때문에, 어떤 것으로부터도 자유롭지 못한 시와 시인은 비윤리적이다.

이런 자유와 윤리를 실천하기 위해 시인은 소수자여야 한다. 시인은 사회적 기득권의 혜택과 지배적 가치관으로부터 자유로워야 한다. 그래야 사회가 각종 지배 권력을 통해 요구하는 억압으로부터 벗어날 수 있다. 그리고 지금 여기 너머에 있는 것에 대해 상상할 수 있다. 이 책의 제목인 '소수자의 시 읽기'는 이런 의미에서 붙여졌다.

사실 '소수자의 시 읽기'는 모호성을 가진 비문이다. 세 가지의 다른 의미가 있기 때문이다. 하나는 소수자의 언어인 시를 읽는다는 뜻이고, 또 하나는 시인 중 소수자 시인의 시를 읽는다는 뜻이다. 마지막으로 소수자로서 필자인 내가 시를 읽는다는 뜻을 가지기도 한다. 이 책의 제목 '소수자의 시 읽기'라는 말은 이 세 가지 의미를 모두 포괄한다.

이 책에서 다루는 시인들은 모두 아직 문단에 이름이 크게 알려진 시인들이 아니다. 아직 활동이 미미한 신진 그룹에 속해 있거나, 오래 시를 써 왔음에도 숨어서 활동해 온 시인들이다(물론 이들 중에는 이미 대세 시인으로 자리잡은 경우도 더러 있다.). 나는 대세에서 벗어나 마이너로 활동하고 있는 이 시인들의 시에 우리 시의 미래가 있다고 생각한다. 새로움은 그들에게서 나올 수 있기 때문이다. 그리고 그런 시인들을 다루고 그들에 대해 글을 쓰고 있는 나 역시 소수자일 수밖에 없다.

2001년에 『주변에서 글쓰기』라는 평론집을 낸 이후 실로 22년 만에 평론집을 낸다. 책을 내지 않고 숨어서 글을 쓰는 소수자 평론가로 남고 싶었으나 쓴 글들이 흩어져 사라지기 전에 모아두는 것도 나쁘지 않다는 생각에 이 평론집을 묶어 내기로 마음먹었다. 출판을 위해 물심양면으로 노력해 준 황금알출판사의 주필 김영탁 시인에게 감사드린다.

차 례

제2부 소수자의 시 쓰기

제3부 시가 있는 단상들

제1부
소수자의 시 읽기

1. 시인은 무엇을?

— 김경성, 사윤수, 송승언 시인의 시들

들어가며

시인은 사람들에게 희망을 선사하는 사람이 아니다. 희망을 주기 위해 사람들에게 장밋빛 미래를 보여주고 그것을 통해 사람들이 자신들을 따르게 하는 것은 시인들의 역할이 아니라 정치가의 역할이다. 하지만 이런 희망이 크게 실현된 적은 별로 없다. 대부분의 정치인들은 이 희망을 이념이나 이데올로기로 만들어 자신들의 권력을 공고히 하는 데 이용할 뿐이다.

시인은 위안을 주는 사람도 아니다. 사람들의 정신적 상처를 위로하고 사라진 삶의 지표를 새롭게 세워주는 역할은 시인이 아니라 종교인이나 때로 '국민 멘토'라 일컬어지기도 하는 몇몇 도덕군자들의 몫이다. 이들 역시 현실적인 삶의 고통과 사회적인 모순에서 오는 인간 간의 갈등을 해결할 수는 없다. 단지 이 모든 문제를 개인의 차원에서 잠시 잊게 만들어 줄 뿐이다.

시인은 또한 쾌락과 오락을 제공하는 사람이 아니다. 그런 것들은 TV만 켜면 쏟아지는 대중문화에서 훨씬 많이 또 자극적인 형태로 제공해 준다. 하지만 그것으로 진정한 즐거움을 느끼는 사람은 그리 많지 않다. 쾌락과 오락은 현실의 고통을 잊게 만들고 결국 우리를 거기에 길들여지도록 할 뿐이다.

그렇다면 과연 시인은 뭐 하는 사람들이고 시는 도대체 무엇에 소용되는 것일까? 여기에 다룰 신진 시인들이 이 점에 대답해 준다. 그만큼 이들의 시는 진지하다는 말이기도 하고 이들의 시가 보여준 언어사용과 시적 주제가 탄탄하고 깊이가 있다는 말이기도 할 것이다.

1. 오래된 것들에 대하여

김경성의 시는 한 마디로 속도에 대한 저항이다. 지금 우리가 사는 시대는 속도가 지배하고 있다. 하루가 다르게 변하는 유행과 하루가 멀다고 쏟아져 나오는 새로운 상품, 이런 변하는 세상에서 오래된 것들은 낡은 것이 되고 사라지고 무시되어야 할 것이 되고 만다. 오죽 하면 "변해야 산다."라는 말까지 나오겠는가? 하지만 잠시 뒤로 물러서 누구를 위한 변화를 해야 하는가를 생각해 볼 필요가 있다. 김경성의 시는 바로 이런 질문을 던져준다.

> 백 년이 넘는 시간이 폭설에 무너졌다 생살이 찢기어지고 뼈마디가 툭툭 부러졌다
>
> 중심을 잡아주는 뿌리는 지층 속의 기운을 받아들였던 곳
> 우지끈 부러질 때, 울음의 파문은 바깥으로 넘어가지 못하고 거북이 등 같은 껍데기를 뒤집어쓰고 있다

…(중략)…

상처에 고여있는 나무의 울음이 출렁이고
내 안에서 자라는 울음의 나무는 숲이 되어서
심하게 흔들린다

―「울음의 바깥」 부분

시인은 태풍에 부러진 나뭇가지를 보고 아픔을 느끼고 있다. 백 년이 넘은 나무가 한순간의 태풍에 무너졌다는 것은 급격한 변화의 하나다. 세월에 세상의 모든 것이 바뀌듯이 오래된 나무가 부러지고 무너지고 때로 고사하는 것도 따지고 보면 변화의 한 과정일 뿐이다. 그런데 시인은 왜 이런 변화에 이토록 "내 안에서 자라는 울음"이라고 할 정도로 슬퍼하고 있을까? 그것은 이 변화가 주체를 상실하게 만들기 때문이다. "심하게 흔들린다"라고 표현했듯이 나무는 뿌리로 중심을 잡고 큰 가지로 하늘을 떠받드는 나무의 본성은 점차 사라져 갈 운명에 처하리라는 것을 시인은 깨닫고 있기 때문이다.

서고의 열쇠를 잃어버렸다
바다에 빠트린 열쇠를 찾으려면 아침을 기다려야 한다

초승달이 바닷물에 옅은 빛을 내려놓을 때 바다는 초승달 빛만큼의 길을 물 위에 그려놓았다

새벽안개가 바다 안쪽까지 감싸 안은 팔을 풀어놓자 거짓말처럼 서고의 문이 열렸다 누군가 읽다가 접어놓고 간 책을 펼치니 흠뻑 젖어있다

별들이 사산한 불가사리가 책꽂이 아래에 떨어져 있다 무엇을 움켜쥐고 있었는지 불가사리의 다섯 손가락이 아직도 구부러져 있다

끝이 아니라고 잠시 뒤돌아 나가는 썰물의 끝자락을 움켜쥐었지만 나는 끝내 그곳을 떠나지 못하고 습한 서고에 앉아서 읽지 못하는 상형문자를 손가락으로 따라 그렸다
툭 하고 어깨를 치고 가는 바람이 아니었다면 그대로 주저앉아
한 생애를 다 보낼 것만 같았던 봄날이었다

—「오래된 서고」 부분

시인은 바다를 오래된 서고로 비유하고 있다. 왜냐하면 거기에는 많은 것들이 새겨져 있기 때문이다. 자연의 순환과 그 속에서 수 억 년을 지내며 만들어진 온갖 자연물들이 만들어 놓은 흔적들은 그 어떤 책보다도 풍부한 정보와 역사를 담고 있기에 그것이 서고라는 시인의 비유는 전혀 이상할 것이 없다. 그런데 시인은 그 서고가 오래되었다는 것에 주목하고 있다. 우리는 이 오래된 것들을 잊고 지내고 있으므로 시인은 그것을 강조하고 싶었을 것이다. 우리는 항상 새로운 정보에 목말라 한다. 오래된 것들은 이미 시효를 상실했다고 생각하고 새로운 무엇인가가 우리를 좀 더 발전시켜 준다고 생각한다. 그래서 어지러울 정도로 속도를 추구한다. 하지만 시인은 오래된 바다에서 그곳의 오래된 언어를 찾고자 한다. 거기에 우리가 보지 못한 진실이 있다고 믿기 때문이리라. 그러나 시인 역시 그 오래된 언어 속에 완전히 빠져들지 못한다. "툭 하고 어깨를 치고 가는 바람" 즉 현실의 저항이 있기 때문이다.

2. 어쩔 수 없는 것들에 대하여

현대 사회를 지배하는 가장 큰 믿음은 무엇을 할 수 있다는 것이다. 무엇이든지 될 수 있고 무엇이든지 가질 수 있다는 인간의 욕망을 누군가 끊임없이 부추긴다. 이 부추김으로 사람들은 물건을 만들고 돈을 벌고 또 소비한다. 그것이 지금 우리가 사는 현대 사회를 지탱하는 힘이다.

그런데 과연 무엇이든지 할 수 있을까? 사윤수 시인은 이를 의심한다.

> 눈은 내리지 않았다 마른 나무에 휘감아 놓은 루미나리에가 나무에게 빛나는 축복인지 뜨거운 사슬인지, 내가 그것을 보는지 그 무수한 불의 눈이 나를 보는지 유행이 지난 인식론의 입구에서 나는 잠시 헤매었다
>
> …(중략)…
>
> 기다려도 오지 않는 것들의 주소는 어디인가 내 기다림은 성탄이나 눈(雪)이 아니다 암묵적인 합의의 신호와 숫자들, 지금은 503번 버스를 기다린다 다른 등번호를 달고 누가 먼저 달려와 준다면 나는 기다림의 대상을 바꿀 수 있을까 겨울이 봄날 같으면 축복인지 난감한 일인지 어룽거리는 햇살 속에 진눈깨비 흩날린다 버스는 오지 않고 여기, 늙은 눈물이 시큰거리는 겨울 오후
>
> –「겨울 미로」 부분

사물을 제대로 인식하고 인식하는 주체를 스스로 반성한다는 것은 인식론이 해야 할 일이다. 하지만 이런 것은 이 시에서 "유행이 지난"이란 수식어를 붙인 것처럼 이미 사람들의 관심 밖이다. 나는 이미 내

가 가진 것으로 규정되어 있고 내 존재의 의미는 오직 내가 할 수 있는 것에 따라 만들어진다. 이러한 세계에서는 위의 인용한 두 번째 연에서처럼 모든 것이 숫자로 설명된다. 사물의 본질이나 그것을 인식하는 주체는 중요한 것이 아니기 때문이다.

이런 세상에서 사람들은 모든 것을 할 수 있지만 아무것도 스스로 할 수가 없다. 나의 모든 것은 내가 아닌 숫자에 의해 모두 규정되고 통제되고 있기 때문이다. 우리는 이제 스스로 의미를 갖는 내가 아니라 숫자로 규정된 나, 즉 연봉의 액수, 아파트의 평수, 차의 배기량으로 규정된 나로 존재한다.

그러므로 이런 현대사회에 사는 인간들은 누구나 없이 하루에도 수십 번씩 자신이 어쩔 수 없는 거대한 힘을 마주하는 숭고를 경험하게 된다. 시인은 그런 경험을 다음과 같이 얘기하고 있다.

누구에게 바치는 옷 한 벌이

이토록 크고 높은가

찬란한 스테인드글라스

아득한 고딕 궁륭 아래

모두 죄인이거나 천국에 가까워지려거나

이 불편한 인간의 자리

병을 주고 약을 파네

그대는 여기에서 무엇을 하고 있는가. 신의 이름으로 말하노니 처음 그대가 살던 그곳으로 돌아가라. 나에게는 그대가 필요치 않다. 빨리 떠나거라.

―「쾰른 대성당」 전문

물론 이 시는 쾰른 대성당을 본 숭고한 광경을 노래한 작품이다. 하지만 이 쾰른 대성당은 우리 시대 도처에 존재한다. 내가 살 수 없는 고급 아파트, 내가 도달할 수 없는 좋은 직장, 내가 가볼 수 없는 고급 호텔이 모두 쾰른 대성당이다. 도달할 수 없음에도 불구하고 우리는 그 앞에서 항상 얼쩡거리며 살고 있다. 시인은 거기에 대고 "빨리 떠나거라"라는 마르쿠스 아우렐리우스의 말을 인용해서 우리를 나무라고 있다.

그런데 우리는 떠나지 못한다. 성당에 가야 천국에 갈 수 있다고 믿는 것처럼 자본의 힘 앞에서 얼쩡거려야 우리의 모든 욕망이 충족되어 자유로워질 수 있다고 믿고 있다. 그래서 모두들 바벨의 탑을 쌓고 또 기어오른다. 현대사회의 거대한 욕망과 그 욕망의 조직화는 우리를 어쩔 수 없는 무력감으로 이끈다. 하지만 또 한편으로 우리가 무엇이든지 할 수 있다는 헛된 환상을 심어주어 이 무력감을 자기 것으로 받아들일 수 없게 만든다. 우리가 겪는 모든 좌절과 그 상처는 그래서 생긴다. 사윤수 시인은 숭고의 경험을 통해 이 어쩔 수 없는 것을 받아들이도록 권유한다. 내가 할 수 있는 것은 별로 없다는 것을 받아들일 때 좌절은 겸손과 아량으로 변화한다. 그게 바로 "그대가 살던 그곳"인지 모를 일이다.

3. 비어 있는 것들에 대하여

세상이 변화할수록 사라질 운명을 타고난 것들은 늘어나게 된다. 우리가 바로 어제까지 썼던 기계는 이미 낡은 것이 되고 우리가 방금까지 신봉했던 사상은 낡은 것이 되기에 십상이다. 그러므로 지금 우리가 살고 있는 현실은 이 모든 것들이 파괴되고 소멸해가는 폐허이기도 하다. 송승언 시인은 바로 이것을 '빈터'라는 말로 비유하고 있다.

> 웃고 있다 얼굴은 절대 아닌 것들이 빈터에 들어차 있다 빈터에서 그것들이 자라고 있다 그것들이 웃어댄다 그것들이 깔깔거린다 그것들이 일그러진다 그것들이 무너진다 빈터에서
> 무너진 것들 위로 비가 무너진다 빛이 무너진다 무너진 것들의 형상으로 무너진다 무너진 것들의 그림자가 유령처럼 일어서고자 한다 꽃의 잔상이 되고자 한다 그러나 모두 일어서지는 못하고 모두 사라지지도 못하는 빈터에서
> 잔해를 헤치고 새로운 꽃이 자란다 늘어뜨린 줄기를 곧추세우려 한다 꽃은 제 이름도 혈통도 모른다 그러나 결코 웃지는 못하고 있다
>
> ─「환희가 금지되었다」 부분

우리는 모두 이 폐허인 빈터 위에서 모든 것을 만든다. 시인은 이를 "꽃이 자란다"고 표현하고 있다. 하지만 그것이 기쁜 일이 아니다. 빈터 위에 뭔가를 만든다는 것은 웃을 일이 아니다. 그것이 아무리 꽃이라 하더라도 빈터를 꽉 채우며 새로운 도시를 만들지 못하기 때문이다. 우리가 살고 있고 또 만들어가는 빈터는 살아있는 것들의 무덤이기 때문이다. 이를 시인은 다음과 같이 말하고 있다.

시골길을 걸었어
비가 내리고 있더군
빈터가 있더군
비를 맞는 포크레인이 있더군

큰 구덩이를 파고 있었어
돼지들이 허우적대고 있더군
빠져나오려 애쓰고 있더군
그 위로 검은 흙이 덮이고

시골길을 걷는데
돼지들이 울더군
울다가
그치더군

—「포크레인」 전문

물론 이 시는 구제역에 걸린 돼지들을 살처분하는 광경을 보고 쓴 작품이다. 하지만 그것을 통해 우리가 사는 땅이 온통 살아있는 것들의 무덤과 폐허 위에 존재한다는 인식을 보여주고 있다. 그리고 따지고 보면 우리 모두 역시 빈터에 들어가서 허우적대고 빠져나오지 못하는 돼지들과 다를 바 없을 것이다. 이 말은 우리가 사는 세상이 우리를 힘들게 한다는 사회학적 파악만을 의미하는 것은 아니다. 현대 사회에서는 우리가 하는 일 자체가 허무를 만드는 일이다. 무엇인가를 만들고 창조한다고 하는 작업마저도 앞선 것들을 지우고 사라지게 하는 그것들을 무의미하게 만들고 마는 허무의 과정이라는 것이다. 다음 시를 읽어보면 이를 이해하게 된다.

숲을 탐색했다 숲이 사라졌다
길을 모색했다 또 실패했다

사라진 숲속을 헤매다
물이나 돌을 찾다 보면
그 사이쯤의 늪

물이 없으니 물이 없다 말하고
나무가 없다 말하니 나무가 없는

…(중략)…

흥얼거렸네
어디서 배운 노래인지도 모른 채

어디서 다 본 것들이지
어디서 다 들은 이야기들이지

–「베테랑」 부분

우리가 숲을 들어가면 숲이 사라진다. 우리가 찾는 것은 사실 없는 것이다. "물이 없으니" "물"이라는 말이 필요하고 그것이 없다고 말을 한다. 반대로 "나무가 없다"고 말을 할 때 나무는 없는 것으로 존재한다. 우리가 무엇을 욕망한다는 것은 그것의 결핍 때문이다. 인간의 모든 욕망을 부추기고 또 충족시킬 것 같은 현대 사회에서 우리는 더 많은 결핍으로 더 많은 욕망의 유혹을 느낀다. 그 욕망을 채우기 위해 우리는 모두 능숙하게 뭔가를 한다. 그래서 모두 베테랑이 되고 마니아가 되어 자신의 능력을 자랑하지만, 그것은 자신의 욕망이 아니라 누군가 만들어 놓은 타인의 욕망 "어디서 다 본 것들"일 뿐이다. 내가 하는 나의 일마저 이제는 그것은 빈 곳을 만드는 허망한 일일 뿐이다. 우리는 결국 빈터를 만드는 베테랑일 뿐이다.

맺으며

시인은 반성하는 자이다. 빨리 변화해서 사라지는 것들 속에서 무엇을 잃어가고 있는지를 반성하고 우리가 어쩔 수 없는 세상을 돌아보며 우리가 가진 미약함을 반성한다. 그리고 우리의 욕망이 얼마나 헛된 타인의 욕망의 무한 복제일 뿐인가를 반성한다. 앞서 살펴본 세 시인의 시에서 이러한 반성의 진지한 모습을 본다. 감시와 처벌만 있고 아무도 반성하지 않는 사회는 감옥일 것이다. 그리고 반성 없는 욕망이 세상을 이 감옥으로 만들고 있다. 하지만 시인은 반성하는 존재이다. 끊임없이 세상이 주체에 강요하는 말을 부정해야 하기 때문이다. 나를 바꾸고 나에게 강요된 말을 바꾸지 않으면 시는 죽은 말이 되기 때문이다. 반성 없는 시대 나를 돌아보게 하는 시를 읽는 것은 아프지만 아름다운 일이다.

2. 시인은 왜?

— 박성준, 윤은영, 이은규 시인의 시들

들어가며

현대사회는 "왜?"라는 질문을 잊게 만든다. 그러한 질문을 하지 않고도 우리가 살아가는 데 아무런 지장이 없기 때문이다. 나 말고 누군가가 그러한 질문에 대한 대답을 이미 만들어 놓고 있다. 우리는 왜라는 질문 없이 태어나고 공부하고 또 사회에 입문한다. 왜 사는지 모를 물건을 사고 왜 만나야 하는지 모를 사람을 만나고 왜 그래야 하는지 모른 채 돈을 벌고 재산을 모은다. 나의 욕망은 누군가의 욕망의 대리물이거나 모사일 뿐이다. 이 가짜 욕망이 상품을 만들고 상품을 소비하고 스스로를 상품이 되게 한다.

이러한 시대에 진정한 시가 있다면 이 "왜?"라는 잊혀진 질문을 다시 던지는 것이 아닐까 한다. 최근 활발하게 시적 기량을 펼치고 있는 몇몇 신진 시인들의 시가 이 질문을 우리에게 다시 던져준다.

1. 벗어나기 위해 시 쓰기

우리의 삶은 닫혀 있고 또 갇혀 있다. 앞서도 말했듯이 나의 욕망이 내 것이 아니기 때문이다. 누군가의 욕망에 저당 잡혀 우리는 오늘도 일상의 일들을 하고 있다. 집을 나와 타는 출근 버스는 사고가 나지 않는 한, 정해진 길을 벗어날 수 없을 것이고 큰일이 우리에게 일어나지 않는 한, 우리는 자신의 직장에서 쉽게 벗어날 수 없다. 그런데 이 일상의 감옥을 견딜 수 있게 만들어주는 것들은 항상 말들이다. 말들이 이 일상을 상투화시켜 우리의 욕망을 다스리고 갇힘을 갇힘으로 여기지 못하게 만든다.

시는 이 상투적 언어들에 대한 저항이고 그것으로부터의 벗어남이다. 박성준의 시에서 이 벗어남을 볼 수 있다.

더 넓게
개는 제 몸이, 제 울음에게 구속당하는 줄도 모르고, 아프고
다가서자 송곳니를 보여준다

생애 한 번도 울어본 적이 없던 개를 생각했다
저 작은 몸의 전부로 성대뿐인 밤의 겸손을 생각했다

나의 죄는 무엇인가
울음의 충실

멀리 죽은 엄마 같은 발자국 소리가 들린다
오직
희망을 질투해왔다

어떤 밤도
여기, 경멸의 힘을 돕지 않는다

—「비상구」 부분

이 시에서 시인은 죄인이다. 그 죄는 바로 '울음의 충실'이라는 죄이다. 묶여 있지만 울지 말아야 하는 세상의 가치에 순응하지 못하기 때문이다. 운다는 것은 언어 이전의 언어이고 언어가 상투화하지 못하는 근원적인 나의 말이기도 하다. 그 울음에 재갈을 물리고 사슬에 묶여 갇혀 살아야 하는 것이 개의 운명이고 또 우리의 운명이다. 시인은 그 개의 울음을 대신하기 위해 시를 쓴다. 그런데 시는 '희망을 질투하'는 일이다. 희망은 모든 상투의 근원이기 때문이다. 우리는 희망으로 갇힘과 닫힘을 견딘다. 희망으로 행복을 가장하고 희망으로 이데올로기를 만든다. 그 희망은 우리를 다시 구속하고 우리는 알뜰하게 그 희망을 받아들인다. 모든 권력은 이렇게 만들어지고 그래서 자유는 우리 손을 떠난다. 이 희망을 질투하고 경멸의 힘을 회복하는 것이 일상의 상투적 억압을 벗어나기 위한 박성준 시인의 전략이다.

다음 시에서는 좀 더 재미있는 방식을 사용하고 있다.

*

먼 미래의 귀신 박물관 ; 내가 듣던 소리가 박물관에 갇혀 있다.

*

숨을 거두기까지 내 꿈은 형용사가 많았다.

*

새들은 죽어서 자신이 끌고 다니던 그림자로 돌아간다.

*

어쩌다가 나는 이름을 잃어버렸는가.

―「나를 배신하기 위한 몇 가지 진술」 부분

이 시의 말들은 모두 현재의 자신을 부정하기 위한 수단이다. 이름을 잃어버렸다고 말하는 것이 자신을 부정하기 위한 것이라면 그것으로 시인은 타인이 명명하는 자기를 거부하고 있다. 그렇게 거부된 자신은 형용사의 꿈을 꾼다. 형용사는 규정된 자신이다. 말하거나 움직이는 자신이 아니라 꾸며지고 만들어진 자신이 소망하는 또 다른 꿈이 결국은 자신을 만들고 있다는 생각이다. 그렇기 때문에 모든 소리는 박물관에 갇히고 자유로운 새마저 결국 자신의 그림자일 뿐이다. 그런데 시인은 이 모든 진술을 * 표로 분절하고 있다. 이렇게 말하고 있는 자신마저 단지 하나의 기호로 분리되어 갇혀 있다는 것을 표현하기 위해서일 것이다.

2. 다시 살아나기 위해 시 쓰기

그런데 시장 경제를 사는 우리는 기꺼이 스스로 상품이 되기를 희망한다. 더 좋은 상품으로 비싸게 팔리도록 자신을 꾸미고 치장하거나 반대로 팔리지 않으면 안 된다는 절박감에 싼값으로 자신을 내놓기도 한다. 그런데 팔리는 것들이 생명을 가질 이유는 없다. 상품이 된다는 것은 자신의 운명을 누군가의 손에 맡긴다는 것이다. 누군가의 손에 맡겨진 생명은 진정한 생명이 아니다. 그것은 스스로를 재생산하는 씨를 가지지 못하기 때문이다. 윤은영 시인은 이를 다음과 같이 표현하고 있다.

> 여기는 구름이 가득 끼어 있는 이상한 사막,
> 책상에서는 건조한 책장이 넘어간다.
> 부푼 구름으로부터 곧 비가 터져 내릴 것 같지만 글쎄,
> 각자의 무릎 위에서는 달궈진 스마트폰이 터질지도 몰라.
> 짧고도 긴 45분의 악보 위로 찢어진 나비의 날개가 분분하다.
>
> …(중략)…
>
> 소리는 떠나고 음표도 사라지고
> 메마른 고요만 남아 살갗을 거칠게 긁어내는
> 정전기만 가득한 오, 십, 오, 분
>
> "너희들은 도대체 왜 그러는 거니?"
> "태어나보니 진작 이런 세상이던 걸요."
> 아이들은,
> 싸늘하게 굳은 혀를 갖고 태어날,
> 알 속에 누운 축축한 병아리들처럼,
>
> –「학원별곡 · 9」 부분

생명의 활력으로 가득 차야 할 아이들이 학원에 앉아 스마트폰에 묶여 있다. 그 풍경은 아무런 생명이 없는 '이상한 사막'이다. 아이들은 모두 스마트폰을 무릎 위에 올려놓고 거기에만 매달려 있기 때문이다. 아이들은 이제 말하고 생각하고 같이 장난하며 노는 생명체가 아니다.

그저 상품을 사고 그것을 소비하는 또 하나의 상품일 뿐이고, 학원은 그들을 또 다른 상품으로 가공하는 공장일 뿐이다. 그래서 그들은 '싸늘하게 굳은 혀를 갖고 태어'난다. 소리도 음표도 사라진 메마른 고요가 지배하는 세상에서 자신의 말을 가질 필요가 없는 존재이기 때문이다. 윤은영 시인에게 있어 시인이 된다는 것은 이 말을 회복하는 일이다.

다음 시는 시 쓰기가 무엇인지에 대해 좀 더 많을 생각을 하게 해준다.

날 때부터 왕후장상의 씨가 없지만
김씨는 변변하지 못한 씨를 받아 태어나
씨 없는 감으로 하루를 착실히 쌓아올린다
언제든 단속은 있기 마련이므로
바깥에서의 볼일도 바지춤을 잘 단속할 일
혹여 자리를 비운 사이 손님이라도 놓칠세라
쉽지 않은 일

씨 없는 감들은 화닥닥 얼굴이 발개진다
곱창집에서 고꾸라질 듯
거나하게 취한 중년들이 곱창곱창 쏟아져나오면
이 씨 없는 감들은 괜히 엉덩이 더 붉어져

…(중략)

김씨는 제 곳간에 씨알도 안 먹히는 한숨 쉬면 뭐하나
한 푼이라도 더 벌어야 가족이 훈훈해지지
씨 없는 감들 무안해 말라고 토닥이며

몽당연필로 슬그머니 글씨를 반듯이 닦아 세운다
'씨 업는 연시'
오늘 밤, 씨를 업어 가는,
뜨거운 밤이었으면 좋겠다.

—「씨 없는 감」 부분

씨 없는 감을 파는 김씨는 역시 씨가 없다. 씨가 없다는 말은 불임이나 임포텐스를 말하는 것은 아닐 것이다. 씨는 한 사람이 스스로 생명의 주체임을 표현하는 말일 것이다. 그런데 그것은 비단 김씨만 없는 것은 아니다. 김씨의 노점 근처를 불그레하게 취한 얼굴로 밀려다니는 중년 사내들 역시 마찬가지이다. 모두 팔리기 위해 세상에 나온 씨 없는 감일 뿐이다. '가족이 훈훈해'지라고 나와서 열심히 일하지만 정작 자신의 씨는 사라지고 자신은 몇 원짜리 상품으로 가격 매겨질 뿐이다. 그래서 쓴다. '씨 없는 연시'를 '씨 업는 연시'로 비틀어 쓴다. 그것을 통해 잠시나마 자신의 씨를 되살린다. 이것이 바로 시다. 시인이 시를 쓰는 것도 이와 다르지 않을 것이다. 상품들의 세상에서 그 상품들이 가진 애초의 생생한 생명력을 다시 되살리기 위해 시인은 오늘도 영혼의 '몽당연필'을 꺼내고 있다.

3. 만나기 위해 시 쓰기

이은규 시인의 시는 인간 간의 단절을 얘기하고 있다. 우리는 아무리 많은 사람들과 함께하고 있어도 누구와도 함께 삶을 살지 못한다. 그저 잠시 한순간 스치는 인연으로만 존재한다. 어쩌면 우리 모두의 삶은 누군가를 배웅하는 일인지도 모른다. 그것을 이은규 시인은 다음과 같이 표현하고 있다.

> 열차가 곧 출발합니다 배웅을 위해 승차하신 고객님은 내리시기 바랍니다 함께 오른 열차, 무거운 가방을 내려놓으며 이번 생은 나란히 앉아갈 수 있겠구나 다음 생은 입석이어도 좋겠구나 착각하며 희망하는 동안 이어지는 친절한 재촉, 열차가 곧 출발합니다 배웅을 위해 승차하신 고객님은 내리시기 바랍니다 남은 좌석은 하나, 그렇구나 나는 배웅하는 동안만 머물 수 있는 사람, 열차가 곧 출발합니다 배웅을 위해 승차하신 고객님은 내리시기 바랍니다 마지막 재촉, 계단을 내려오는 발걸음 너머 아름답구나 차창에 부서지는 햇빛 사이, 미동도 없이 고쳐 앉는 한 사람
>
> ―「봄날의 배웅」 전문

누군가와 나란히 앉아가는 생은 단지 착각하며 희망하는 것에서만 가능하다. 사람 사이에는 건널 수 없는 강이 존재하고 있다. 그런데 우리는 그와 내가 아주 가깝다고 생각한다. 그래서 한 사람을 믿고 의지하며 일생을 의탁하기도 한다. 하지만 그것이 성공한 예는 없다. 성공했다고 생각했을 때는 이미 한 존재는 다른 존재에 의해 소유된 때일 뿐이다. 상품 사회에서는 두 존재 간을 설명할 수 있는 것은 오직 소유관계로만 가능하기 때문이다. 그러므로 문제를 일으키지 않기 위해서는 배웅만 하고 한 사람의 옆자리에서 내려야 한다. 그런데 우리는 왜 이렇게 함께하지 못하는 것일까? 다음 시에서 그 이유를 생각해 볼 수 있지 않을까 한다.

> 비가 오면 끊어집니다
>
> 햇님이 다시 솟아오르면

오늘 끊어졌다가
어제 다시 닿을 안부처럼
한 마리 거미가 절망을 잊게 할 수는 없다
거미의 움직임을 바라보는 동안, 잊히는 절망

거미가 줄을 타고 내려옵니다
　　　　　거미가 줄을 타고 내려옵니다

노래가 들려주는 한 장면
밤에 거미가 보이면 슬픔이 찾아든다
바람이거나 예언인 어떤 이야기
약속한 손님이 없는 것도 같은 날
찾아올 것도 같은

뒤늦게, 출발한 누군가는 반가운 슬픔일 것
내 눈앞에 도착할

－「손님 거미」 부분

누군가 연결된 것은 가느다란 거미줄을 통해서일 뿐이다. 그 거미줄은 항상 끊어질 운명이다. 이어져 누군가와 맺어진다는 것은 바람이거나 예언으로만 가능하다. 그래서 내 눈앞에 있는 것은 슬픔일 뿐이고 나를 만나러 오는 사람은 항상 뒤늦을 수밖에 없다. 상품이 수많은 매개 과정을 통해 전달되듯 사람과 사람 사이, 한 존재와 한 존재 사이에는 수많은 매개가 존재하기 때문이다. 사회가 복잡할수록 권력의 그물망이 촘촘할수록 이러한 매개는 훨씬 다층적이고 우회적이다. 그래서 우리를 이어줄 끈은 많아지지만, 그것은 더 길고 가늘어서 사람과 사람 사이 심리적 거리는 멀어질 수밖에 없다. SNS가 발달하여 사람들 사이의 물리적 소통의 거리가 짧아져도 누구와도 진정한 만남을 갖지 못하는 이유는 바로 이것 때문일 것이다.

이 소통을 위해 할 수 있는 일 역시 시 쓰는 일이다. 이은규 시인은 이를 '연애'로 표현하고 있다.

'나는 인간의 역사가

다 펴 올리지 못한

한 방울의 밤이슬이 될 것이다'

마주하며 궁리하는 밤

우리가 남긴 기록이

밤이슬의 얼룩으로 남을 때까지

–「연애」 부분

연애처럼 누군가를 격렬하게 만나기 위해 시인은 시를 쓴다. 물론 그것은 '한 방울의 밤이슬이' 되는 것처럼 허망한 일이기도 하다. 그리고 그것은 '인간의 역사가' 누락하거나 무시한 일이기도 하다. 세상의 모든 역사 기록은 지배의 기록이므로 진정한 만남을 '펴 올리지' 못할 것이 분명하다. 시를 쓰는 것은 이 누락된 기록을 남기는 것이다. 또한 그것은 한 존재와 한 존재의 뜨거운 만남의 기록이다. 우리는 흔히 소통을 이야기한다. 하지만 대부분의 소통은 홍보와 정치선전 이상을 넘어서지 못한다. 시는 이 상투적 소통에 대한 저항이다. 물론 그것은 '밤이슬의 얼룩'으로 남는 실패가 예견된 저항이다. 그러나 시인들은 오늘 밤도 시를 쓰고 이 얼룩은 세상에서 사라지지 않을 것이다.

3. 시간에 대하여

— 이현호, 이영혜, 박수빈, 김종미, 박은정의 시

리들리 스콧 감독의 〈브레이드 러너〉라는 영화는 복제인간인 '리플리컨트'들이 자신들이 사는 우주 식민지를 벗어나 지구에 침투해 벌이는 이야기로 되어 있다. 그들이 지구에 침투한 이유는 시간을 얻기 위해서이다. 정해진 짧은 생명을 연장해 자신들의 삶을 영위하면서 갖게 된 욕망을 좀 더 늘리고 싶기 때문이다. 이렇듯 시간은 존재의 형식이고 생명의 징표이다.

가을이 되면 우리가 시간을 생각하는 것도 이와 무관하지 않다. 단순히 한 해가 간다는 시간의 페이지를 넘기는 의미 이상을 넘어 사라져가는 생명들은 우리에게 시간과 그것이 가진 의미를 떠올리게 한다. 근래 문예지에서 유독 시간에 관계되는 작품들이 눈에 띄는 것도 이 때문이리라.

다음 시는 시간에 대한 생각을 통해 우리의 삶을 돌아보게 만든다.

교문 앞엔 오래된 나무가 있었고

매일 똑같은 나무 아래를 지나 학교에 갔다

어리둥절했고, 익숙해졌고, 젖어 들었던
세 번의 봄여름가을겨울 동안

나무를 똑바로 본 적은 없었다, 나무는
수목학자와 조경사와 사색가와 벌목꾼의 것
싹, 매미, 단풍, 눈 같은 말들은
생각만으로도 벌 받을 것만 같아

뭔가를 참고 있었다 무언가를 기다리고 있었다
겨울가을여름봄이 세 번 스쳐 갈 때까지
맨들맨들해진 교복을 입고 웃어요! 김치
지울 수 없는 사진을 찍을 때까지도

이제 이곳의 시간은 다 써버렸구나, 교문을 나서며
인제 아무것도 기대하지 않기로 최초의 다짐을 하며
아주 잠시
굽은 등을 나무에 기대지 않았다면 그랬겠지
오래전에 죽은 나무였다
나무를 오늘 처음 만져본 사람을 알게 되었다
사는 방법을 배우기도 전에 살아가야만 했던
정작 삶이 아니라 죽음을 참고 있었던

외우지 않고도 알아버리는 공식이 있다
한 번쯤 풀고 싶어서 푸는 문제가 있다

밀린 숙제를 몰아서 했다

— 이현호 「졸업」 전문

학교는 일정한 시간에 정해진 기간 동안 다니는 곳이다. 그곳은 시간이 지배하는 곳이다. 하지만 바로 그 이유로 우리는 그 시간만큼 우리의 시간을 뺏기거나 저당 잡히고 산다. 항상 학교에는 오래된 나무가 있지만, 학교에 다니는 동안 시인은 그 나무를 바라보지 못했다고 한다. 그것이 중요하지 않기 때문이고 학교생활이 그것을 허락하지 않기 때문이다. 다시 말해 그곳에서의 시간은 오직 정해진 용도로만 사용되어야 한다는 것이다.

그런데 이는 비단 학교생활뿐만이 아니다. 우리가 사는 삶이 사실은 이와 별반 다르지 않다. 우리는 항상 정해진 기간 안에서의 삶을 규정한다. 그리고 다른 시간들을 유예하거나 포기한다. 그 정해진 시간 안에 나를 가둠으로써 나와 다른 존재들 간의 간극을 만든다. 나의 시간에 틈입되지 못한 존재들은 타자가 되고 나는 그들과의 소통을 모두 단절한다. 현대사회를 살아가는 우리 모두가 이런 소외와 단절을 경험하고 산다. 그럴 때 타자는 나에게 모두 죽은 존재들이 된다. 그래서 시인은 우리가 살아온 모든 삶의 기간들이 결국은 죽음을 만들어가는 시간이었음을 깨닫게 된 것이다. 그렇게 보면 유예하고 포기한 시간이란 얼마나 허망한 것인가? 이 생각이 시인에게 오래된 숙제였던 것이다.

반대로 다음 시는 찬란했던 한순간의 시간의 기록을 얘기한다.

서쪽 강에 주저앉은 늙은 태양의 하혈을 엷은 구름들이 빨아먹고 있어. 한 바퀴 선회비행을 마치고 안식처로 숨어드는 새떼들. 환한 꼬리를 끌며 멀어져 가는 순환선 전동차 어느 칸쯤 그대 서 있을까. 강과 하늘의 경계가 지워지면 참았던 속울음 한두 모금씩 뱉어 흑조의 날개에 실어보곤 해. 북국 초원에서 푸른 눈빛에 감전되었던 그 길고 짧았던 오르가슴…. 잊을 수 없어 나는 보름달 떠오르는 밤마다 푸른 심장을 들고 도시를 배회하지. 마음이 놓친 눈빛은 강물에도 띄울 수 없을 만큼 황폐해져 벼랑을 만들고. 노래를 부르고 싶지만, 내 생에 노래는 없어. 그대에게 닿을 수 없는 빈 울음소리만 들판을 떠돌고 있어. 천 개의 해가 지고 천 개의 달이 떠도 가라앉지 않을 갈증이 그대 말 밑으로 흐르고. 참았던 숨을 다시 참으면 먼 훗날의 새떼들을 볼 수 있을까. 그렇게 나는 그 길고 짧았던 오르가슴을 다시 느낄 수 있을까, 하혈하듯, 하혈하듯.

– 이영혜, 「천 개의 해가 지고 천 개의 달이 떠도」 전문

시인에게 "천 개의 해가 지고 천 개의 달이 떠도" 채울 수 없는 갈증이 존재한다. 그러한 욕망을 채워주는 것, 아니 채워준다고 느끼게 해준 것은 어느 한순간 '오르가슴'과 같은 완전한 희열이다. 그것이 다른 사람과의 강렬한 결합이거나 어떤 자연 존재의 숨겨진 아름다움에 대한 극적인 발견이거나 상관없이 그 강렬함만으로 그 짧은 순간은 영원성을 가진다. 강요된 시간은 허망하고 우리의 존재를 끊임없이 부정하고 소멸시키는 것이지만 강렬한 경험의 순간은 우리의 존재감을 강력하게 불러일으킨다. 시인은 바로 이런 존재가 되는 시간을 끊임없이 찾아 나선다. 아마 시인들이 시를 쓰는 이유도 여기에 있지 않을까 생각해 본다. 자신의 존재가 영원한 시간을 획득한 것 같은 경험을 기록할 수만 있다면 그것은 가장 강력한 힘을 가진 살아있는 언어가 될 것이다. 이 강렬한 경험의 순간을 농축한 언어 그것이 모든 시인들이 꿈꾸는 시일 것이다.

하지만 다음 시는 이런 기억의 찬란함을 부정한다.

말수가 줄어든다
가을날의 감처럼 물든다

보채는 바람에 빨래가 말라간다
깜박이는 신호등, 사거리는 뒤돌아보지 않는다
컹컹 짖는 개에게 뼈다귀를 물려주며
가족이 굶고 있어
개와 나, 슬픈 눈빛 들키지 않기 위해
꼬리를 감춘다
발이 푹푹 빠진다
닿은 모래톱
실려 간 돛단배처럼
추억은 종교가 되지 못한다
결이 많은 얼룩들
코끝에 얼룩말 무늬가 되려고 이렇게 낡아온 것일까
발톱 웅크리고 허공을 바라본다
노래를 신으면 노래
눈물을 신으면 눈물 어린
시간들이 한사코 엎드려 귀 기울이고 있다
우리는 티눈, 냄새나는 서로를 알아보는 못

모래로 가득한 두 발이 떠오른다

– 박수빈, 「플랫슈즈」 전문

시인은 추억이 종교가 되지 못한다고 말하고 있다. 종교는 항상 영원한 시간을 이야기한다. 하지만 추억은 한시적인 시간의 기억으로만 존재한다. 그런 이유로 추억이 종교처럼 현재의 고통을 치유하고 지금의 시간으로부터 도피하도록 하기도 하지만 종교처럼 시간의 기억마저 지우는 영원성을 갖게 해주지 못한다. 차라리 기억은 현재의 고통을 더 두드러지게 만든다. 이 시는 시간이 주는 이런 고통에 관한 기록이다. 시간은 사람들에게 못이 튀어나온 헌 신발이다. 시간을 감지하지 못하거나 의식하지 못할 때의 시간이란 새 신발처럼 산뜻했을 것이다. 하지만 시간은 이 기억을 신발에 튀어나온 못으로 만들어버린다. 존재는 버거워지고 우리는 모래 가득한 두 발로 그 존재를 안타깝게 붙들고 있다. 인간과 사물 사이의 관계도 그렇고 인간과 인간 사이의 관계도 이와 다르지 않을 것이다. 그리고 우리를 이렇게 만든 것은 빨래가 말라가고 배고픈 가족들 챙겨야 하는 일상의 상투성이다.

그럼에도 사람들은 이 시간과 기억의 찬란함을 지속하기 위해 '언제나'와 '항상' 같은 용어를 만들어 쓰고 있다. 그러나 다음 시는 그 '언제나'가 얼마나 불안한 것인가를 생각하게 만든다.

찻잔은 달그닥거리며 걷는다
찻잔의 발자국 소리에 맞춰
잘 익은 붉은 입술이 도착한다

아무 말도 하지 않으려고 입술이 열린다

이 테이블은 입술이 열리는 나무

창밖은 파산이거나 매장이거나 소송이거나

침묵은 아주 뜨겁거나
지나치게 차가운 것이 좋다

그때 입술은 잠깐씩 벌어진다
그 틈을 이용하여
우리는 조금씩 가까워진다

달그락거리며 찻잔이 걷는다
언제나 살짝살짝 부딪치며 걷는다
어떠한 교훈도 없이 여기까지 왔다

백 년 된 음악을 들으며 백 년 된 찻잔이
우리의 입술로 걸어온다

언제나 깨지기 직전이다

– 김종미, 「언제나」 전문

시인은 오래된 찻집에서 아주 오래된 음악을 들으며 역시 오래된 찻잔으로 차를 마시고 있다. 시간은 정지하고 영원한 안식을 느낄 것 같은 분위기이다. 하지만 그런 시간은 순간의 아주 불안한 접촉으로만 감지되는 것이다. 아주 뜨겁거나 차가운 것을 마시기 위해 잠깐 벌린 입술을 통해 '언제나' 오래된 것으로 존재하는 찻잔의 존재를 받아들인다. 그리고 우리가 그것을 접촉할 때 그것은 오직 깨지기 직전의 불안함으로만 존재한다. '언제나'는 확실하고 변하지 않고 궁극적인 것이라고 믿고 싶지만 반대로 '언제나'는 불안하고 깨지기 쉬운 것이다.

다음 시는 이 불안한 것들의 소멸에 관한 것이다.

불면의 서른 밤을 보낸
그날 이후…

징조가 시작되었다

어둠이 빛을 발하고

빛은 어디에도 머물지 않는 곳

붉은 썰물이 지나자
먹구름이 바닥까지 밀려왔다

달의 모서리를 지울 때마다
흔들리는 동공들

달의 중독자들은
모두 죽기 직전의 얼굴로
죽도록 노래만 반복하고 있었다

몰락하고 침잠하고 사라진다
몰락하고 침잠하고 사라진다

중독자의 목젖이 부풀어
공중에 떠올랐다

달은 또 다른 밤으로
노래는 덧없이 끝없는 노래로

모든 순간이
죽음의 증언이 되는 밤

두 개의 달이 떴다

그런 날엔
귀가 없는 귓속말처럼

어떤 문장도 유효하지 못했다

– 박은정, 「달을 지나는 시간」 전문

달이 뜬다고 말하지만 사실 달은 "죽음의 증언"이 된다는 것이 시인의 생각이다. 달은 해와는 다른 존재이다. 해는 항상성과 영원한 밝음과 변하지 않는 진리의 상징이다. 모든 종교가 신의 표상으로 삼는 것도 이 이유이다. 하지만 달은 밀교나 무속의 상징이다. 그것은 어둠과 욕망의 상징이다. 그런 의미에서 시인은 '달의 중독자'이다. 영원한 진리나 진실이 아니라 사라져가는 불안한 감정과 그것의 배후에 자리 잡은 욕망의 흔적을 추적하는 사람이기 때문이다. 그러나 그렇게 해서 나온 문장은 유효한 문장은 하나도 없다. 현실성도 실효성도 사실성도 어느 하나 다 가지고 있지 않기 때문이다. 달이 태양의 흔적으로만 존재하듯이 시적 언어는 오직 현실의 그림자와 징조만으로 만들어진다. 그런 점에서 시는 사라져 가는 시간의 언어이다.

4. 새로움에 대항하는 세 가지 방식
— 김미연, 임승유, 최호빈의 시들

시는 새로운 언어이다. 따라서 좋은 시는 새로움을 가져야 한다고 한다. 새로운 생각을 담아내든가 새로운 표현, 새로운 형식을 만들어 내야 한다는 것이다. 하지만 모든 것이 빠르게 변화하고, 자고 나면 세상이 모두 온통 새로워지고 있는 지금 이 시대에 과연 새로움이 진정한 새로움일 수 있을까 생각해 보지 않을 수 없다. 어쩌면 시는 새로움보다는 지키는 것이다. 변화의 물결 속에서 의미를 상실하고 사라져야 하는 것들을 다시 되살려내는 일이 시 쓰는 일이 아닐까 생각해 본다. 새로움이 시대적 조류가 되고 또 다른 상투성이 되어 버린 시대에 새로워지지 않는 것을 지키는 것이 어쩌면 진정한 새로움인지도 모른다는 생각이다. 최근 활발한 활동은 하고 세 명의 시인들의 작품에서 이런 점을 찾아볼 수 있다.

1. 사라지는 것들을 위하여

김미연의 시들은 사라지는 것들에 대한 송가이다. 사실 우리 자신을 포함한 세상의 모든 것들은 사라지게 되어 있다. 하지만 자신이 사라진다는 사실을 깨닫지 못하는 우리는 영속을 꿈꾸며 자신의 욕망을 키우기에만 골몰하고 있다. 많은 세상의 갈등과 문제는 바로 이런 욕망의 무한증식에서부터 오는 것이다. 김미연의 시들은 사라지는 것들을 형상화함으로써 이 욕망이 얼마나 허망한 것인가를 보여주고 있다.

하늘의 가장자리로 달리다가 멈춘
참나무의 뼈 속 그 깊은 계곡에서는
백 년의 노을이 번지고 있다

순간 숨을 몰아쉬는 적막
막장 가득
펼쳐지는 외로운 하늘

잠시 섬광으로 번쩍이다가
홀로 떨어져 부서진다

-「레드와인」 부분

레드와인은 욕망의 상징이다. 그것이 가진 색깔이나 맛 그리고 그 모두를 포함한 문화적 코드 자체가 우리에게 욕망을 불러일으키기 때문이다. 그것은 "참나무의 뼈 속"에서 숙성되어 "백 년의 노을"처럼 오래된 귀한 것이기도 하다. 하지만 그 비싸 보이고 영원해 보이는 욕망도 사실은 "잠시 섬광으로 번쩍"일 뿐이다. 그것은 한때 우리를 취하게 하다 사라질 허망한 한순간의 도취일 뿐이다.

우리가 가진 욕망이 이러할진대, 우리 자신의 존재 역시 이러한 허망한 사라짐으로부터 자유롭지 못할 것이다. 다음 시는 이를 잘 보여준다.

좀 사마귀는 바람과 한 집을 쓴다
보이지 않는 바람의 얼굴을 상상하며
탈색한 무지개를 그려도 보고
만져지지 않는 팔다리를 상상하며
갈참나무 잎의 예각을 애무하기도 하지만
그것은 유령이다

(중략)

먼 우주의 끝 새로 생기는 별을 꿈꾸며
아프게 아프게 새끼를 낳는다

새끼들에게 몸을 갉아 먹힌 어느 날
드디어 무색투명한 유령을 따라
한 줌 바람으로 흩날린다

– 「좀 사마귀」 부분

바람에 자신의 껍질을 날리며 사라지는 좀 사마귀와 우리는 사실 다르지 않다. 좀 사마귀뿐만 아니라 모든 살아있는 존재는 새끼를 남기고 사라질 운명을 타고 태어났다. 사라질 운명을 타고 태어났지만 아니 바로 그 이유로 모든 생명들은 꿈을 꾼다. 자신의 존재를 아름답게 상상하고 다른 존재와의 연대와 소통을 모색한다. 그것이 살아있는 시간을 완전하게 채워준다고 믿기 때문이다. 시에서 좀 사마귀 역시 그러했을 것이라 시인은 상상하고 있다. 하지만 그 모두는 바람처럼 유령이다. 그것은 애초에 없는 것이기 때문이다. 이 욕망이라는 유령을 따라 살다가 그것을 따라 사라지는 우리는 어쩌면 스스로가 유령일지도 모른다. 사라져야 할 운명을 가진 우리는 모두 지상의 짧았던 존재의 시간보다는 잊혀지고 사라진 시간 속에서 살도록 정해져 있기 때문이다.

2. 남겨진 것들에 대하여

새로워지기 위해서 변해야 한다. 변하기 위해서는 벗어나고 넘어서야 한다고 말들을 한다. 그래서 더 새로운 것을 추구하려는 끝없는 욕망을 불러일으키고 그 욕망은 모든 것들을 다 바꾸라고 명령한다. 그래서 규범과 질서에 반하는 일탈도 감행한다. 새로워지기 위해서이다. 임승유 시인의 시는 이런 일탈을 생각하게 한다.

> 자음이 모음을 향하는 기분을 이해할 겁니다 되려고 하는 기분일 테니, 건드리고 나란해지는 리을과 리을
>
> 평일에 만났습니다 인사하면서 헤어지고 헤어지면서 인사하는 평일은 만나기 좋은 날일까 그런 생각을 한 번도 해보지 않았다는 게 이상했습니다 생각보다 갈 데가 없어서
>
> 비누거품을 불고 싶어집니다
>
> (중략)
>
> 겹침과 겹침
> 그런 내막으로도 둘이라서

내리막길입니다

산을 오른다는 말에는 내려온다는 말이 포함되어 있지 않습니까? 우린 그렇게 했습니다

우스워?
우스운 기분이었습니다

– 「블라우스」 부분

블라우스는 두 가지 상반된 연상을 하게 하는 장치이다. 잘 여며진 블라우스는 일상의 단정한 삶과 행위를 말해준다. 그것은 외출과 사회적 활동을 상징한다. 하지만 블라우스 단추를 푼다는 것은 우리에게 어떤 욕망을 상기시킨다. 이 시 속의 화자는 평일에 블라우스를 입고 누군가를 만나 일탈을 감행한다. 아니 화자는 일탈이기보다는 자연스러운 욕망의 흐름이라고 말하고자 한다. 리을과 리을이 겹치는 '블라우스'를 풀어 모음을 만나는 행위이기 때문이다. 하지만 그 끝은 "우스운 기분"이다. 왜일까? 역시 자신은 블라우스로 남아있기 때문이다. 일탈이 그것을 이끈 욕망이 새로움을 만들어 내지 못하기 때문이다.

다음 시는 이를 좀 더 분명히 표현하고 있다.

흔들렸다
아예 흔들렸다

아흔아홉 개의 계단을 올라가 줄을 흔드는 종지기처럼
종지기를 따라 내려온 아흔아홉 개의 계단처럼

아래로 더 아래로

무성해지면 그늘이구나 흔들리려고 흔드는 세상의 모든 그늘은 그렇게 그늘이구나

가장 멀리 보낸 손의 의지로 하는 일이라 관여할 수 없는 나는 거기 남겨놓고

나무는 천천히 걸어 나왔다

－「나무가 하는 일」 부분

나무가 하는 일은 흔들리는 일이다. 흔들리면서 자신의 손을 더 자라게 하고 자신의 그림자를 더 키우고 아래로 아래로 더 깊이 내려와 박히고 있는 것이 나무가 하는 일이다. 이 시의 화자는 자신을 이 나무라고 생각한다. 나무처럼 모든 일상의 일을 하는 손은 자기 자신으로부터 점점 멀리 올라가 있을 뿐이라고 생각한다. 자신이 해야 할 일과 자신과 분리되어 진정한 자신이 무엇인지 모르게 살아가는 삶의 연속이 그늘만 남기고 점점 그 자리에 붙잡혀 있는 나무와 닮았다고 느꼈을 것이다. 그래서 "천천히 걸어 나"오려고 생각한다. 그런데 걸어나오는 것이 나무이고 자신은 나무에 자리에 그대로 남겨져 있다. 일상의 붙박인 삶에서 걸어 나온다고 자신이 새로운 존재가 되리라고 생각할 수 있을까 그런 의문이다. 혹여 걸어 나온다고 하더라도 자기의 삶의 존재와 그 존재가 지나온 시간은 붙박인 자리에 그대로 머물러 있을 것이다. 그리고 존재의 진실은 바로 그 자리에 있다.

3. 부재하는 것에 대하여

새롭다는 것은 존재가 끊임없이 스스로의 존재를 다시 확인할 때 가능하다. 어제의 내가 오늘의 나라면 오늘의 나의 존재는 과거의 존재이고 그것은 사실 없는 존재이기도 하다. 그래서 사람들은 자신이 죽지 않고, 사라지지 않고 존재하고 있다는 것을 보여주기 위해 끊임없는 변신을 하고자 한다. 운동과 다이어트로 몸을 바꾸고 새로운 공부로 인생을 바꾸고 하다못해 성형으로 얼굴이라도 바꾸려고 노력한다. 그래야 새로운 존재로 끊임없이 재창조된다고 믿기 때문이다. 하지만 그렇게 새로운 존재가 과연 누구일까? 바로 그런 의문을 최호빈 시인은 하고 있다.

> 나는 외출하는 일이 거의 없다
>
> 아침마다 화분에 물을 주고
> 집안을 서성이는 햇빛을 지켜보다가
> 해가 지면
> 벽에 등을 대고 키를 재본다
> 갱지에 무의미하게 적어본 말들은
> 전날의 것과 별반 다르지 않았다
>
> 밤엔 화분에 물을 주지 않는다
>
> 삶이 갈라놓은 세계
>
> 집에 도착해서

문을 두드렸지만 아무 대답이 없다

다음에 다시 오겠다는 쪽지를
문틈에 끼워두고
거실에 누워 누군가의 말을 기다린다

– 「방문하는 집」 부분

외출하는 일이 없다고 하지만 시 속의 화자는 매일 외출하고 있다. 다만 외출하고 있는 자아와 집안에 들어와 있는 자아가 다를 뿐이다. 그런데 이 시를 읽다 보면 집 안에 있는 내가 집에 없는 것인지 집 밖에 있는 내가 존재하지 않는 것인지 쉽게 알 수 없다. 어쩌면 이 둘을 다 말하고 있는지도 모른다. 왜냐하면 어디에도 내가 없다고 화자는 느끼고 있기 때문이다. 세상의 변화가 우리를 없는 존재로 만들기 때문이다. 이 시에 상황처럼 누군가 방문하여 문을 두드렸으나 대답이 없으면 그 사람은 존재하지 않는 사람이다. 세상에 반응하지 않고 세상과 소통하지 않는 존재는 의미가 없기 때문이다. 하지만 그렇다고 밖에 나가 많은 것들과 소통하는 나는 과연 나일까? 그런 의문을 품지 않을 수 없다. 세상에 순응하며 누군가의 삶에 맞추어 살아야 하는 이미 내가 아니기 때문이다. 그래서 시인은 자신의 존재를 묻기 위해 끝없이 자신의 존재를 방문한다.

다음 시는 이런 생각을 문명비판적인 접근으로 보여주고 있다.

도시의 지붕은
하나같이 뾰족해서
누구도 그 뾰족함을 잘라낼 수도
손으로 만질 수도 없었다

예년보다 많은 눈이 내렸다

도시가 하얗게
거대한 하나의 집이 되었을 때
사람들은 뾰족한 기도를 했다

모든 기도를 요약한 하늘은 어두웠다

그렇게
사람들은 모든 걸 기도에 맡겼고
눈은 기도로부터 벗어나려고 최선을 다했지만

어디에도 숲은 되살아나지 않았다

–「안테나」 부분

도시가 만질 수도 없는 하나의 도시가 되었다는 것은 모든 존재들이 스스로의 삶을 잃어가고 있다는 것을 의미한다. 그래서 시인은 그 도시로부터 벗어나기 위해 교회를 짓고 십자가를 올렸다고 생각하고 있다. 그래서 그것은 또 다른 구원을 꿈꾸는 안테나이다. 하지만 벗어날 수 없는 것은 분명하다. "어디에도 숲은 되살아나지 않"기 때문이다. 도시가 커지고 사람들이 그 도시에서 모여 살수록 사람이라는 존재는 사라지고 그 존재들이 생명을 영위할 숲은 한번 사라져 되살아나지 않는다.

5. 잉여에 대하여

— 정재춘, 기혁, 황혜경 시인의 시들

요즘 젊은이들에게 최고의 욕은 아마 '루저'와 '잉여'일 것이다. 우리 사회에서 경쟁에 진 자는 루저가 되고 그 루저에게 사회에서 부여하는 지위가 바로 잉여이다. 이 루저나 잉여가 되지 않기 위해 모든 국민이 어릴 때부터 사교육과 키 크기와 얼굴 성형하기에 내몰리고 있다. 하지만 잉여는 그리 나쁜 말이 아니다. 잉여 생산물이 있기에 자본이 축적되고 그래서 산업이 발전하고 지금의 현대 문명이 융성하게 된 것이다. 잉여는 여유이고 그러기에 그것은 또 다른 것을 만들 가능성을 만들어 내는 기반이 된다. 사회에서 잉여로 남는다는 것은 사회가 만들어 놓은 구조에 편입되지 않는다는 것이고 그것은 새로운 가능성의 존재가 될 수 있는 위치에 있다는 것을 말해준다.

예술이란 사회에서 철저한 잉여이다. 그것이 없어도 공장은 돌아가고 시장은 활기를 잃지 않는다. 사람들은 일을 하고 공부하고 열심히 소비할 것이다. 그럼에도 사람들은 예술을 꿈꾸고 또 거기에 빠져든다. 그것은 현실이 요구하는 삶의 효율성에서 벗어난 또 다른 무엇인가를 필요로 하기 때문일 것이다. 그러한 잉여가 없다면 인간은 효율성에 구속된 기계에 불과하다. 예술이 있어야 할 이유가 거기에 있다. 최근 활발하게 활동하는 몇몇 시인들의 작품을 통해 이 잉여의 문제를 생각해 보고자 한다.

정재춘의 시들은 이 잉여로서의 시와 시인에 대해 생각하게 해 준다.

> 오래전부터 그는 간절히 바랐을 것이다.
> 단번에의 도달
> 소심함으로 빚어진 몇몇 층위엔 의미가 담기지 않는다.
> 만만한 것이 아닌 것이다.
> 줄곧 한 가지 생각에 몰두하면 못쓴다는 어른들 말씀이 신경 쓰였다.
> 그는 줄곧 한 가지 생각에 몰두하려 애썼다.
> 절실함은 늘 방법의 빈곤을 몰고 왔다.
> 한 번의 시도– 한 번의 실패
> 촘촘히 박힌 씨줄날줄의 흔적
> 매번 그는 단호한 시도를 꿈꾼다.
>
> –「주저흔」 부분

자살할 때 사람은 심리적으로 한 번에 치명상을 가하지 못하고, 여러 번 시도하다가 실패하거나 마지막으로 치명상을 가하여 사망한다. 이와 같이 치명상이 아닌, 자해로 생긴 손상을 주저흔이라고 한다. 대개 이 주저흔이 있느냐로 자살이냐 타살이냐를 판별하기도 한다. 그만큼 자신을 죽이는 일이 쉽지 않음을 나타낸다.

그런데 자살이라는 목적으로 보았을 때 이 주저흔은 잉여의 동작에 대한 흔적이다. 그런데 시인은 이 주저흔을 자신이 남긴 한 줄의 시로 보고 있다. 시인이 쓰는 시는 모두 한 번의 시도이나 또 한 번의 실패여서 그것은 목적을 이루지 못하는 주저흔으로 남는다는 것이 시인의 생각일 것이다. 꿈꾸는 것을 달성하는 시는 있을 수 없다. 자신이 아무리 단호한 결단으로 한 줄의 시구를 쓴다고 해도 그것은 결국 주저흔으로 남는다. 왜냐하면 시는 애초에 도달해야 할 목적이 없기 때문이다. 이 목적이 없는 문장은 주저흔일 수밖에 없고 또 그렇기에 잉여이다. 시인들은 이 아무짝에도 쓸모없는 자신의 두려움만을 보여주는 이 주저흔을 남기는 존재이다. 시는 잉여이고 이를 생산하는 시인 역시 잉여일 뿐이다.

그런데 잉여이기 때문에 시인은 다른 것을 볼 수 있다.

몰락에 관한 한
나도 할 말이 많았는데
이건 수만의 눈들에 들어박힌 절륜한 햇빛이고
밑이 없는 신화이고
발굴된 적이 없는 신들의 아우성
이건 완전한 bias
자발적 오류, 맘대로 스며든 변종
완벽히 망한 거다.
통째로 틀린 거다.
생각하는 대로
맘 가는 대로
노래하는 대로
춤추는 대로

—「고도근시」 부분

멀리 내다볼 수 없다는 것은 몰락의 경험이다. 지향해야 할 방향도 도달해야 할 목표를 상실한 것이기 때문이다. 고도근시를 가진 자의 앞에는 세상과는 절연된 오류와 제멋대로 변종된 사물들만 나타난다. 그의 앞에는 "완벽히 망한" 것이고 "통째로 틀린" 것들뿐이다. 애초의 목표와 목적은 상실되고 잉여들만 그의 앞에 나타난다. 하지만 그렇기 때문에 그는 다른 사람들이 보지 못하거나 애써 외면하거나 아니면 무시하고 있는 것들을 보게 된다. 시인은 고도근시여서 모든 사람들이 꿈꾸는 삶의 목표나 인생의 지향을 보지 못하고, 자발적 오류를 범하고 있지만, 그 이유로 완벽하게 다른 삶을 꿈꾸고 보고 있는 것이다.

그런 시인에게 시간은 지연된 시간으로 나타난다.

> 이제 뜸이 필요한 시간.
> 이렇게 어지러운데
> 지글지글
> 너는 또 이렇게 뜨거운데
> 그깟 척, 하는 것쯤은
> 묻어둬도 좋은 것.
> 곰삭아도 좋은 것.
> 이젠 정말 뜸 들일 시간.
>
> –「뜸이 필요한 시간」 부분

근대 이후 자본주의 사회에서 시간은 일직선적인 것이다. 발전이라는 개념이 인간들로 하여금 시간을 목표에 이르는 과정으로 인식하게 만들었다. 이 과정 속에 던져진 인간은 목표를 향해 끊임없이 나아가야 한다. 그것을 게을리한 인간은 경쟁에서 뒤처져 루저가 되고 사회에서 도태된다. '뜸'은 이러한 목적지향적인 시간에 대한 저항이다. 잠시 이 잉여로서의 시간을 돌아보는 것이 삶의 진정한 의미를 생각할 여유가 아니겠는가 시인은 우리에게 묻고 있다.

기혁 시인의 작품은 잉여로서의 삶의 문제를 다루고 있다.

인터넷으로 책을 주문하면
택배상자 속 대기가 궁금해진다

노을이 질 때마다
구름의 살결을 보면서 날씨를 매만지던 시절이 있었고,
별똥별이 떨어지던 새벽녘엔
사물의 반어(反語)로만 대화를 나누던 소원이
입가에 묻어있었으므로

…(중략)…

저녁의 사랑을 아침의 다른 말이라 읽을수록
언덕처럼 부풀어 올라 고갯길을 만드는 경이(驚異),
어느 가여운 감정은 경이를 딛는 발걸음을 실천이라 부르다
사람이 다 되어버렸다 또다시

절름발이 배달원에게 파주발 발신인불명을 확인하는 우리 은하의 시간,

택배상자 속 폭발과 팽창이
나의 문전을 완충하고 있다

—「파주」 부분

택배 상자 속의 공기를 생각하는 시인의 상상력이 참신하다. 택배 상자 속에 들어 있는 다른 곳의 대기는 아무도 생각하지 않는 정말 하

찮은 잉여이다. 그것은 택배를 보내는 사람에게도 그것에 들어있는 물건에게도 그 택배를 받는 사람에게도 아무런 의미가 없는 것이다. 하지만 시인은 그 택배 상자의 빈 공간을 채우고 있는 대기 속에서 많은 것을 생각한다. 파주 출판단지 어떤 곳에서 만들어진 책이 또 다른 어떤 물류창고를 거쳐 자신에게 배달되었을 거라 생각하면서, 시인은 그 안에 담긴 많은 삶들을 생각하고, 그것이 견고한 책의 내용보다 더 진지한 의미를 말하고 있지 않을까 얘기하고 있다. 그래서 그것을 확인하는 시간은 "폭발과 팽창"으로 이루어진 "우리은하의 시간"이 되는 것이다.

그렇기 때문에 이 잉여는 힘을 가진다.

서발턴, 서발턴 중얼거리고 나자
　　　　　　　　　　욕이 생각난다.
제아무리 수평을 유지하려 해도
　　　　　　　　　　무겁게
　　　　　　　　　　　　처진다.
아마추어 장대높이뛰기 선수처럼
　　　　　　　　　　힘에 부지고
점점 더
　　　아래로
　　　　　내려갈수록

…(중략)…

씨벌턴, 씨벌턴
씨발턴, 씨발턴

그러나 이때,
장대의 끝이 무거워질 때와 무르팍이 저려올 때를
잘 기억해야 한다
씨발, 소리가 다 끝나기도 전에,

모르니까.
할지도
솟구치게
당신을
바닥이

—「바닥」 부분

'서발턴'은 사회의 주류에서 소외된 하위 계층의 사람들을 말한다. 이 시의 제목처럼 그것은 바닥의 존재이다. 이 때문에 그것은 아래를 지향할 수밖에 없다. 사회에서 루저이고 잉여이기 때문에 아무리 상승을 기대해도 올라갈 수가 없는 것이다. 다른 말로 얘기하자면 부익부 빈익빈이고 또 사회의 양극화이다. 우리 사회에도 경쟁에서 뒤처진 그리고 애초에 경쟁에 나설 수 없는 수많은 젊은이들이 이 서발턴을 구성하고 있다.

하지만 그들에게는 서발턴에서 '씨벌던', '씨벌던', '씨발턴', '씨발턴'으로 바뀔 힘이 존재한다. 그것은 욕할 수 있는 힘이고 거부하는 정신이다. 그런 힘을 가질 때 그들은 바닥을 치고 다시 상승하게 된다고 시인은 꿈꾸고 있다. 그런데 이 거부하는 힘은 무엇일까? 바로 잉여로서의 자신을 인식하는 힘이다. 주류 사회에 편입되기 위해 경쟁에 뛰어들어 사회의 가치관에 순치되는 사람은 욕하며 저항할 수 없다. 주류가 되거나 조용히 사라지는 것뿐이다. 자신이 서발턴이라는 것을 자각하고 그것을 "씨발턴"으로 힘주어 발음할 때 그는 또 다른 힘을 획득한다. 잉여가 새로운 변혁의 희망이 되는 것이다.

황혜경 시인의 시들은 관계 속의 잉여를 생각하게 만든다.

> 핏줄들도 버리려고 할 때
> 비극의 끝을 걷고 있는 것만 같아서 센티멘탈
> 누구에 의해서든 버려질 나는 아름답다
> 아닌 건 아니고 누추하지만
> 살면서 어떤 바닥이 제대로 절정이 되어줄 수 있겠는가
> 몇 번이나 응원이 더 필요한 계절을 지나올 때도
> 오늘의 바닥에 닿지는 못했다
> 여분(餘分)을 믿는 것처럼 주머니를 뒤집었다
>
> …(중략)…
>
> 그리하여 이미 지나온 시인의 시에서
> 모르던 시간을 읽으면 나는 곧 후회로부터 긴 회한(悔恨)의 울음이 되어
>
> 버려질 나는 아름답다
>
> -「버려질 나는 아름답다」 부분

시인은 자신을 버려진 존재로 인식하고 있다. 버려진 존재는 사람들 사이의 관계에서 소외된 존재이다. 가족이나 사회 속에서 다른 사람들과 삶의 부분들을 함께 하지 못하는 존재이다. 그는 바로 잉여인간이다. 시인은 스스로 자신이 잉여라는 점을 인정한다. 그리고 아름

답다고 생각한다. 왜 잉여가 아름다울 수 있을까? 우리는 "여분을 믿는"다는 구절에서 그것을 생각해 볼 수 있다. 여분은 원래의 사물에 덧붙여진 것이다. 예를 들면 음악에 덧붙여진 연주자의 숨소리, 현악기 활 긋는 소리, 지휘자의 옷자락 펄럭이는 소리, 청중들의 기침 소리가 이것이다. 이런 것들을 소거시키고 완벽한 음악만을 추려내 음반으로 만들어 우리는 오디오를 통해 듣는다. 하지만 이러한 여분이 없는 음악은 완벽하기는 하지만 살아있지 않다. 최근에 다시 이러한 여분이 고스란히 남아있는 LP판이 유행하는 것도 이와 무관하지 않다. 시인이 버려질 자신을 아름답다고 얘기하는 것도 이런 차원에서이다. 여분으로서의 삶을 생각할 수 있는 시인으로서의 자신의 삶이 따지고 보면 아름답다는 것이다. 그것은 잉여이므로 목적에 부합되거나 종속되지 않기 때문이다.

이 점은 다음 시에서도 확인할 수 있다.

> 늘 당신들은 먼 얘기들만 나누고
> 하루 다음 끔찍한 하루가 코앞인데
> 당신들은 서정적으로, 나는 비감(悲感)하게
> 전원을 향해가는 당신들은 상투적으로 우아하고
> 나는 누군가 버린 개와 현실적으로 12년을 살았다
> 개와 느끼는 동거의 감각 변함없이 협동적이고
>
> －「맴도는 각오」 부분

당신들이 나누는 먼 얘기들은 사실 우리의 삶과는 동떨어진 내용일 경우가 많다. 정치 얘기이거나 스포츠 얘기이거나 연예인 얘기들일 것이다. 기껏해야 최근에 본 영화 얘기일 것이다. 그런 얘기를 하는 "당신들은 상투적으로 우아"하다. 하지만 자신은 버려진 강아지와 "현실적"으로 살고 있다. 세속적인 가치관으로 봤을 때 자신의 삶은 의미도 없고 지극히 사소하다. 사회적 지위와 세속적인 욕망과 인간관계에서 오는 자기만족을 하나도 충족시킬 수 없는 그런 삶이다. 하지만 자신의 삶이 가장 친밀하고 확실한 감각적 구체성을 확인하는 삶이라고 시인은 확신하고 있다. 삶의 아름다움이 거기에 존재한다는 것이다. 그것은 잉여의 아름다움이기도 하다.

사회는 잉여 위에 존재하지만 잉여를 인정하지 않는다. 잉여는 권력에서 소외되고 관계에서 지워지고 관심에서 벗어나 있다. 모두다 사회가 제시하는 목적으로 달려가야 하는 지금의 자본주의 경쟁사회에서 잉여로 남는다는 것은 스스로를 죽음으로 몰아넣는 것이라고 생각한다. 하지만 시인은 자발적으로 이 잉여가 되고자 하는 사람이다. 잉여가 될 때 그는 못 보던 것을 보게 되고 생각하지 못한 것을 보게 되고 잊혀진 아름다움을 다시 찾게 된다. 그 힘든 잉여의 길을 아름답게 보여주고 있는 세 시인들의 앞길에 부디 축복이 있기를!

6. 시가 넘어서는 세 가지

— 정혜영, 최윤희, 박현웅 시인의 시들

"시는 사무사(思無邪)"라는 시경의 말에서부터 "시는 일상어에 가해진 조직적 폭력"이라는 러시아 형식주의자들의 지적을 거쳐 숨겨진 욕망의 담론으로 이해하는 최근의 학설까지 시에 대해서는 많은 말들이 있었다. 거기에 감히 한 가지 더 첨언을 하자면 '시는 넘어서기'이다. 그런데 시는 무엇을 넘어설 수 있을까? 시가 넘어선다는 것은 다음의 세 가지의 의미를 가지고 있다.

첫째는 기존의 관념과 질서를 넘어선다는 것이다. 인간은 합리적 사회를 발전시키기 위해 사회 전 분야에서 질서를 만들어 왔다. 그 질서가 효율성을 증대시키고 인간의 행복을 확대해 온 것은 사실이다. 하지만 그것은 또 한 편 인간을 소외시키고 그로 인한 억압과 지배를 더욱 공고화하여 우리를 억압한 것 역시 또한 사실이다. 하지만 우리는 질서에 순치되어 이를 감지하지 못하고 자동화된 일상을 반복하며 살고 있다. 어찌 보면 현대사회의 모든 권태와 우울은 여기에서 기인한다. 시는 이러한 자동화된 일상의 상투성을 넘어서는 것이다. 시가 질서를 넘어선다는 것은 이런 차원에서이다.

정혜영의 시들은 이 점을 생각하게 해 준다.

부드럽고 촉촉한
길을 따라
단 것이 부르는 듯
먼 힘이 당기는 듯
무작정 걸어 들어갔다

어느 날
뼈처럼 단단하고
완강한 것이 잇몸을 찢었다
씨 부분이다

아 너무 깊이
걸어들어온 것 같다

맛없는 맛의 벽에
부딪치고 말았다

―「친구」 부분

우리는 과육의 달콤함에 이끌리며 산다. 그것을 원하는 욕망과 그것이 채워주는 쾌락으로 황량한 일상의 삶을 견디고 살아가고 있다. 하지만 그것의 너머에는 벽이 있다. 시인은 그 벽을 발견한 것이다. 그것은 우리를 길들이는 질서의 울타리이기도 하고 우리의 감수성과 사고를 규정하는 관념의 한계이기도 하다. 이 한계에 갇혀 행복을 느끼며 사는 것이 최상의 선택이라고 현실은 우리를 끊임없이 설득한다. 그리고 대부분의 사람들은 이 한계 속에서 자신의 개인적 행복을 꿈꾼다. 사회가 요구하는 모범적인 시민은 이런 사람들일 것이다.

그러나 정혜영 시인의 또 다른 시는 이러한 질서의 벽에 도전하라고 우리를 꼬드긴다.

지시등 없는 길

멈춤과 직진 돌아가는 선택도 벼랑 끝에 있다 고개를 숙이면 자신만의 절벽이 보인다 나침반을 들고 길 없는 길을 건너야 하는

신의 뜻이 숨어있는 비보호의 땅이다

–「비보호구역」 부분

시인에게 있어 세상은 절벽이고 "거기에서는 길 없는 길을 건너야" 한다. 세상을 절벽으로 인식한다는 것은 넘어서야 할 것이 있다는 것을 의미한다. 우리가 사는 세상은 사실 전체가 보호구역이다. 모든 질서가 이 보호를 제공한다. 안락과 편안을 위해 우리는 모두 질서에 순응하고 산다. 그리고 우리는 그것이 우리를 구속하고 우리의 가능성을 제한하며 우리도 모르는 사이에 우리를 길들여 우리 스스로를 권력에 복종하는 삶을 선택하도록 만든다는 사실을 망각하고 살고 있다. 그런데 정혜영 시인은 과감히 우리로 하여금 비보호구역으로 나아갈 것을 종용하고 있다. 거기에 숨어있는 "신의 뜻"이 있다고 믿기 때문이다.

두 번째로 시는 언어를 넘어서는 것이다. 언어는 부재하는 것에 대한 욕망의 표현이면서 또한 소통의 기호이다. 이 두 가지 측면이 만나면서 언어는 상투화의 과정을 되풀이한다. 소통된 기호는 나의 욕망을 타인의 욕망으로 만들고 반대로 타인의 욕망을 나의 욕망인 것처럼 가장한다. 그래서 나의 욕망의 진정한 표현인 언어는 사라지고 타인의

시선으로 규정된 나의 욕망과 그것의 표현인 상투화되고 형해화된 언어만이 남는다. 그 가장 극단적인 예를 우리는 정치인들의 언어에서 찾을 수 있다. 그들은 자신의 욕망을 감추고 모든 언어를 타인의 언어로 만들어 모든 사람들이 그것을 자신의 언어로 믿게 만든다. 시는 이런 언어의 상투화를 넘어서는 것이다. 시가 언어이면서도 언어가 아니어야 하는 이유가 여기에 있다.

최윤희 시인의 시들은 이 언어로부터의 넘어섬을 생각하게 해 준다.

> 답지가 수상하다
> 가나다순은 건방져 보이고
> 나가라나가는 불온하며
> 다나가라로 적기 미안해 답을 고치면
> 시험지가 허연 종아리를 걷고 회초리를 맞는다
>
> 헝클어진 실타래를 움켜쥐고
> 누군가 묻는다
> 이쪽이냐 저쪽이냐
> 이도 저도 아니라고 고개 저으면
> 채찍을 휘두르며 줄을 세운다
>
> 요즘 문제는 OX로 푼다
> 한 손에 각목을 집고 삐딱하게 서서
> 머릿속까지 뒤지는 불심검문에
> 오늘도 시험에 들게 하옵시고
> 나는 또 망설이는데

－「시험에 들다」 전문

이 시에서 시험은 상투성에 갇힌 언어에 대한 알레고리로 읽힌다. 우리는 어디로부터 강요된 정답을 적으며 살아야 한다. 그 정답은 항상 언어의 형식으로 우리에게 제공된다. 그런데 그 언어는 단순한 말을 넘어서 우리들에게 삶의 선택을 강요한다. 그리고 그것을 벗어나고자 하는 사람을 가차 없이 단죄한다. 또한 그 언어는 "머릿속까지 뒤지는 불심검문"으로 우리의 사고를 지배하기까지 한다. 그렇게 보면 우리가 사는 세상은 이러한 언어가 우리에게 실시하는 시험의 과정을 연속으로 통과하는 것이기도 하다. 하지만 시인은 여기에 순응하지 않고 일부러 불성실한 오답을 적고자 한다. 사회가 묻고 요구하는 것을 거부하고 건방지거나 불온하거나 미안한 언어로 바꾸어 이 강고한 언어의 장벽을 우스운 것으로 만들어 무화시키고자 한다. 그런데 그 답안의 내용이 재미있다. "나가라나가"이거나 "다나가라"이다. 우리 모두가 갇혀 사는 언어의 감옥으로부터 나가고 싶은 열망의 표현이리라.

최윤희 시인의 다음 시는 기존의 언어를 벗어나 새로운 언어를 만드는 일이 얼마나 힘든 일인가를 말해주고 있다.

준비물
우뚝 솟을만한 빈 영역
영혼을 떠낼 작은 꽃삽
삶과 죽음에 관한 사소한 실랑이와
툭 툭 껍질을 깨고 나오는 몸부림
그리고 살아야 할 몇 가지 이유들

재배법
봄이 어디 날 잡고 오시더이까
내 마음 꽃피면 봄인 게지

이마에 손 얹고 까치발로 서면
못 박고 떠난 자리에도 보이나니
길게 자라 미워진 가지 짧게 자르면
눈시울 젖은 예닐곱 얼굴이
눈부신 그림자로 걸어와
종말보다 더 깊은 어둠을 밝히는데
…(중략)…

기념촬영
좀 웃어보라는 말에
심장엔 아예 폭죽이 터진다
제비 둥지 그 허기짐으로 입 벌리는 붉은 빰에
어찌 다 입 맞출 수 있을까

―「베란다 꽃 키우기」 부분

베란다에서 꽃을 키운다는 것은 갇혀 있는 언어를 변형하고 새로운 언어의 꽃을 피우는 행위이다. 그것은 바로 시 쓰기의 비유이기도 하다. 그리고 그것의 의미는 첫 연에 잘 밝혀져 있다. 새로운 언어로 시를 만들어 기존의 언어를 벗어난다는 것은 자신을 둘러싸고 있는 기존 질서라는 "껍질을 깨고 나오는 몸부림"이기도 하고 자신의 영혼을 바쳐 삶과 죽음의 경계를 넘나들어야 할 만큼 심각한 것이다. 하지만 그것은 사실 남들에게는 사소하게 보이는 일이기도 하다.

그런데 그렇게 새로운 언어를 어떻게 "재배"해야 하는 것일까? 시인은 그것을 "못 박고 떠난 자리"와 "미워진 가지 짧게 자르"는 것으로 표현하고 있다. 새로운 언어는 박힌 곳에서는 오지 않기 때문이다. 박힌 곳의 언어는 질서와 억압의 언어이지 새로울 수는 없다. 새로운 꽃을 가능하게 하는 봄은 지금 여기에 매몰되지 않는 자유로운 정신에서 오는 것이다. 또한 그것은 미학적 태도를 요구하는 것이기도 하다. 언어가 고정되는 것은 세상을 보는 우리의 눈을 고정시키는 것이다. 그러므로 그것은 세상을 은폐하고 세상의 온갖 사물들이 가지는 본질과 아름다움을 보지 못하게 만든다. 언어를 새롭게 하는 것은 언어를 통해 도달해야 할 새로운 아름다움을 만들어가는 과정이기도 하다. 그것은 꽃나무를 전지하는 것처럼 섬세하고 또 정성스러운 노력을 요구하는 지난한 노동이다.

세 번째로 시는 인간과 인간들 사이의 단절을 넘어서야 한다. 소외된 개인들이 서로 단절된 삶을 영위하고 있는 것이 바로 현대 사회의 가장 큰 특징이다. 개인이 통제하거나 지배할 수 없는 거대한 사회의 시스템과 메커니즘에 종속되어 개인은 자신의 주체성을 상실하고 살아가고 있다. 그것이 지금 우리 사회의 개인들이 겪고 있는 인간 소외의 본질이다. 이러한 소외된 개인들은 오직 시스템하에서만 서로 연결되어 있기에 전 존재로서 자신을 통해 타인과 만나고 관계 맺지 못한다. 그것이 단절된 인간관계를 만들어 내고 '군중 속의 고독'을 느끼게 만든다.

박현웅 시인의 시들은 이 인간들 사이의 단절을 얘기하고 있다.

우리들 노래는 어느 날의 절망에 묻혀
죽음을 꼭 안은 채 미라로 굳어가기를 자청했던가
목젖이 짓눌린 골목 모퉁이에 한 가족의 성대는
진동할 공간도 없이 컴컴하게 누워있다
절실할수록 우리는 아무 소리도 듣지 못했다

사내는 얇은 천 같은 검은 헛것에 쫓기며 살아왔다
…(중략)…
구겨진 악보를 펼칠 때마다 손금에서는 피가 배어나온다
가족사진을 오래 쓰다듬던 사내의 굳은 얼굴 표정이
갑자기 심하게 일그러지며 눈물을 튕겨낸다
팔뚝 끝으로 둥글게 힘을 모으며
절망에 힘을 넣어가며 질긴 고독의 막을 찢으며
랄랄라, 배우지 않은 노래를
랄랄라, 사내는 하나도 틀리지 않고 부르기 시작한다
우리들 노래는 고요의 마지막 정서
내부의 죽음이 뿌리는 연기 같다

－「노래」 부분

우리는 노래를 다 같이 불러 서로의 정서를 나누기도 하고 누군가에게 불러주어 자신의 마음을 전달하기도 한다. 경우에 따라 혼자 부르는 노래라고 하더라도 그것은 누군가가 부르거나 불렀을 노래이다. 이렇듯 노래는 공감의 도구이다. 그런데 이 시의 앞부분에서 보듯이 노래는 다른 사람에게 전달되어 공감되지 못하고 갇혀 누워있다. 그것은 이 시의 주인공 사내가 겪고 있을 현실적 가난 때문이기도 하겠지만 "헛것에 쫓기며 살아왔다"라는 구절에 표현되어 있듯이 진정한 나를 잃어버리고 소외되어 살아왔기 때문이다. 그런데도 시 속의 사내는 노래를 힘주어 부른다. 우리는 모두 누군가와 공감하여 단절을 벗어날 수 있기를 간절히 바라기 때문이다. 시인은 그것을 "질긴 고독의 막을 찢"는다고 표현했다. 이 가난한 사내가 목청껏 자신의 전 존재를 던져 부르는 노래 그것은 세상의 고독을 넘어서려는 시인의 노래이고 시 그 자체이다.

박현웅 시인은 이 노래들이 모여 이루어지는 공감의 과정을 다음과 같이 아름답게 묘사하고 있다.

그림자 하나 자라지 못하는 땅에
의심 없이 박히는 저 씨앗은 어느 적막의 자손들일까
부풀어 오르는 백사장에 모닥불이 피워졌다
서로 모르는 어둠 속에서 투명하게 어슬렁거리던
낯선 사람들이 유령처럼 하나둘 모여든다
각자는 긴 여행에 지친 듯 말을 하지 않았지만
변명의 여지를 만들지 않는 하나의 눈짓은
얼마나 편안한 자리를 마련해주던가
우리는 서로를 기울여 빈 잔을 채워주었다
오! 취하지 않고 어떻게 처음인 상대를 부둥켜안겠는가
한 사람으로 쑥스럽던 유행가는 취기가 오르자
몽롱한 주술이 되어 다 함께 목청을 풀어 올린다
우리 질긴 노래는 하나씩 하나씩 추억을 뽑아내며
자신의 존재가 충분히 이미지화될 때까지
모래알보다 더 촘촘한 퍼즐을 완성해나갔다

–「불의 춤」 부분

이 시에서 함께 부르는 노래는 모래알처럼 흩어져 있는 개인들을 "촘촘한 퍼즐"로 완성해 가는 과정이다. 그러기 위해 사람들이 모여든다. 그들은 낯선 사람들이었지만 불과 노래에 취해 하나가 된다. 여기에서 불과 노래는 소외된 사람들 간의 단절을 넘어서는 도구이며 또한 시가 아닐까 생각해 본다.

7. 시와 공포

— 황종권, 여성민, 조은설 시인의 시들

들어가며

지금 우리사회를 지배하고 있는 정서는 두려움이라 해도 틀린 말은 아니다. 물론 인간은 누구나 나약한 존재이고 우리가 사는 세상은 항상 개인이 감당하기 힘든 것이어서 인간은 근원적인 공포를 안고 태어났다고 말할 수 있다. 하지만 그 공포를 줄이기 위해 인간은 수십만 년 동안 인지를 발달시켜 오고 사회조직과 문명을 발전시켜 대비해 왔다.

그런데 지금 우리 사회는 이 공포를 줄여주지 못하고 있다. 어쩌면 사회적 삶이 우리를 더 공포로 몰아넣고 있다. 알 수 없는 어떤 힘이 우리 자신들의 삶을 결정하고 그것으로부터 누구도 나를 보호할 수 없다는 생각을 갖게 만들고 있다. 이러한 두려움은 생존욕구만을 불러일으키기 때문에 도덕도 윤리도 다른 사람에 대한 연민 같은 많은 가치를 없애버린다. 우리 사회에 무도덕 무감각 몰염치가 만연하는 것도 이와 무관하지 않다. 몇 년 전 있었던 세월호 사건과 근래 우리를 공포로 떨게 했던 코로나19 팬더믹은 우리 사회의 공포가 어떤 모습으로 다가오는지를 너무도 잘 보여주고 있다.

예민한 시인들에게 공포는 더 공포스럽게 다가올 것이다. 그들은 보통 사람이 보지 못한 사회적 징후들을 포착하고 그것이 가져올 삶의 영향을 누구보다도 예리한 감각으로 미리 느낄 수 있기 때문이다. 그러나 또 한편, 말장난 같기도 하지만, 시인은 두려움을 두려워하지 않는 존재이다. 두려움을 애써 표현하고 두려움에 맞서 그 두려움의 실체를 끝까지 찾아가려는 존재이다.

최근 활발하게 활동하며 시단의 조명을 받고 있는 다음 세 시인들에게도 이 공포라는 정서는 특별한 의미를 갖는다.

1. 두려움의 실체

황종권 시인의 시들은 우리 사회에서 느끼는 두려움의 근원을 보여준다. 공포는 분리로부터 온다. 우리가 느끼는 최초의 공포는 아마 태아가 모체로부터 분리되는 경험에서 온 것이리라. 다른 존재와 분리되어 이별한다는 것은 사회적 동물인 인간에게는 너무도 큰 두려움이다. 그것은 모체로부터 분리되던 최초의 공포를 떠올리게 한다.

> 아름다웠나, 아름다울 수 있었나
> 애써 발자국을 남기고 싶지만
> 사람의 뒷모습이 입에 물리고
>
> 밥을 삼킨다.
> 인사를 한다.
>
> 식욕처럼 오는 이별을
> 기꺼이 살아버린 골목이라 부르지만

입을 벌리면
골목은 막다른 소리를 품겠지만

사랑했나, 사랑은 했었나
길을 탕진한 얼굴이 열없는 고백을 내뱉는 동안
무릎이 펄펄 끓고

길이 등을 돌린다

얼굴이 캄캄해지도록 표정이 열렬히 붐비기 시작한다
먹구름이 주저앉는 곳마다
어떤 표정을 지어보려고 하지만
재가 된 골목이 미리 젖고 있다

–「어떤 표정을 지을 때」 부분

삶을 살아가면서 우리는 밥을 먹듯 이별은 한다. 그리고 그 이별을 인사로 대신한다. 하지만 그것은 두려움을 견디기 위한 것일 뿐이다. 그 인사만큼 우리는 분리를 경험한다. 보통 사람들이 일상적으로 경험하는 이 분리의 두려움을 시인은 "길이 등이 돌린다"라는 강렬한 표현으로 강조한다. 모든 것이 돌아서고 자신이 혼자 떨어져 있게 된다는 공포감이 엄습할 때 세상은 "재가 된 골목"이라는 폐허로 느껴진다. 많은 청소년들이 왕따를 경험하고 또 많은 사람들이 여러 가지 이유로 인간관계의 단절과 소외를 경험할 때의 느낌도 이와 다르지 않을 것이다.

굽은 등을 둘둘 말아

바닥을 둥글게 안고 싶어라

고양이는 높은 곳에서 떨어져도 죽지 않겠지?

주름이 뭉친 자리

줄무늬 고양이가 털을 핥고

나이가 짐승이니 짐승이 세월이니

담을 쌓으며 담을 오르는데

아아, 왜 오르지도 않았는데 무릎이 먼저 녹는 걸까

입가에 흘러내리는 흰죽

왠지 썩는 냄새가 가장 안전한 낙법 같고

—「낙법」 전문

시인이 고양이를 부러워하는 것은 그의 낙법 때문이다. 그런데 시인은 왜 낙법을 꿈꿀까? 당연히 그것은 두려움 때문이다. 넘어지고 떨어지고 미끄러지는 것에 두려움이 우리 사회에는 상존하기 때문이다. 다시 말하면 그것은 사회적 추락의 공포이다. 실업자가 된 가장이나 계속해서 취업에 실패한 젊은이가 스스로 생을 마감하고 정리해고된 노동자들이 스트레스로 병이 들어 사망하는 것은 이 모든 추락의 비극을 잘 말해준다. 그래서 시인은 추락해도 안전한 낙법을 갈망한다. 하지만 가장 안전한 낙법을 “썩는 냄새”라고 표현하고 있다. 그것은 사회에서 매장되는 것이고 사회적 무능력자가 되는 것이고 바로 죽는 것이기도 하다. 이것이 가장 안전한 낙법이라는 것은 그만큼 우리 사회에는 추락이 만연하고 있는 것이라는 점을 시인은 역설적으로 표현하고 있다.

그런데 공포 중에 가장 큰 공포는 사라질지 모른다는 공포이다.

> 발이 사라질 것이다, 결국 우리는
>
> 무덤에 발목을 적시면서 무덤이 되고 죽은 새가 사라진 허공을 돌아갈 수 있는 지명이라고 부르겠지만
>
> 사라질까 사라질 것이다
>
> 여행처럼 무릎을 지우면 검은 묘비들이 저녁을 세우고 우리를 흡수하는 추상이 오직 하나의 감정일 때
>
> 발자국을 애써 남기고 싶지만
>
> –「여행처럼」 부분

시인은 소멸에 대한 공포를 "발이 사라질 것이다"라고 말하고 있다. 사라지는 것 중에서 발이 사라진다는 가장 두려운 공포이다. 왜냐하면 그것은 자신이 남기려는 발자국까지 없애버리는 철저한 소멸을 말해주기 때문이다.

2. 다른 것 되기

그렇다면 우리는 이 두려움 속에서 살아남기 위해서는 어떻게 해야 할 것인가? 그것을 여성민의 시를 통해 생각해 볼 수 있다. 공포를 벗어나기 위한 가장 좋은 방법 중의 하나는 우리 자신이 다른 것이 되는 것이다.

줄거리라고는 국수 줄거리뿐이라서 당신들은 나를 나무라겠지만

국수집 아저씨는 오늘도 국수를 뽑네

나는 국수를 좋아해서 하루에도 두 번 국수를 먹으러 가고 국수를 기다리며 누워있는 일은 옥수수 같은 일 샴푸 같은 일

…(중략)…

나는 네 뼈를 사랑한단다 얼마나 사랑하는지 흰 국수를 보면 알지 슬픈 얼굴로 국수집 아저씨 국수를 말고 있네 미자 같은 일 미자의 기분 같은 일

국수를 좋아해서 나는 내 뼈가 보이지 않을 때까지 국수를 먹고 조랑말은 조랑말이라서 아름다운 줄거리를 모르고

기린은 삼 초 동안 잠을 자고 일 초 동안 기분을 유지하네

당신들은 나를 나무라네

–「미자의 기분 같은 일」 부분

우리가 공포를 느끼는 것은 자신을 지키고 싶기 때문이다. 어떤 외부의 힘으로부터 자신이 죽거나 다치거나 병들거나 해서 지금의 자신을 잃어버릴까 두려워하는 것이다. 하지만 스스로 자신이 다른 어떤 것이 되어버리면 이 공포를 벗어날 수 있을 것이다. 위의 시는 그러한 내면의 과정을 보여준다. 국수를 먹고 싶다는 사소한 욕망 속에서 시인은 여러 가지로 변한다. 조랑말이 되었다가 기린이 되었다가 결국 나무가 된다. 그렇게 변함으로써 시인은 국수가 먹고 싶다는 사소한 욕망의 좌절을 견딜 수 있게 된다.

하지만 이러한 변모가 우리를 두려움에서 벗어나게 해 줄 수 있을까?

> 몸을 이해하려고 몸에서 얼음을 파낸다
> 몸을 이루는 것들
>
> 공기들
>
> 꽃을 파내자 죽은 꽃잎들이 따라 일어났다 비를 예감하면 구리가 빛났다 과일을 벽에 던지면 새로운 종교를 가질 수 있다 과육이 무너지며
>
> 아픔은 어디에서 오는가,
>
> 부서지고 해체되며
>
> －「예감」 부분

과육을 벽에 던지듯 우리 자신의 실체를 망가뜨리면 우리는 "새로운 종교를 가질 수 있"게 되고 두려움으로부터 해방될 수 있을 것이다. 하

지만 그때 우리는 "부서지고 해체"될 예감을 피할 수 없게 된다.

> 부피도 없고 모양도 없는 손을 내밀면 당신들은 선으로만 표현된 손을 잡고 반가워합니다 보기 드물게 따뜻한 선이구나 말하겠지만 사실 당신은 체온을 느낄 수 없습니다 선과 선 사이로 배경처럼 당신이 보이고 새의 부피가 통과하고 쓸쓸해진 당신은 이따금 손을 잡아보기도 하는데요 온도가 없어서 편안해 당신이 웃으며 말합니다 살도 없고 피도 없는 손은 형상이 천 가지로 변하죠 기도하다 선이 엉키죠 처음 손을 만들 때 선을 그리고 신은 어떤 색을 생각했을까 손의 검정이 날아가 까마귀가 되었을지 몰라 빨강을 섞으며 어떤 직감으로 신은 울었을지 모르지만 오늘은 따뜻한 바람이 들락거리고 회전하는 총알이 지나가고 선의 안으로 비가 내리네
>
> —「은에 대한 분노」 부분

손은 자신의 힘과 역할을 표현하는 신체 부위이다. 손이 하는 일이 곧 나이기 때문이다. 또한 그러한 이유로 손은 사회적 관계를 나타내는 상징이기도 하다. 사람들이 손으로 악수하는 것도 다 이 때문이다. 하지만 이 시에서 보면 손은 수없이 다른 것으로 변한다. 손은 수많은 형태로 변모하다 결국 선이 되고 만다. 선은 사물이거나 실체라기보다 우리가 그것을 보고 표현하는 추상적인 형태이다. 결국 손이라는 나의 사회적 존재는 결국 수많은 변모 속에 해체된 추상적 도형에 불과하게 된다.

여기에서 공포는 분노로 바뀌게 된다. 내가 나 아닌 것으로 끊임없이 변화하면서 나는 내가 가진 공포를 상상적 힘으로 전화시키게 된다. 그 상상적인 힘의 폭력을 타인에게 휘둘러 우리는 우리가 가진 나약함을 보상받게 되고 결국 공포를 견딜 수 있게 된다. 그러한 정신 지향의 극단이 바로 파시즘이다. 이 시는 공포가 어떻게 이런 분노가

되는지를 보여주고 있다.

3. 감싸 안기

조은설 시인을 훨씬 따뜻한 방식으로 이 공포를 벗어나고자 한다. 그것은 공포의 대상을 받아들여 내 것으로 만드는 방식이다.

체념과 그리움이
망망대해 일엽편주로 흔들리는 장례식장
소금기 절은 치맛자락이 사슬처럼 끌린다
그녀는 이제 남편의 빈자리에 염전을 짓고
천연 소금을 구워내며 홀로 살 것이다
왕소금, 꽃소금, 구운 소금, 죽염, 지중해 푸르른 맛 게랑드소금
소금 사세요, 소금…….
남편은 소금밭머리 잠시 서 있다가 학이 되어 날아가고
소금장수가 된 아내는
밤마다 달빛 소금 별빛 소금 한 됫박씩 내다 팔다가
새벽 미명이면 마침내
소금별이 되어 염전 위에 떠오를 것이다

–「소금별」 부분

가까운 사람과 사별한다는 것은 가장 두려운 일이다. 그 두려움을 시인은 "소금별이 되"는 상상적 과정을 통해 극복하고 있다. 소금이 된다는 것은 변하지 않는다는 것이다. 남편의 죽음을 받아들이고 그 죽음이 주는 공포를 받아들여 내 것으로 만들 때 그 공포는 그 자체가

또 다른 아름다움으로 변하게 된다.

달빛 희미한 어느 간이역
방황하던 별들이 서둘러 승차하네
우주의 실핏줄 끌고 달려가는 은하철도
당신은 어디쯤서 환승할 수 있을까?

한두 걸음 다가서면 눈멀고
두어 걸음 더 다가서면 불타고 마는
정해진 궤도만을 광속으로 도는 천체 속에
어긋난 그리움이 맨발로 달려가네

광활한 우주 속에서
지구는 태양을 돌고 달은 지구를 돌고 별과 별은 서로를 돌고
나는 당신을 따라 끝없이 돌고 있네

–「바람만바람만」 부분

우리가 만나야 할 누군가를 만나지 못한다는 것도 두려운 것 중의 하나다. 현대 사회의 개인주의와 그에 따른 사람과의 정서적 단절 그리고 사회조직의 복잡성이 사람 사이 관계의 소원화를 만들어 낸다. 그래서 친구와도 가족과도 나와의 삶을 공유할 부분이 점점 사라져 간다. 그래서 우리는 점점 왜소한 개인으로 남게 되고 거대한 사회조직의 힘에 무력한 존재로 두려움을 느끼게 된다. 이러한 단절 속에서 우리는 만나야 할 누군가와의 만남을 끝없이 연기하고 살고 있다. 그런데 시인은 이러한 관계를 단절이라고 생각하지 않고 끝없이 "따라 돌고 있"다고 생각한다. 단절을 껴안아 함께 있는 것으로 만드는 상상적 조작을 하고 있다.

다음 시는 좀 다른 차원의 껴안기를 시도한다.

> 인간의 면상 위에서 아슬아슬 외줄을 타는
> 언제 공중제비하다 지상에 내리꽂힐지 모를 삶의 곡예
> 안전핀 뽑아 온 몸 세상에 던지고 싶은 이가 어디 당신뿐이랴
>
> 인간과 인간 사이 가장 뜨거운 인간이 되고 싶은 아우성을 매달고
> 가랑잎 한 장 만원의 지하철에서 뒹굴고 있다
>
> －「잡상인」 부분

삭막한 자본주의의 밑바닥을 살아가는 '잡상인'을 "가랑잎 한 장"으로 비유하고 있다. 그는 "안전핀 뽑아 온 몸 세상에 던지고 싶은" 항상 두려움과 절망을 껴안고 사는 사람이다. 시인은 바로 그러한 존재, 우리 사회에서 가장 큰 공포를 느끼며 살 수밖에 없는 존재에 대한 연민의 시선을 던짐으로써 이 공포에 다가간다. 그리고 그 공포를 자기 것으로 감싸 안으면서 공포와 그 공포의 희생자를 치유하고자 한다.

맺으며

흔히 시인을 잠수함 속의 카나리아로 비유한다. 세상의 분위기와 징후를 가장 예민하게 느끼는 존재이기 때문이다. 그런 점에서 여기서 살펴본 세 시인의 시 속에 보인 두려움의 정조는 우리 사회의 어두운 측면을 드러내고 있다. 나의 생존을 위협하는 어떤 알 수 없는 폭력을 내 자신도 어떤 사회조직도 해결할 수 없다는 암울한 예감이다. 해결할 수 없다기보다 사회조직 자체가 공포를 조장하는 폭력의 근원이 되

기도 한다. 수많은 음모론과 '일베'로 지칭되는 패륜적인 댓글놀이는 이 공포가 만들어낸 또 다른 폭력이다. 이러한 상황에서 시인은 이 공포를 드러내지만, 또한 이 공포를 넘어서기 위한 또 다른 언어를 만들어 내는 존재이기도 하다. 그리고 이것이 아직은 우리 사회에서 시인이 있어야 할 이유이기도 하다.

8. 고통의 언어와 고통의 기억

— 이범근, 정영미, 이해존 시인의 시들

들어가며

이제는 모두 잊자고 한다. 고통스러운 과거와 사건은 잊고 행복한 앞날을 이야기하자고 한다. 하지만 고통을 잊어버리는 사회는 경박해진다. 이러한 사회에서 사람들은 진지한 성찰보다는 가벼운 쾌락에 몸을 맡기고 순간의 오락에 탐닉한다. 그래서 사람들은 삶의 진실을 드러내 보이는 비극을 보지 못하고 안이한 해피엔딩으로 위안을 받는다. 그런데 어찌 보면 이렇게 고통을 잊어버리려는 우리의 정신적 나태가 수많은 사람들을 사지로 몰고 간 비극을 만들었다고 할 수 있다. 고통이 정말 싫은 것이라면 고통을 잊어서는 안 되고 그것과 대면하여 그 진실을 파악해야 한다. 그래야 그러한 고통이 다시 반복되지 않는다.

이렇게 보았을 때 삶의 진지한 성찰의 한 방식인 문학은 우리가 잊으려고 하는 고통을 참으로 고통스럽게 드러내는 일이다. 그것은 고통을 드러내어 그것을 배태시킨 사회의 어둠을 고발하고 추문화시키는 일이다. 최근 주목할 만한 몇몇 시인들의 작품에서 특히 고통의 언어가 눈에 띄는 것은 바로 이 때문일 것이다.

1. 삶의 고통과 슬픔의 편재

이범근의 시를 읽으면 슬프다. 모든 것에 슬픔이 내재해 있다. 그런데 왜 슬플까? 원래 슬픔은 욕망의 좌절에서 온다. 우리의 마음이 욕망을 채울 수 없어 빈 공간으로 남을 때 그곳을 채우는 것이 슬픔이다. 그런데 이 슬픔은 고통을 수반한다. 내가 욕망하는 나 아닌 대상들이 나를 보호할 수 없기 때문이다. 나는 아무 가진 것 없이 세상의 힘에 마주해야 한다. 그것이 고통이다. 그 고통이 자신에게 내면화되면 그것은 슬픔이 된다. 이범근 시인은 이런 내재화된 슬픔이 우리의 삶을 지배하고 세상에 편재되어 있다고 말한다.

앵두가 아프다
아픈 심장은 시큼하고 떫기도 해서
깨진 유리창은
오래전, 피가 흘렀던 길을 드리운다
…(중략)….
사과 박스 안에서
보일러관이 지나가는 바닥 위에서
손바닥만 한 발수건 위에서
앵두가 아프다
들어와 나가지 않는 숨으로
겨우 공중을 들어 올리는 거죽
떠오르는 먼지와 출렁이는 천정
노파는 듣고 있는지
입 안 가득 앵두를 씹고 있는지
흐르는 침이 멈추질 않는다
앵두를 놓아버린 앵두나무 아래

앵두를 묻는다

―「반려」 부분

시인은 빨간 앵두의 앙증스러운 모습을 보고 따뜻하거나 아름다운 서정을 느끼기보다는 그것을 우리 자신이기도 한 사회적 약자의 알레고리로 생각한다. 앵두는 어디에 있건 또 무엇을 해도 상처받고 슬픈 존재가 된다. 그것이 보여준 색깔만큼이나 처절한 삶이 그 앞에 놓여 있다. 떨어져 낙과가 돼도 그것은 핏빛을 보여주면서 사라질 운명이고 사람들의 입안에서도 또 "보일러관이 지나는" 삶의 변두리에서도 그것은 제 자리를 찾지 못하고 짓이겨지거나 씹히거나 아니면 조용히 묻혀 사라지는 존재가 된다. 그런데 앵두는 그래야 비로소 앵두이기도 하다. 싱싱한 나무에 달려 있는 앵두는 아무도 주목받지 않고 또한 아무도 앵두라 불려주지도 않는다. 그렇게 보면 우리의 삶 역시 우리가 우리 자신의 존재감을 드러낼수록 우리는 슬픈 그리고 고통스러운 존재가 된다. 그리고 선택할 수 있는 길은 조용히 슬픔 속에 사라지는 길뿐이다. 우리의 삶에 슬픔이 편재하는 이유가 여기에 있다.

다음 시는 더 나아가 고통을 삶의 근원적인 에너지로 받아들인다.

들깨밭에 기름이 차는 저녁
핏자국을 따라
보름을 걸어간 짐승들이 돌아온다
저녁에다 불을 붙이는 손끝에
깻내가 어둡다
불을 마신 살 속엔 핏기가 없다
나뭇가지를 푹 찔러 넣으면
창백하고, 후끈한 육(肉)

죽어서 더 뜨거워진
이름을 잊기 위해
먼 조상들이 그러했듯
돌무더기처럼 둘러앉는다
상한 몸이 사라져도 노래를 잊지 않고
성한 몸들은 뼈를 잃지 않고

-「몸의 옛 이름」 전문

시인은 우리들의 몸에 각인된 또 다른 몸들의 기억을 되살린다. 그것을 시인은 "이름을 잊기 위해", "노래를 잊지 않고", "뼈를 잃지 않고" 등의 비슷한 언어의 나열로 표현한다. 이름을 잊는다는 것은 나 아닌 타자를 온전히 나로 받아들인다는 것이다. 그것이 이름으로 표상하고 있던 삶의 모습이나 방식을 무화시켜 오직 나로 환원한다는 것이다. 우리가 사냥해서 잡은 멧돼지를 구워 먹을 때 그것의 살은 멧돼지라는 이름을 잊게 만든다. 그리고 그것 자체가 내가 되고 우리는 그 죽은 멧돼지의 고통까지도 내 것으로 만든다. 이 고통을 위로하고 받아들일 때 우리는 노래를 한다. 그것은 제의이고 또한 시이다. 그리고 이런 시가 존재할 때 고통을 잊고 지내는 "성한 몸들은" 고통이 기록된 "뼈를 잃지 않"게 된다.

이렇듯 우리의 삶은 타자의 고통 속에 존재한다. 그 고통을 잊으면 우리는 폭력의 주체가 되지만, 그 고통을 기억하는 한 우리는 노래를 잃지 않는 시인이 된다. 시인이 된다는 것은 결국 세상의 고통을 기억하고 그것을 노래하는 자로 남겠다는 것이다.

2. 고통과 희생제의

희생이 덕목이 되고 그것을 우리가 높이 평가하는 것은 고통을 감내할 만한 높은 정신의 발현이기 때문이다. 그런데 희생은 고통을 참아내는 것이기도 하지만 그 고통을 기록하여 기억하게 만든 것이다. 전태일 열사가 우리에게 큰 의미를 주는 것은 그가 겪었을 삶의 신산함과 죽음의 고통 때문이 아니라 그가 죽어서 잊지 못하게 된 이 땅의 노동자들의 고통이다. 예수가 십자가에 매달린 것도 마찬가지이다. 그 자신이 당한 고통의 크기가 그를 위대하게 만든 것이 아니라 그가 자신의 고통으로 잊지 말기를 우리에게 당부한 인간의 죄와 그것이 가져오는 고통의 크기이다. 정영미의 시는 이 희생을 생각하게 만든다.

> 벽지에 꽃무늬 얼룩이 피었다
> 온통 야생의 들판이다
>
> 살점을 베어 물린 혈기들이
> 습한 뿌리로 박혀
> 현란한 깃대를 펄럭이고 있다
> 표범무늬 푸른 반점들이 눈빛을 번뜩인다
> …(중략)…
>
> 층과 층 사이 유년의 동굴 속에서
> 스프링클러가 새고 있었다
> 부식의 관을 통째로 들어낼 수 없어
> 한쪽을 땜질하는데 또 한쪽이 샌다
> 아무리 틀어막아도

내 발꿈치에서 자꾸만 꽃물이 번진다

―「얼룩이 꽃으로 피다」 부분

벽에 드러난 모기 잡은 흔적들을 보면서 자신의 삶을 반추해보고 있는 시인의 심리적 흐름이 비현실적인 묘사들을 통해 그려진 작품이다. 그 핏자국을 보면서 시인은 지금 우리들의 삶을 "살점을 베어 물린 혈기", "표범무늬 푸른 반점들이 눈빛을 번뜩인다" 등의 강렬한 표현들을 통해 두렵고 잔인한 것으로 그려내고 있다. 어찌 보면 우리가 살고 있는 이 현실은 전장이고 정글이라는 인식이다. 그런데 더욱 고통스러운 것은 이러한 현실을 인식하고 있는 시인 자신도 이러한 삶의 방식과 그 속에서 배어 나오는 살기를 멈출 수 없다는 데에 있다. 시인은 그것을 "내 발꿈치에서 자꾸만 꽃물이 번진다"라는 아름다운 이미지로 포장하고 있다. 그런데 그러한 포장이 아이러니컬하게도 시인이 겪는 고통을 더욱 강조해주고 있다.

그래서 시인은 스스로 자신을 희생하는 방식을 택한다.

하늘의 분화구 속으로 나를 쏘아올린다
무딘 몸을 은밀한 발사대에 올려놓고
또 한 번의 카운트다운,
별의 간극은 너무 멀고 신호는 희미한데
버튼을 누르는 밤은 불면으로 치닫고
온 몸을 푸른빛으로 물들이며 흩어지는
별무리, 안드로메다를 지나
바람개비 은하가 길을 재촉한다
속도를 계산하지 못하는 바람,
그 속력에 나도 모르게

예민한 촉수를 뻗어 마음의 각을 세운다
붉은 지느러미들이 넘실거린다
모든 각을 녹이면서
몸속 구석구석을 핥고 지나가는 혀,
저 빨판 같은 허기가 나를 빨아들인다

모서리가 없는 둥근 집,
내 살과 뼈가 하늘의 심장에 닿아
한 잔의 물이 된다
나는 밤의 허공에 돌돌 말려있다
살짝만 입술을 가져다 대어도
온 몸의 감각이 살아나
놀란 돌기들이 입을 다물 수 없다.

–「머그잔」 부분

시인은 잘 만들어진 머그잔처럼 스스로 몸을 살라 다른 것 되기를 꿈꾼다. 그것은 "하늘의 분화구" 같은 알 수 없는 심연 속으로 자신을 몰아넣는 일이고 "허기가 나를 빨아들인다"의 표현에서처럼 타자들의 욕망을 위해 기꺼이 자신을 바치는 행위이기도 하다. 그런데 이렇게 자신을 던졌을 때 자신은 비로소 "모서리가 없는 둥근 집"으로 완성된 하나의 형태를 가진 완전한 머그잔이 된다. 그리고 그 단단한 실체로 다시 태어난 머그잔이야말로 모든 감각에 열려있는 타자와의 소통이 가능한 존재가 된다는 것이다. 고통이 받아들이는 희생의 제의가 자신을 완성하고 다른 것들과 구체적 감각으로 조응한다.

3. 고통의 기억을 되살리기

고통이 진정 고통이 되는 것은 그것이 남아있기 때문이다. 순간의 아픔이 아무리 격렬하다고 해도 그것을 고통이라 일컫지 않는다. 그러므로 고통을 없애는 것은 그것을 기억 속에 지우는 것이다. 하지만 이해존 시인은 지워지려는 고통을 구태여 다시 되살리려고 한다.

> 모서리에서 만나자 거울은 지나칠 때만 비추지 않는다 오늘은 쫓고 쫓기는 자가 되어 거침없이 골목을 달려오다 신경을 곤두세운다 이제 벽을 한 칸씩 짚어나간다 날을 세운 모서리, 칼날을 사이에 두고 먼저 넘는 쪽이 베인다 벽에 기댄 그림자, 지나온 모서리가 멀어지고 이제 돌아서는 쪽이 베인다 모서리와 직각인 것을 조심하라고— 한쪽 벽에 너를 밀쳐 놓는다 모서리에서 만났다 휘청거리며 오는 너를 여기서 만날 줄이야 모서리에 숨어 쓰러지는 너를 품에서 천천히 내려놓는다 서로가 도망자일 때 쫓아오는 쪽을 바라보다 등을 부딪친 적이 있었다 이제 칼을 버리고 네가 지나온 벽을 훑어본다 창가에 안도의 불이 켜지고 한 사람이 옆구리를 넘긴다
>
> –「모서리 통속」 전문

모서리는 고통의 산물이다. 사물을 자르거나 접거나 이어서 못질해야 모서리가 만들어진다. 그래서 모서리는 고통을 그 안에 품고 있다. 모서리에 베이거나 모서리에 아프게 부딪히는 것은 이 때문이다. 시인은 우리의 삶이 도처에서 모서리를 만나게 되어 있고 사람과의 관계가 모두 모서리에서 이루어진다고 말하고 싶어 한다. 그것은 곧 우리의 삶이 고통의 연속이라는 것이기도 하다. 그런데 모서리는 또한 벽으로 이루어져 있다. 결국 모서리를 인식하는 것은 벽을 통해서이다. 시인

은 그래서 "벽을 훑어본다." 그 벽은 바로 고통의 기록이다. 그 고통의 기록으로 우리는 안도하며 새 삶을 준비하고 "한 사람이 옆구리를 넘기"듯이 한 시대를 새롭게 맞이한다.

그래서 시인은 아주 작은 사물들에서도 이 고통의 흔적을 찾아 기록한다. 다음 시가 이를 잘 보여준다.

담쟁이넝쿨이 외벽을 올라탄다 전속력으로 밀려오는 바람에 뒤돌아보지 않고 필사적으로 매달려 펄럭인다 뒤돌아보다 상체가 젖혀진 것들 횡단하던 리듬을 잃는다 가랑이가 차창 불빛을 머리부터 잘라 먹는다 불빛이 박혀들 때마다 이파리들, 물방울 털어내는 고양이처럼 몸서리친다 질주하던 불안이 빠르게 미끄러진다 저만치 새어 나오는 불빛이 초점을 흐린다 천장 불빛이 꼬리를 흔들며 흩어진다 전속력으로 달려온 불빛이 신음소리를 낸다 어둠을 들이박는다 먹먹한 경적소리 터널을 휘젓는다 담쟁이넝쿨 한쪽이 도로 한가운데 떨어져 있다

—「관통」 전문

시인이 본 것은 찻길에 가까운 곳에서 자라고 있는 담쟁이넝쿨이 길에 떨어져 있는 장면이다. 그 장면에서 시인은 이 담쟁이 넝쿨이 겪어 왔을 수많은 고통을 그려낸다. 담쟁이넝쿨은 생을 연장하고 확대하기 위해 올라타고, 매달리고 박혀 들고 몸서리치는 고통을 감내한다. 우리는 흔히 이렇게 고통을 감내하면 "고진감래"라고 하여 그 고통을 보상받고 그 고통이 뭔가 다른 것을 이루어내리라 생각한다. 하지만 삶에서 그런 것은 거의 이루어지지 않는다. 그 일상의 고통은 결국 신음소리와 "어둠을 들이박"는 비극적인 더 큰 고통으로 대단원의 막을 내린다. 시의 제목인 "관통"은 이 고통의 관통이다. 우리의 삶을 일관되게 관통하는 것은 고통이라는 비극적 인식이 이 제목에 고스란히 들어

있다. 이 고통을 통과한 후 우리는 담쟁이넝쿨처럼 "도로 한가운데 떨어져" 생을 마감한다. 고통이 그 자체로 고통을 넘어서는 그 무엇으로 바뀌는 경우는 없다. 고통은 고통으로 남고 우리는 그 고통 속에서 사라질 뿐이다. 중요한 것은 그 고통을 바로 보는 것이다. 그리고 그것을 세세하게 기록하는 것이다. 이해존 시인이 모든 감각을 동원하여 담쟁이넝쿨을 바라보고 또 그려낸 것은 이 때문일 것이다.

맺으며

고통의 기억을 빨리 잊자고 한다. 하지만 고통은 잊어지는 것이 아니다. 그것을 바로 보고 기억할 때 우리는 그 고통을 다스릴 수 있다. 그러므로 고통을 잊어버린 사회는 희망이 없다. 그것은 아편으로 고통을 잊으려는 말기암 환자처럼 소생가능성이 없는 사회이다. 물론 고통을 기록하고 기억하는 것은 더욱 고통을 고통스럽게 하는 일이기도 하다. 하지만 또 다른 고통을 막을 길은 그 길밖에 없다. 그것은 가짜의 빛과 경박한 쾌락으로 이끌려지는 세상의 미혹에 대항하여 감춰진 어둠과 아픔을 들춰내야 하는 시인의 운명이기도 하다.

9. 시와 초월

— 이루시아, 김준현, 이여원 시인의 시들

들어가며

시는 초월적일 때만 시이다. 그것은 언어를 넘어서든지 언어가 만든 세상의 질서를 넘어서든지 아니면 세상 자체를 넘어서야 한다. 그런 의미에서 시는 종교를 닮았다. 하지만 시인이 제사장이나 예언자의 자리에서 쫓겨난 이후 종교의 초월과 시의 초월은 다른 모습으로 나타난다. 종교가 현실 밖의 세상에 대한 열망으로 현실을 초월하고자 한다면 문학은 그 현실 속에서의 초월을 꿈꾼다. 세상 위에 존재하는 하늘의 뜻을 파악할 예지력과 세상 밖의 것들을 불러낼 능력을 상실했기 때문이다. 그런데도 시가 우리들에게 줄 수 있는 것은 현실에 매몰되지 않고, 더 나은 세상에 대한 열망을 포기하지 않는 뭔가를 넘어서고자 하는 초월의 힘에 있다. 몇몇 시인들의 시에서 이 힘을 발견한다.

1. 언어와 초월

흔히 언어를 사물을 지시하는 기호라고 생각한다. 하지만 정말 그렇다면 언어는 그리 필요한 것이 아닐 것이다. 사물을 직접 보여주는 것이 가장 완벽한 소통이기 때문이다. 언어는 존재하는 사물을 지시하기보다는 없는 것, 즉 결핍을 보충하는 도구이다. 있어야 하지만 존재하지 않거나 결핍되어 있기에 인간에게 그것을 표현할 언어가 필요했을 것이다. 그렇게 보면 언어는 존재하는 사물을 지시하기보다는 존재하지 않는 것에 대한 욕망의 표현이다. 언어가 우리 현실을 넘어서 저편에 존재하는 근원적인 욕망을 부르는 주문이 되고 기도문이 되는 것은 이런 이유 때문일 것이다.

다음의 이루시아의 시는 이 기도문의 전통을 이어받고 있다.

> 언젠가 내 손등 위에 일렬로 누운 구름의 향기를 맡은 적 있다 비밀한 향기에 혼곤히 취하던 얼굴을 구름의 살 속으로 밀어 넣고 홀연히 시간의 궤도를 이탈하던 그때 만개한 구름꽃이 손을 내밀었다
>
> …(중략)…
>
> 티끌만 한 나는 구름의 슬픔을 알지 못하고
> 가슴만 뜨거워져서 되돌아온 책상머리
>
> 서둘러 편집된 오월의 목덜미에는 목마른 풀들의 오후가 휘청 걸려있고 키 큰 나무의 배경을 찾아 서성거리던 새의 깃털이 몽롱한 구름의 표정을 쓰다듬어주었다
>
> –「오월의 지구본」 부분

"구름의 향기"나 "비밀한 향기"는 어떤 초월적 질서이며 그것의 비의를 말하고 있다. 시인이 구름꽃에 손을 내민 것은 그것을 얻기 위한 기도를 위해서이다. 하지만 그것에 가 닿기는 너무도 난망한 일이다. 그래서 시인은 그저 책상머리에 와서 지구본을 바라볼 뿐이다. 그리고 그 안에 있는 "목마른 풀들"과 "키 큰 나무"와 "새의 깃털"을 바라보고 쓰다듬는 행위를 통해 그 비의의 끝자락에라도 가 닿으려 한다.

다음 시에서는 그 비밀을 좀 더 구체적으로 설명해 주고 있다.

빛바랜 팻말은 비밀을 풀지 못하고 얼마나 오래 집 앞을 지켰을까
적막은 울음의 뒷면처럼 서성거리는 팻말의 일생에 대해 알고 있다
그늘은 너무 깊어서 자라지 못하는 꽃나무의 한 철이 휘어진다
어른이 되기를 기다리는 소녀는 다섯 살 적 기억에 묶인 채 외계 언어를 배운다
혼잣말만 가득 채운 타임캡슐 속 묻어둔 꽃씨는 잘 여물고 있을까
황혼녘을 감고 거미줄 위의 현기증이 붉어진다

칸칸이 보호색을 두르고 창문들이 모의하는 완전범죄는 가능할까
가능하다고 믿는 별들의 잠행은 계속된다
스물일곱 번째 별 황소자리는 마지막 순번이라는 사실에 안도한다
기질대로 울타리를 뚫고 나와 살찐 황금들판을 내달리는 유쾌한 상상만 할 뿐
나머지 별들은 숨바꼭질 중이다
술래는 어디에서 이 비밀한 집의 암호를 찾고 있을까

구름은 다시 시간의 꼬리자르기가 필요하다고 말하지만
먼 미래와 과거를 오가는 별들은 불온한 동거에 만족한다

문을 열 생각이 없다 외등이 꺼진다

―「큐브」 부분

“다섯 살 적 기억에 묶인” “외계 언어”는 욕망이 그대로 살아있는 상상계의 언어이다. 하지만 사람을 자라 어른이 되면서 이 순수한 욕망의 언어를 상실한다. 세상의 가치와 그것이 만들어낸 상징의 질서에 편입되기 때문이다. 그 상징의 질서가 만든 언어로 세상을 바라보면서 우리는 사회화가 된다. 하지만 이 사회화 과정에서 우리는 모두 세상의 모든 사물들이 가진 비의를 상실하고 만다. 그래서 모든 언어는 “빛바랜 팻말”이 되어 사물에 감춰진 진실이라는 비밀을 풀지 못한다. 그렇기 때문에 시인이 시를 쓴다는 것은 술래가 되어 “비밀한 집의 암호를 찾고 있”는 일이 된다. 그것은 잊혀진 욕망의 근원에 대한 탐색이고 잊혀진 자아에 대한 초혼이며 그것을 만들었다고 여겨진 어떤 완벽한 세상과의 소통이기도 하다.

하지만 이 비의를 파악했다고 생각하는 순간 언어는 종교적 교의가 되고 법조문이 되고 세상을 밝히는 빛이 되고 이데올로기가 된다. 시인이 끝까지 “문을 열 생각”을 하지 않고 또 그와 함께 “외등이 꺼”지는 이유는 이것 때문이다. 시인이 발견한 언어가 세상을 밝히고 세상을 설명하는 언어가 될 때 그것은 이미 시가 아니다. 시는 “과거와 미래를 오가는 별들의 불온한 동거”처럼 설명하거나 설명될 수 없는 암호로만 존재한다고 믿기 때문일 것이다. 시는 이렇게 언어를 넘어서야 언어가 되는 참으로 비밀스러운 언어이다.

다음 시는 이를 비유적으로 말해주고 있다.

이 아름다운 풍경이 꽃밭의 둘레를 메우는 동안 해와 구름이 자리를 바

꾸기도 해요

잿빛 공기가 잠깐 목마른 꽃을 시들게도 하죠.

그때는 액자 속에서 멋진 정물이 되는 상상을 하죠

침묵과의 화해는 꽤 오랜 시간이 걸리겠죠

가끔은 구겨 넣은 주머니 속 울음이 삐죽이 발을 내밀고 싶어하겠죠

분홍모빌은 종일 흔들려요

친절한 꽃밭에서 자장가를 들을 수 있을까요

–「친절한 꽃밭」 부분

이 시의 꽃밭을 언어의 정원으로 해석해도 그리 크게 빗나가지 않는다. 많은 꽃들이 어우러져 꽃밭을 만드는 것처럼 우리가 사는 세상은 언어들이 엮어서 만들어 낸 것이다. 꽃들을 "액자 속에서 멋진 정물"로 만드는 것처럼 우리는 언어를 박제화시켜 멋진 경구를 만들고 또한 세상을 지배할 도구로 삼기도 한다. 하지만 그렇게 되었을 때 꽃이 사라지는 것처럼 우리에게는 "침묵과의 화해"가 강요된다. 꽃이 꽃으로 남고 말이 말로서 남으려 할 때 그것은 그것의 본질을 상실한 채 액자나 침묵 속에 갇혀 버리고 만다. 그것을 피하는 것은 끊임없이 움직이는 "분홍모빌"이 되어 이 구속과 침묵을 버텨야 한다. 시를 쓰는 것이 바로 이것이다. 언어를 통해 언어를 넘어서서 그 언어의 구속성을 벗어나는 것 그것이 시가 겪어야 할 운명이다.

2. 현실과 초월

현실을 받아들이라고 말들을 한다. 현실을 파악하라는 좋은 말이 되기도 하지만 현실을 바꾸거나 넘어서는 것은 힘들거나 위험한 일이므

로 현실의 압박에 굴복하라는 위협이 되기도 하는 말이다. 어찌 되었든 우리는 이 현실을 받아들여 세상과 화해하며 살아가고 있다. 그것이 힘들 때 소시오패스가 되고 더 심해지면 정신병자가 되어 사회로부터 격리된다. 그러나 또 한편 우리가 현실을 받아들이고 현실이 우리 앞에 제시하는 길만을 바라보고 살게 될 때 우리는 속물이 된다. 그렇게 될 때 우리 자신은 자신의 의지와 그것을 생각하고 실천하는 자신의 존재를 망각하게 되어 결국 자신의 정체성을 상실하게 된다. 그리고 그것은 소시오패스가 되고 정신병자가 되는 것보다 더 무서운 일이다. 몸은 있으나 생각할 수 없고, 움직이지만 그 움직임이 의미를 갖지 못하는 것이다. 그것은 좀비와 다를 바가 없다. 현실은 우리에게 돈 버는 좀비, 소비하는 좀비가 되도록 요구한다.

김준현의 시는 이러한 좀비 되기에 저항한다.

교회마다 십자가를 켜는 저녁
위반할 수 있는 건 전부 믿어온 것들

신호등 붉은 신호가 깜박일 때 유혹이란 기도 시간마다 눈빛이 부딪히는 소리를 듣는 거 우리는 같은 국적과 애인을 가졌으니 조금 더 은밀하게 울어야 할까요? 모두 목장갑이 몇 번쯤 잘려 나간 처지라면 몇 손가락이 입을 벌렸든 참아야 할 소리란 소리는 내 것이라고

…(중략)…

처음으로 했던 기도는 지금 어디를 떠도는지
너의 세 번째 애인은 어느 쪽 가슴을 소유한 건지
사진의 의미는 무엇인지
너의 입속에도 국경일이 있는지

진득한 것들은 모두 흐르다가 굳은살

두 개의 빨간불 사이로 몇 번쯤 시간이 멈췄을까요? 이쯤이면 착륙할 수 있겠지 오늘은 일요일 거꾸로 말해도 일요일, 사이에 있는 글자처럼 눈을 감았죠 노란색은 다른 색으로 물들어 갈 거라는 이것도 몇 가지 소문 중 하나입니다

–「입속의 국경일」 부분

이 시에서처럼 세상은 "두 개의 빨간불"이 지배한다. 하나는 교회로 상징되는 어떤 믿음의 세계이고 또 하나는 교통신호로 상징되는 질서의 세계이다. 우리는 이 두 개의 빨간불에 갇혀 살고 있다고 해도 과언은 아니다. 시인은 그것을 "위반할 수 있는 건 전부 믿어온 것들"이라는 아이러니한 구절로 표현하고 있다. 위반할 수 있는 것을 모두 믿는다는 것은 사실 우리가 현실에서는 위반하지도 믿지도 않는다는 것을 말한다. 위반하는 것을 믿지 않을 뿐만 아니라 믿지 않을 것을 위반하지 않기 때문이다. 이 믿음과 질서로 세상은 우리를 지배한다. 마치 이것들이 없으면 우리의 현실에 빨간 날이라는 휴식이 선물처럼 올 수 없다는 조바심을 가지며, 우리는 빨간색이 시키는 대로 살고 있는 것이다. 우리는 그 안에서 애인의 가슴을 생각하고 사진으로 옛 추억을 떠올리고 이것들을 뺏기지 않으려고 기도하고 또 기도하고 살고 있다. 그래서 평온과 행복 속에 "이쯤이면 착륙할 수 있겠지"라고 생각하며 살고 있다. 하지만 그러한 안온한 착륙은 존재하지 않는다. 아니 어쩌면 그러한 착륙을 생각하는 순간 우리는 "진득한 것이 흐르다가 굳은살"이 되는 박제화된 삶을 받아들여야 한다.

알리바이란
립스틱은 왜 핏빛에 가까운지 안다는 거
혹은 수런거리는 장미꽃
모든 꽃들이 입 벌리고 죽는 이유 따위 알고 싶지 않아요
사람들이 모두 입 벌리고 외치는 커튼콜도 물론
조금 더 떠 있고 싶어요

드레스는 무대 인사보다 길고
기도보다 길고
긴 이력

우린 몇 안 되는 동작과 자세만으로 새를 잡을 수 있었고

귓속과 소설은 방음이 잘되는 곳
페이지마다 접은 귀가 부풀어 오르고
더 듣기 위해서
발끝을 세우는 버릇
조금씩 오줌을 누는 습성이나
통조림의 귀를 꺾으면 드러나는 속살과
그로부터 써야 할 부패의 기록
멍들어가는 주먹보다는 내가 더 빨랐죠
오래 쥔 활대와 검지 사이처럼
굳은살이 되기 전

메시지를 듣기 전까지
내 목소리는 몰래 장미를 씹는 출혈
흥건하지 않기를

—「나의 알리바이2」 부분

알리바이란 내가 범죄현장에 없음을 증명하는 것이다. 내가 위반하지 않고 또 다른 곳에 확실하게 존재했다는 것을 증명하는 것이다. 그것은 내가 현실에 존재했다는 것이고 또 현실이 요구하는 질서에 잘 순응하고 있다는 것을 증명하는 것이다. 그것은 립스틱을 이해하는 것이고 길고 긴 드레스를 알아보는 것이다. 즉 사람들이 바라는 욕망을 이해하고 그 욕망에 내 욕망을 길들이는 것이다. 그것은 세상의 요구를 "발끝을 세워" 더 들어야 하고 내 "속살"로 부패의 기록을 만들어야 하는 일이고 결국은 스스로 "굳은살"이 되는 일이다. 세상에 거스르지 않고 끝없이 알리바이를 만드는 삶은 결국 굳어 죽어가는 일임을 시인은 스스로 깨닫고 있다. 그래서 그가 생각한 것은 "몰래 장미를 씹는 출혈"이라는 고행을 감행하는 것이다. 그것은 세상이 요구하는 알리바이를 대는 일이 아니라 스스로 목소리를 되찾는 일이다. 시인이 시를 쓰는 이유이기도 하고 시인이 세상을 초월해야 하는 이유이기도 하다.

3. 내재적 초월

그런데 앞서도 지적했듯이 시인의 넘어섬은 세상을 넘어선다는 종교의 초월과는 다르다. 시인들은 현실을 넘어서면서도 현실을 부정하지 않고, 현실 밖에서 현실을 바라보는 초월이 아니라 현실에서 그 현실의 힘으로 현실을 넘어서는 내재적 초월을 감행한다. 이여원의 시들이 좋은 예가 된다.

> 상상의 선으로 장미꽃들은 피어나고. 부드러움의 등뼈는 잘 보이지 않는 법. 장미꽃 속에서 빅토르위고가 결혼식을 하고 보들레르는 세례를 받

기도 한다. 가시를 몸속에 넣고 죽은 사람도 있고 향기의 옷을 입고 떠난 사람도 있다.

생 쉴피스 교회 바닥을 사선으로 가로지른 황동색 선. 세상의 장미들은 그 선을 거쳐 오는 것인지도 모른다. 처음을 기념하는 일은 달력에 흔적을 남긴다. 장미가 바람의 상징이 될 즈음 바닥은 어지럽다. 하나의 원 속에 붉은 것들이 양팔을 벌리며 빙그르 침묵의 춤을 춘다. 시들어가는 장미들은 보속의 직선이 되기 위해 고운 입을 지운다.

담장 없는 담을 위해 노래하듯 피어나는 장미를 본다. 장미꽃이 펼쳐진 담장 위 조심스럽게 서른두 겹이 뒤척인다. 방울토마토 닮은 저 꼭 다문 입. 노란 열매의 발성은 언제쯤 터져 나오려나.

세상 지도 속의 장미 그리고 나침반. 멀어져 가는 배에 로즈향이 승선하고 있다.

–「로즈라인」 부분

정원에 피어있는 장미는 정원을 위해 피어있는 것이 아니라 담장 너머의 세계를 위해 피어있다. 그 장미는 자유로운 상상의 세계를 상징하기도 하고 그 자체가 바람이 되어 우리가 발 딛는 현실을 거침없이 넘나든다. 하지만 그 장미가 그럴 수 있는 것은 "세상 지도 속의 장미"로서 가능하다는 것이 시인의 깨달음이다. 장미꽃 속에서 "빅토르 위고가 결혼식을 하고 보들레르는 세례"를 받는 일이 일어나기 위해서는 장미가 피어있는 지금 이 땅 위에서 많은 매개를 거쳐야 한다. "부드러운 등뼈"를 감추고 현실 안에서 구체적인 존재로 살아 움직여야 한다.

이러한 인식을 시인은 다음 시에서 "이안류"라는 비유를 통해 표현하고 있다.

느닷없는 병의 방문은
그 사람의 힘을 모두 가져간다
누군가 쓰러졌다면 그 병이 몸을 나갈 때가 되었다는 것이다
이안류의 습성이다
오래 숨어있던 병, 병이 드는 것이 아니라
병이 나가는 중이다

…(중략)…

작은 바늘구멍으로 알력이 뭉쳐지듯
겹겹의 순간을 아주 멀리 옮겨 놓는 파도는 역조현상이다
빠르게 흐르던 유속이 사람의 몸에 숨어있는 함정
그 속에는 나와 가장 닮은 속내가 웅크리고 있을 것이다
그 함정에 빠지는 일
내 병에 내가 늙어가는 일과 같다
삽시간 퍼져서 소멸되어가는 파도처럼
떠돌아다니다가 몰려다니는 거품처럼
부풀어 오르는 달을 보며
물 빠진 해변을 회복기의 걸음으로 천천히 걸어 나간다

–「이안류」 부분

시인은 이안류를 통해 우리 몸에 이미 자라고 있는 병을 말하고 있다. 아프다는 것은 사실 병이 드는 것이 아니라 우리 몸에 들어 있는 병이 이안류처럼 빠져나가고 있다는 것이다. 우리 몸에서 병이 빠져나갈 때 병이 인식되는 것처럼 파도 역시 역조가 될 때 파도는 비로소 안식을 얻어 사라져 갈 수 있게 된다. 현실을 통해 현실을 넘어선다는

내재적 초월도 어쩌면 이와 다르지 않다. 그것은 우리 몸속에 각인된 자유의 기억을 회복하는 것이고 스스로 거품처럼 가벼운 존재가 된다는 것을 인식하는 것이다. 현실로부터 현실을 초월하는 것이 우리가 현실을 떠난 어떤 위대한 존재가 된다는 것이 아니라 그 현실 속에 애초에 잠재해 있는 무로 되돌아가는 것을 의미한다.

맺으며

초월한다는 것은 힘든 일이다. 그것은 이제까지 자기를 있게 한 현실의 힘을 벗어나는 일이기 때문이다. 그것은 한 나라의 국민이 더 이상 그 나라의 국민이 아닐 수 있고, 한 종교의 신자가 그 믿음을 넘어설 수 있고, 우리가 이제까지 써왔던 말의 의미를 더러 부정할 수 있어야 가능한 일이다. 그러나 이 초월이 없을 때 우리는 더 나은 세상에 대한 꿈을 잃게 된다. 없는 것을 생각하고 보이지 않는 것을 만들어내고, 세상이 요구하는 것을 거부할 수 있을 때 우리는 지금의 우리를 바꿀 수 있다. 시인들에게 이것을 바라는 것은 너무 과도한 요구일까? 여기에서 다룬 세 시인의 시들에서 그 가능성을 본다. 시 읽는 즐거움이 바로 이런 것이다.

10. 불화의 기록

— 진순희, 최예슬, 신철규 시인의 시들

들어가며

세월호 사건이 일어난 지 많은 시간이 흘렀고, 몇 년 전에는 이태원에서 큰 참사까지 있었다. 그런데 이 두 사건의 공통점은 해결된 것은 하나도 없다는 것이다. 아직도 사건의 원인이 완전히 밝혀진 바 없고, 왜 그 많은 아이들을 구출하지 못했는가에 대한 질문에도 이렇다 할 대답을 찾지 못하고 있다. 이런 일을 접하면서 우리는 우리가 사는 세상과 불화를 경험하지 않을 수 없다. 그래서 슬퍼하고 분노하고 저항한다.

그런데 또 한편에서는 세상과 불화하지 말고 타협하라고 가르치기도 한다. 불행한 기억들은 잊거나 덮어두자고 한다. 화합을 하고 한 마음으로 뭉쳐야 잘살게 된다고 우리를 설득한다. 태극기와 무궁화로 하나가 되어 경제를 발전시켜야 할 때 화합하지 못하는 자들이 나라를 어지럽히고 우리를 노리는 적들을 돕는다고 협박하기까지 한다.

하지만 불화가 없는 사회는 누군가를 헤어날 수 없는 불행에 빠뜨리는 사회이다. 모든 사람의 욕망을 채우는 행복은 존재하지 않기 때문이다. 시인은 세상에 불화를 만드는 사람이다. 그는 세상에 딴죽을 걸어 다른 생각을 하게 만들고 행복한 사람들에게조차 그 행복이 기반하고 있는 불행한 토대를 생각하게 만든다. 그래서 조화를 파괴하고 안온한 삶을 흔들게 만든다.

1. 일상과의 불화

진순희 시인의 시들은 우리가 매일매일 살아가는 일상을 다루고 있다.

단명의 공식에
P는 내일을 보지 못하고
K는 어제를 넘지 못했지만,

답습된 예감이 내게 배달되고
서류 뭉치는 밤새 지루한 일거리를 낳았다
손에 달라붙는 급한 순서들
뒤섞인 생각을 스테이플러로 가지런히 묶는다

어제의 목소리가 휴대폰으로 전송되고
나는 또 하품이 섞인 두 시를 누군가에게 보내고
그림자는 동선을 따라 빙빙 돈다

어둠이 내리면 종종거리던 시간이
23.5° 편안한 지구의 기울기로
채널을 돌리며 누군가의 트루먼 쇼를 기웃거린다

-「내일의 공식」 부분

"내일을 보지 못하고" "어제를 넘지 못"했다는 것은 어제와 오늘과 또 내일이 모두 똑같기에 구별되지 않는다는 것을 말한다. 그렇기 때문에 예감이라는 특별한 느낌마저 답습될 뿐이다. 그런 시간 속에 우리가 하는 생각은 "스태플러로 가지런히 묶"인 서류들과 다를 바가 없다. 거기에는 "하품 섞인 두 시"라는 가장 권태로운 시간이 들어 있을 뿐이다.

그런데 우리의 삶은 이 일상을 의식하지 못한다. 삶의 압박이 그것을 잊게 만든다. 해야 할 일과 만나야 할 사람과 겪어야 할 행사들을 생각하며 무엇이 우리를 움직이게 하는지 그것이 주는 구속과 억압을 깨닫지 못하면서 너나없이 "트루먼 쇼" 같은 삶을 영위한다. 그리고 이러한 상투적인 일상은 결국 사람들을 격리시키고 단절시킨다.

낯선 이와 말을 섞지 않고 셀카봉 리모컨으로
보여주고 싶은 각도를 만들 수 있다
렌즈의 방향은 자유로워 멀리서도 원하는 상대를 인식한다
혼자만의 신나는 놀이
DSLR 카메라는 사절, 폰도 카메라도 무게를 버렸다
가벼운 관계만을 원하는 여기저기
홀로인 셀카족이 숲을 이룬다
기계와 교감을 하는 사람들
셀카봉 리모컨 하나면 해결되는 스마트한 세상에
소소한 일상이 기록된다
날마다 연출하는 일인극
사진 올리기 코너에 모노드라마가 뜬다

–「모노드라마」 부분

사진을 혼자 찍고 그것을 자신의 SNS에 올리는 풍조를 재미있게 풍자한 시다. 사람들과의 관계는 피상화되고 혼자의 일상이 자신의 전 세상으로 그려진다. 이제 사람들은 모두 혼자만의 모노드라마 속에 혼자만의 배우로 등장하며 살아가고 있다. 자신의 생활과 실천의 의미는 몇 장의 셀카 사진으로 바뀌어 연출된 일상을 형성한다. 일상마저 연출되고 기록되고 전시되는 삶의 진정성은 어디에도 존재하지 않는다. 거기에는 자신의 삶에 대한 진지한 성찰도 없고 타인과의 진솔한 소통도 없다. "1984"나 "멋진 신세계"와 같이 누군가 통제하는 일상 속에 우리가 매몰된 것이 아니라 스스로 우리는 우리 자신이 우리의 일상을 셀카 사진들로 채워나가는 모노드라마 속에 가두고 있다.

오직 시인만이 이러한 삶의 권태를 지적하여 그러한 일상의 삶에 흠집을 내고자 한다. 그것을 진순희 시인은 다음과 같은 멋진 비유로 표현하고 있다.

발밑이 어지럽다
출렁거림에 길들여진 각도
좌우로 흔들리던 몸은 기억의 방향에서 어긋난다

왼편을 받아주고
오른편을 되받아치던 탄력이
이곳에는 없다

무엇일까
이 불편한 편안함은

이 무풍지대는 꿈틀거리는 리듬이 없다

…(중략)…

파동이 없는
딱딱하고 고정된 감각에 사내는 자꾸 중심을 놓친다

–「땅멀미」 부분

땅멀미는 오랜 항해 생활을 하던 뱃사람들이 육지에 내려서 느끼는 멀미를 말한다. 고정된 것이 주는 편안함이 "불편한 편안함"인 것이다. 시인은 이 육지에 내린 뱃사람과 같은 존재이다. 그는 고정된 땅, 즉 익숙한 일상이 주는 안정감을 견딜 수 없어 한다. 세상을 움직이고 바꾸는 파동을 잃어버렸다고 느끼기 때문이다. 시인이 시를 쓰는 것은 이 리듬을 되찾고 움직임을 일으키고 그래서 세상을 뒤바꿀 파도를 일으키는 것이다. 그것이 아무리 사소한 말장난으로 시작한 것이건 간에 딱딱하고 고정된 감각을 거부하는 일은 세상을 바꾸는 일이라는 것을 시인은 믿기 때문이다.

2. 내면과의 불화

과거의 시인들은 인간과 신을 연결하고 세상과 개인을 통합시키는 동일성과 조화를 만들어 내는 존재였다. 하지만 현대의 시인들은 반대로 자본으로 통합되는 세상에 스며들지 못하는 자아로 저항하는 분열자적인 존재이다. 그는 항상 세상을 살아가는 사회적 존재와 스스로 자신의 정체성을 사유하는 또 다른 내면의 존재로 분열된다. 이 분열을 최예슬의 시에서 만난다.

그렇게 우물쭈물 하루 이틀 넘어가다 보니
그는 나의 집에서 함께 지내게 되었어.

나는 그 가여운 청년에게 이반이라는 이름을 붙여주었어.
일단 이름이 없어 부르기 난감했고,
러시아식 이름은 한 번쯤 불러보고 싶었거든.
이반은 자신을 시인이라고 소개했어.
"어떻게 시인이 이름이 없을 수가 있어?"
나의 물음에도 그 녀석은 들은 체 만 체하고는 시를 쓰기만 했지.

이반은 내가 회사에서 일하는 동안
집안 살림을 돌보거나, 화분에 물 주는 일을 전혀 하지 않았어.
오로지 시를 쓸 뿐이었고, 음식도 많이 먹지 않았지.
두꺼운 노트와 펜만 있으면 그의 하루는 충분했으니까.
그래, 이반은 먹고 자는 시간 외에는 오로지 시쓰기에만 열중했어.

–「이반의 형식(1)」 부분

이 시에 등장하는 '이반'은 시인 자신의 다른 모습이다. 시 속의 '내'가 회사에서 일하는 동안 이반은 시인으로서의 '내'가 되어 집에서 시를 쓴다. 그런데 시인은 그의 이름을 왜 '이반'이라고 붙였을까? 이반은 동성애자들이 자신들을 일반인에 비해 특별한 소수라는 의미에서 붙인 용어이다. 이러한 의미는 이 시에서도 그대로 적용된다. 그의 이름이 이반인 이유는 "러시아식 이름을 한 번쯤 불러보고 싶"어서라고 하지만 사실은 일반인으로 살아가야 하는 일상의 사회적 삶을 거스르는 존재이기 때문일 것이다.

그런데 이러한 시 쓰기는 과연 어떤 의미를 가질 수 있을까?

> 그러던 어느 날
> 나는 이유도 모른 채 직장에서 해고되었어.
> 점심을 먹고 사무실에 들어가려는 나를 경비원이 제지하더군.
> "당신은 해고되었습니다. 이대로 집으로 돌아가시면 됩니다."
> 당황한 나는 짐이라도 챙겨 오려 했지만 경비원은 나를 제지했지.
> "짐은 우편으로 보내드립니다. 이대로 돌아가면 됩니다."
>
> 지하철을 타고 집으로 가는 길 내내 다리가 후들후들 거리더군.
> 당장 밀려올 월세와 공과금 고지서, 다른 일자리를 구할 때까지의 식비,
> 무엇보다 내가 해고되었다는 사실을 받아들이는 것이 참 힘들더군.
>
> –「이반의 형식(2)」 부분

시인의 시 쓰기에 대해 세상은 해고라는 조치로 응징을 한다. 플라톤의 이상국가에 시인의 자리가 없듯이 효율성을 추구하는 자본주의 시장에서 시인은 퇴출당해야 한다. 하지만 아이러니하게도 사회적 삶에서 쫓겨 돌아온 그는 시인도 아니고 또한 그에게 시도 남아있지 않는다.

> 집으로 돌아왔는데 이반은 온데간데없었어.
> 잠깐 외출을 나간 걸까.
> 나는 야구 경기 재방송을 보면서 이반을 기다렸지만
> 저녁이 되었는데도 좀처럼 이반은 돌아오지 않았어.
> 혹시 사고라도 난 거 아닐까, 초초해지는데
> 자정이 될 때까지 이반은 돌아오지 않았어.

…(중략)…

놀랍게도 노트에는 아무것도 적혀 있지 않았어.
이반은 매일 같이 노트에 시를 쓰고 있었는데,
분명 이 낡고 두꺼운 노트가 이반의 것이 맞는데,
우리집에서 노트는 이것 한 권뿐인데 말이야.
그렇게 나는 빈 노트를 뒤적이다가 잠이 들었어.

–「이반의 형식(2)」 부분

시인은 세상에 어울리지 않는 존재이지만 그렇다고 세상을 떠나서는 시인으로 존재하지 않는다. 그에게 남는 길은 오직 끊임없이 세상과 불화하며 세상을 추문화시키는 것이다. 이 작품의 인용되지 않는 부분에 있는 신문지와 빵은 바로 이런 의미를 나타내는 이미지들이다. 세상의 모든 추잡한 일들이 적혀 있는 신문지 아래 놓여있는 따뜻한 빵, 이것들이야말로 시인이 갓 만들어 낸 언어의 이미지일 것이다.

3. 시간과의 불화

시간을 지배하면 역사가 된다. 그런데 우리는 우리의 시간을 우리가 통제하지 못한다. 항상 시계를 보며 시간을 의식하며 시간 속에 살아가고 있지만, 시간은 우리 편이 아니고 누군가 우리를 통제하는 사람들이 우리의 시간을 조정하고 있다. 그리고 그 시간을 지배하여 역사를 구성한다.

다음 신철규 시인의 시에서 동상은 이 지배자의 시간이 고정된 형식을 획득한 것이다.

젖은 낙엽이 그의 왼쪽 뺨에 흉터처럼 붙어 있다
그의 왼손에는 누구도 펼쳐본 적 없는 책이 들려 있다
그의 어록은 폐기된 지 오래다

지난밤에 누군가 그의 죽은 심장에 계란을 던졌다
인부들이 밀대와 양동이를 들고 와 그를 닦는다
구정물이 가랑이를 타고 흘러내린다

언젠가 저 동상의 목에도 밧줄이 걸리고
천천히 기울어질 때가 올 것이다

햇살이 망치를 들어 그의 발등을 내려친다

–「동상」 부분

동상은 역사를 빛낸 사람들을 위한 기념물이다. 하지만 동상이 그리고 그 동상의 원래 주인공이 역사를 두고 영원히 살아있는 의미를 가질 수는 없다. 항상 역사적으로 재평가되기 때문이고 시간은 동상처럼 고정되지 않기 때문이다. 시인은 시간을 고정화하려는 이 억압적 이데올로기를 간파한다.

그렇다고 우리가 이 이데올로기를 극복하고 역사를 만들어 갈 수 있을까? 시인은 그것에 회의적이다.

증기선과 항구 사이에 눈보라가 친다
악몽 속의 악몽처럼
이 배는 항구로 돌아갈 수 없을지도 모른다

앙상한 깃대에 밧줄로 몸을 묶고 눈보라 속에 있으면
증기선은 사나운 짐승이 되어 간다
검붉은 연기를 토해내며

…(중략)…

규칙적인 말발굽처럼
목을 조르려는 손아귀처럼
우리가 맹목이 될 때까지

우리는 피 같은, 검은 기름 같은, 타다 남은 나무토막 같은 그림자를 흘리면서
희박한 고요 속에 담겨 있다

–「눈보라」 부분

눈보라 치는 항구에 파도에 저항하며 들어가는 증기선은 도도한 역사의 흐름을 연상시킨다. "사나운 짐승"처럼 "깃대"를 드리우고 달리는 증기선은 세상을 뒤바꾸는 혁명의 열기이기도 하고 새로운 꿈의 실현이기도 하다. 하지만 시인은 그것의 이면에 들어 있는 "규칙적인 말발굽"과 "목을 조르려는 손아귀"처럼 폭력적인 살육을 떠올린다. 그리고 역사의 힘 속에서 맹목적으로 행동하는 인간들의 모습을 떠올린다. 이 시의 마지막 연에서 말하고 있는 "희박한 고요"는 시인이 역사에 대해 갖는 생각의 단면을 잘 보여준다. 역사에 고요는 없다. 그것은 항상 격변하는 시간의 연속이다. 그러므로 고요는 항상 희박하다. 하지만 우리가 사는 것은 또한 이 고요 속이다. 역사라고 말하는 것은 단지 우리를 지배하는 이데올로기로 우리의 삶이 그 안에 담겨 있는 것 같지

만 사실 그것들은 그림자에 불과할 뿐이라는 것이다.

우리는 세상에서 가장 가난한 나라의 아이들
백지 한 장을 놓고 맞은편에 앉아 낙서를 한다
어른들이 볼까 봐 조바심 내면서
우물 속에 침을 뱉듯

…(중략)…

무언가 계속 꺼지고 있어
호흡이 끊어진 사람의 코앞에 유리판을 대듯

내 혀는 난파선처럼 이리저리 떠다닌다
차가운 말과 뜨거운 발음이 어긋나면서

백지는 어느덧 하나의 문서가 되어 우리 앞에 놓여있다
더 이상 여백이 없는 하나의 완벽한 발음이

백지 위로 죽은 손들이 올라온다

네 심장을 두 손으로 움켜쥐고 나는 운다
느려진 박동이 손금을 타고 온몸으로 퍼진다

반은 웃고 반은 우는 미친 달이 뜬다

—「백지」 부분

백지는 기억되지 않는 시간을 의미한다. 아이들이 물에 빠져 죽고 그것을 지켜봐야 하는 눈으로 그리고 안타까움으로 손을 움켜쥐고 우는 몸으로 살아야 하는 우리에게 역사는 과연 무슨 의미일까를 이 시는 묻고 있다. 세상의 고통을 기억하고 기록하지 않는 역사는 백지에 불과할 것이다. 그런 의미에서 성공과 발전을 기록하고 그것에 의미 부여하는 모든 역사는 다 백지일 뿐이다. 결국 역사와 불화한다는 것은 세상의 모든 이데올로기와 불화하는 것이다. 이데올로기를 받아들이지 않고 그것이 주는 억압에 저항할 때 우리는 스스로 느끼고 행동하는 주체로 등장한다. 어떤 사건을 두고 슬퍼하고 분노할 때 우리는 적어도 특정한 이데올로기로부터 자유로울 수 있다. 이 솔직함에 다가가는 것이 곧 시인의 길이기도 하다.

맺으며

조화와 소통이 강조되는 시대에 살고 있다. 단절화와 개별화가 심화하는 사회에서 개인들 간의 소통과 그것에 따른 조화로운 사회적 삶의 모색은 당연한 것인지 모른다. 하지만 이들 말속에 들어 있는 이데올로기를 무시해서는 안 된다. 조화라는 말은 항상 통합이라는 말을 부른다. 그것은 특정한 사고와 행위로 사람들을 몰아가고 그것에 따르지 않는 사람들을 끝없이 실패자로 호명하고자 한다. 우리 사회의 낙인찍기와 루저 만들기가 이런 것이다. 소통이라는 말 역시 많은 함정을 담고 있다. 소통은 언어를 상투화시킨다. 뻔한 줄거리의 식상한 대사의 드라마가 쉽게 사람들에게 다가가는 것이 이를 잘 말해준다. 소통은 결국 인간을 상투화시키는 강력한 마력을 가진 말이다.

시인은 조화를 깨고 소통을 방해하여 세상과 불화를 만드는 사람이다. 그는 이 불화를 통해 새로운 세상을 꿈꾸는 우리가 사는 세상을 바닥에서부터 뒤흔들고, 우리 곁에 둘러쳐진 단단한 담벼락에 낙서를 통해서라도 흠집을 낸다. 시는 그래서 사소하지만 아름다운 것이다.

11. 새로운 시간을 위하여

— 한영수, 김밝은, 정지우 시인의 시들

근대 이후 지금의 문명은 시간의 추상화로부터 이루어졌다. 자연과 함께했던 인간의 시간을 숫자로 추상화하여 그 시간에 모든 가치를 부여한 것이 근대 이후 산업 사회의 가장 큰 특징이다. 그 후 인간의 노동도 그것에 의해 만들어진 생산품도 모두 수치화 된 상품의 가치를 부여받는다. 이렇게 되면서 인간의 노동은 자신의 손을 떠나 오직 상품의 가격으로만 존재하게 되고 인간은 일로부터 소외되게 된다. 근대 이후 사회의 모든 문제는 이 소외로부터 기인한다고 해도 과언은 아니다. 이 추상화된 시간에 인간이 자신의 삶을 의탁한 이후 상투성과 그것에 의한 권태는 피할 수 없는 삶의 요소가 된다.

시를 쓰는 일은 이 권태에서 벗어나 상투성에 매몰된 일상의 삶으로부터 탈주하는 것이다. 그러기 위해서는 시간을 다시 새롭게 되찾아야 한다.

1. 주체와 시간

위에서도 지적했듯이 우리는 주어진 시간을 산다. 아니 꼭 그런 것은 아니지만 그렇다고 생각한다. 내 삶의 시간도 누군가로부터 주어졌고 그 주어진 시간 안에서만 우리 자신은 의미 있는 존재가 된다. 다음의 한영수 시인의 시는 이 점을 생각하게 해 준다.

들어가는 문
도망치기에도 좋은
문, 백 년
백 년에 갇힌 새는

두 발목은 묶은 지 오래
혀를 놀리지 않는다
가려운 자리도 잊었다
몸을 돌려 저녁의
솟대를 산다

밝은 날도 오겠지
팜파에서 라마를 몰겠지
생각하지는 않고

더 조그맣게
아무것도 아닌 새는

—「새는」 부분

자유롭게 하늘을 날아야 할 새가 스스로 "발목을 묶"고, 아름다운 노래를 해야 할 새가 "혀를 놀리지 않는" 것은 시간에 갇혀 살기 때문이다. 위 시에서 백 년은 자연이 우리에게 부여한 시간이다. 우리는 이 시간을 의식하고 나의 삶 모두를 이 시간에서만 의미 있는 것으로 파악한다. 그러다 보니 나의 모든 행위의 의미는 이 시간의 지배를 피할 수 없다. 그러면서 자유를 저당 잡히고 자신이 가지고 있는 능력을 스스로 부정한다. 그렇게 우리는 "아무것도 아닌" 존재가 되어 가는 것이다.

다음 시는 이렇게 주어져 자신을 속박하고 있는 시간을 자기 것으로 만들려는 노력을 얘기하고 있다.

시간은 있었다
달과 별이 움직이는 동안

바라보았다
뒤돌아보았다
손을 쥐었다
풀었다
말을 못하는

시간은 있었다

가슴이며 옆구리며 종아리로도 흰빛
벙어리였다 나는
빈 종이
한 장이었다

극도로 넓은 범위
적에서 청으로
청에서 녹으로
일일이 거꾸로

모든 목소리였다

-「밤새 자작나무를 탔다」 전문

"시간이 있었다"는 인식은 '시간이 없다'라는 생각과는 천양지차이다. 우리는 항상 시간이 없다고 생각하고 산다. 시간이 주어진 것이므로 그것을 소모하거나 낭비한다는 압박을 피할 수 없기 때문이다. 그런데 시간이 있었다는 것은 비로소 시간이 자기 것이 되었다는 것을 의미한다. 시인은 그 자기만의 시간을 "빈 종이 한 장"으로 표현하고 있다. 그것은 쓰기 위한 시간을 말한다. 시 제목 "밤새 자작나무를 탔다"라는 말도 이 쓰기를 비유한다고 해석할 수 있다. 예로부터 자작나무 껍질을 종이 대용으로 사용했기 때문이다. 그렇게 쓰기를 위해 자기 것으로 만든 시간은 세상을 "일일이 거꾸로" 만드는 일이고 또한 "모든 목소리"를 회복하는 일이다.

하지만 시간을 내 것으로 만든다는 일은 쉽지 않은 일이다.

누구도 몰랐다-
자신도 몰랐을 것이다
돌이 많은 길이었다
반 이상이 그늘이었다

무엇이 봄이었나
무슨 일이 있었나
가을은 또 어떻게 오나

반복해서 물었다 외톨밤은

외톨밤을 의심했다
소심했다 무서웠다
혼자 어두워져

－「돌이 많은 길」 부분

그것은 아무도 모르는 미지의 길이고 “돌이 많은 길”, “반 이상이 그늘”인 어둡고 거친 길이다. 모든 것을 의심해야 하고 혼자 어둠 속에서 무서움을 견뎌야 하는 지난한 길이다. 자연이 자신에게 부여하고 세상이 규정한 시간을 넘어서 자신의 시간을 갖는다는 것은 옛 시인들처럼 자연의 비의에 가 닿거나 근대 이후 시인의 운명이 되어 버린, 세상이 요구하는 삶의 방식을 거부하고 또 다른 삶의 방식을 찾는 일이기도 하다. 시인이 된다는 것은 이 길을 스스로 모색해서 그것을 표현할 언어를 새로 쓰는 일이다. 그리고 새로운 언어는 새로운 시간을 만들어 내는 일이다.

2. 시간과 기억

만약 기억이 없다면 우리는 우리의 정체성을 상실하고 만다. 기억이 없다면 나는 누구인지 대답할 수 없다. 내가 누구인가는 모두 기억 속의 나의 경험이 만들어 내는 것이다. 그런데 우리의 기억들은 시간을 통해서만 기억된다. 시간이 추상화되고 수치화 되면서 우리의 기억도 역시 추상화된다. 나의 유년시절은 그 시절의 나의 경험과 그 경험이 주는 감각으로 살아남아 있는 것이 아니라 몇 년도라는 숫자로, 중, 고등 학창시절은 몇 학년 몇 반이라는 또 다른 숫자로 우리의 뇌리에 남아있다. 그래서 감각은 희미해져 가고 우리는 우리의 삶을 일상의 규정된 시간 속에 맡기게 된다. 김밝은 시인은 그것을 다음과 같이 표현하고 있다.

소금기 밴 얼굴의 벽시계가
안간힘으로 낡은 초침을 돌리고,
사람들 목소리 하나 앉아있지 않은 횟집
수족관에는 생의 하루를 더 건넌 물고기의 까무룩 숨소리가
달의 눈빛을 불러들이고 있어

눈물로 온 생을 지새울 것만 같던 순간도 잊혀지고
단 한 번뿐일 것 같았던 마음도 희미해져 가는 거라고

–「애월을 그리다 3」 부분

우리의 삶은 오래된 벽시계가 안간힘으로 초침을 돌리는 것처럼 규정된 삶의 궤적 안에서 쳇바퀴 돌고 있다. 그리고 그 안에서 단 한 번뿐인 마음도 단 한 순간의 "생을 지새울 것만 같던" 기억도 희미해져 간다. 시간이라는 숫자가 우리의 감각을 지워버리기 때문이다. 시를 쓰는 일은 이 수치화 된 기억을 원래의 생생한 감각적 기억으로 바꾸는 일이기도 하다.

바람결에 흔들리는 달빛 한 모금만 훔쳐 마셔도
쏴르르 쏟아져 나오기도 하던
그때 그 환한 말들은 또 어디로 가버렸는지…

발밑으로 떨어져 어긋나버린 색색의 부스러기들

행간 속으로 들어오지 못해 윙윙거리고

함부로 내보일 수 없는 비릿한 꿈속으로
먼 사람들의 냄새만 간간히 찾아오는데

손가락을 깨물어 흐르는
피를 먹여줘야
건드려보지 못한 언어들이 팔짝, 살아날까

소용돌이치는 침묵 속으로 파묻히는 동안

당신의 말들이 사라져 가고 있다

–「11월의 시」 부분

"말들이 사라져 가고 있다"는 것은 시인에게는 악몽과 같은 일이다. 그런데 실제로 우리는 모두 이 악몽을 현실로 살아가고 있다. 상투적 일상은 우리에게 상투적인 언어만을 강요하고 우리의 삶을 수치화 된 시간으로 환원하기 때문이다. 이 잊혀진 언어를 살아나게 하려고 시인은 "손가락을 깨물어" "피를 먹여"주기를 생각한다. 이러한 충격으로 사라진 언어들과 그것들을 불러일으키는 감각의 경험을 되살리기 위해서이다. 말을 찾는다는 것은 온전한 경험의 시간을 기억해내는 것이고 그것이 또한 시인의 역할임을 우리는 생각해 볼 수 있다.

이제 그만 놓아버릴까 …

섹시한 자궁을 만들던 찰나도 있었지만
허기진 어깨 위로 우울이 내려앉는 시간입니다

저 길을 만들어 놓은 것 같은, 가지를 타고 오를 때부터
낙법을 준비했어야 했는데

미풍만 불어도 온 몸 지끈거려
무릎 사이에 창백해지는 얼굴을 묻으면
눅눅하게 저물어가는 목숨이 보여요

가슴에 붉은 밑줄을 그으며 새겼던 문장들도
무덤덤해지는 때가 오면
구불구불한 기억의 방에 우두커니 남겨지겠지요

비꽃 떨어지는 몸에는 아직
당신이 모르는 숨소리도 참방거리는데

이쯤에서
한껏 우아한 눈빛을 가장하며 뛰어내려야 할까요

생각을 베고 누워서도
사람보다 더 따뜻한 몸을 가진 이름을 찾지 못해
무한한 슬픔의 경계에서 매혹을 꿈꾸었던 몸짓

차마, 적요입니다

–「낙화」 전문

이 시 마지막 행의 "적요"는 고요함이라는 단순한 의미만을 지니지 않는다. 그것은 시인이 온전히 자신의 기억 속의 시간을 회복했을 때 도달하는 어떤 달관의 경지이다. 시인은 낙화에서 그 경지를 발견

한다. 시간으로 환원되지 않는 기억들을 그것 자체의 가장 찬란한 순간으로 남기려는 그 아름다운 결단을 통해 우리를 옥죄고 있는 시간의 압박을 넘어설 때 느끼는 그 편안함이 이 시에서 말하는 적요, 바로 그것이 아니겠는가? 어쩌면 시는 이 절대적인 시간을 찾는 일인지도 모른다.

3. 시간과 공간

아인슈타인 이후의 현대 물리학을 거론하지 않더라도 시간과 공간은 밀접한 연관을 맺고 있다. 공간은 시간 속에 존재하고 시간은 공간을 가질 때 의미 있는 것이 된다. 그뿐만 아니라 시간이 공간으로, 반대로 공간이 시간으로 전환될 수 있다는 것이 현대 물리학의 설명이다. 다음의 정지우 시인의 시들은 이 시간과 공간의 문제를 생각하게 해 준다.

> 벽에 못을 박고 액자를 건다. 쿵쿵, 벽을 들이받는 북이 들어 있는 것이 확실하다. 두들기는 곳을 찾아들어 기꺼이 중심이 되려는 벽은, 한 면을 돌아나가는 바람의 행방을 목적지로 정한다. 목적지를 잃은 곳에서 모퉁이는 만난다. 막다른 곳에서 들떠있는 못의 자리들.
>
> 날아갈 듯이 가벼워서 나무는 묶인 것이 아니다. 벽에 뿌리내린 나무가 북처럼 둥근 지구를 받치고 있다. 바람은 길들여진 적이 없어서 나무와 나무들을 옮겨 다니거나 머문다. 묶여 있으면 먼 곳의 소리가 들린다.
>
> 발작은 순간에서 폭발한다. 갈기를 뚫고 나오는 광기처럼 말이 날뛰는

방향은 달려야 하는 거리보다 길들여진 면에 있다. 재갈이나 고삐는 짐승의 등을 구부리는 차가운 도구, 사육사가 휘두르는 채찍은 바람을 탄 흔적이다. 면은 인간을 길들인다.

달리지 못하는 면은 늘 바깥으로 머리를 돌린다. 가끔 사각의 갈기를 세우는 지구는 둥근 면이다. 각자가 원하는 평면으로 모이는 모서리들, 네 개의 발로 여섯 개, 열두 개, 서른아홉 개의 발을 거느리며 벼랑을 만드는 지금은 어디서부터 시작된 목적지인가.

–「날뛰는 면」 전문

면은 공간을 만드는 요소이다. 두 개의 면을 만나게 하는 모서리가 공간을 만들어 낸다. 모든 인간의 활동은 면에서 이루어진다. 벽에 못을 박아 액자를 거는 일부터 시작해서 "인간을 길들"이는 일까지 다 면에서 시작한다. 그런데 그 면은 끝없이 진행하고 확대된다. 그것의 속성대로라면 인간은 영원한 자유를 얻어 살아왔을 것이다. 하지만 면은 기필코 다른 면을 만나고 모서리를 형성하고 일정한 공간으로 구획된다. 그 공간이 결국은 막다른 절벽을 만들어 우리를 가두든지 아니면 거기에서 뛰어내리게 만든다. 그런 의미에서 벼랑은 목적지이기도 하고 시작지이기도 할 것이다. 시를 쓴다는 것은 이 목적지이고 시작지인 절벽에 서 있는 것 그것과 다르지 않다.

그런데 그것은 불안하고 두려운 일이다. 그 불안과 두려움을 시인은 "마우스브리드"라는 물고기 이미지를 통해 말하고 있다.

책을 펼치면 셔벗처럼
글자로 흘러내리는 아이는
눈초리가 키우는 입말의 눈치들

어디서부터 생각은 말보다 먼저 꿈을 꾸게 되나
밥을 먹고 잠을 자고 친구를 만나는
자세는 물려받는 걸까

너를 낳고 낳을
세상은 여전히 돌아오지 않아서

일흔이 넘어도
오른쪽이 없는 벽과
왼쪽이 없는 벽을 더듬으며 여기는 어디인가
입을 떠나 난간을 붙드는 뼈는 불안하다

–「마우스브리드」 부분

마우스브리드라는 관상어가 입속에서 새끼를 키우듯 시인은 입안에 말을 가두고 있다. 하지만 시인은 이 말을 쉽게 뱉어내지 못한다. 마우스브리드 새끼들의 뼈가 아직 불안하듯 말은 항상 불충분하고 그 의미는 불안정하기 때문이다. 그래도 시인은 말을 뱉어내야 한다. 새끼들이 새로운 세계를 만나듯 시인의 입에서 뱉어진 말들은 새로운 세상을 열 수 있는 것이리라. 그런데 이 새로움은 새로운 시간과 공간의 뒤바뀜의 과정을 통해 만들어진다.

길을 바라보면 어두워진 꽃송이, 어느 곳으로도 통하는 척추 폭포 아래 시외버스 불빛이 지나간다. 뼈와 뼈 사이, 꽃눈을 심었던 곳은 어디쯤인가. 휘어진 봄을 더듬으며 동백의 손끝이 가늘어져 갈 때

망설임의 돌들도 굴러와 이 저녁에 박힌다. 뼈를 관통하는 하루의 매듭은 꽃이다. 꽃이 피고 지는 동안 일어서고 앉혔던 마음은 허공에 가까우니

> 돋아나는 돌기를 만지며 불 켜진 집 앞에 서서 안을 들여다본다. 겹겹의 꽃잎이 척추의 안과 밖으로 흩날린다. 바닥에 떨어진 추운 방향들, 꽃비는 등이 축축한 시간이다. 오래 머물던 마디마디 붉은 저녁이 열렸다 닫힌다.
>
> ―「휘어진 봄」 부분

저녁이 열렸다 닫히는 것은 낡은 시간의 소멸과 새로운 시간의 탄생을 의미한다. 그런데 그 새로움은 단지 시간의 문제만이 아니라 꽃이라는 이미지로 표현된 하루를 매듭짓는 사물의 형상에 의해서만 확인된다. "꽃이 피고 지는 동안 일어서고 앉혔던 마음은 허공에 가까우니"라는 표현에서 허공은 구획되지 않은 공간을 의미한다. 그것은 정리되지 않는 시간 아직 인식되지 않은 공간의 표현이다. 하나의 시간이 완성되는 것은 "집 앞에 서서 안을 들여다" 보는 것처럼 머물 수 있는 공간을 필요로 한다. 그러므로 시인에게 봄은 "휘어진 봄"으로 느껴진다. 시간이 공간을 통과하며 휘어지듯 봄은 우리가 인식하고 느끼고 살아가는 삶의 공간을 통해 휘어진 채 지나간다. 그래서 "등이 축축한 시간"이 되고 시간은 특별하고 새로운 경험으로 재탄생한다.

제2부
소수자의 시 쓰기

1. 가족의 이름으로

— 김도우의 시들

최근 아동학대 문제가 우리 사회에 분노를 일으키고 있다. 이 문제의 본질이 어디 있든 간에 이 문제는 우리에게 가족이란 과연 무엇인가라는 근본적인 질문을 던져준다. 가족 문제는 우리 시대 많은 사회 문제들의 핵심에 놓여 있거나 이 모든 문제들과 깊은 관련을 맺고 있다. 저출산 문제, 노령화 문제, 주택 문제나 교육 문제까지 가족의 문제와 관련되지 않은 것이 없다. 더러 보수적인 사람들은 가족의 해체를 걱정하고 반대로 진보적인 경향의 사람들은 새로운 가족의 출현을 예견하기도 한다. 어찌 되었든 우리 시대에 가족은 행복과 안식의 마지막 보루이기도 하지만 욕망과 그에 따른 갈등의 근본 원인이기도 하다.

김도우 시인의 시들은 이 가족의 문제를 시인 특유의 농밀한 정서와 세상을 보는 예리한 시선을 통해 잘 형상화하고 있다.

> 아이는 봄을 기다렸다
> 집나 간 엄마를 기다렸고
> 고기잡이 나간 아버지를 기다렸다.
> 우물에서 물을 길어

밥 짓고 동생을 돌보는
고사리손이 얼고 부르텄다.
엄마가 보고 싶을 때면
하늘을 바다에 펼쳐놓고
새끼 돌게와 놀았다

…(중략)…

파랗게 질려
불그죽죽한 시금치
엄마의 젖처럼
깊고 달다
얼다 녹다 온몸이 붉어져도
엄마는 돌아오지 않았다

–「바다 시금치」 전문

해풍에 시달리며 단맛을 내부에 깊이 축적해가는 '바다 시금치'는 바닷가에서 자란 어린아이의 정서적 등가물이다. 그 어린아이에게 엄마와 아빠라는 가족은 결핍으로 존재한다. 항상 부모는 바다로 또는 대처로 자신을 떠나 있는, 부재하는 존재로만 나타나기 때문이다. 동생마저도 그의 삶에 돌봐야 할 짐으로만 존재한다. 가족은 그에게 결핍만을 가져다주는 슬픔과 고통의 근원이다. 하지만 그는 가족을 포기하지 못하고 기다린다. "엄마는 돌아오지 않았다"라는 구절에서 볼 수 있듯, 채울 수 없는 욕망처럼 그것은 충족되지 않지만, 그 기다림과 온전하게 충만한 가족에 대한 염원으로 그는 자신의 삶을 채워나간다, 마치 "얼다 녹다 온몸이 붉어" 진 시금치가 단맛을 안에서 길러내듯이. 김도우 시인에게 가족이란 채울 수 없는 결핍으로 존재하기에 더 그리워지고 욕망하게 되는 피안의 염원이고 도달하기 힘든 희망이기도 하다.

다음 시에서도 가족은 안온한 모습으로 시인의 기억 속에 남아있지 못하다.

> 마호가니 빛 석양이 흘러가고
> 마당은 고요하고
> 보랏빛 수국이 불 밝혔네
>
> 긴 마루를 지나
> 베개 두 개
> 하얀 모시 이불 가지런히 깔린
> 미닫이방
> 아버지가 사랑한 여인이 미소를 머금은 채
> 다소곳이 앉아있네
>
> 김이 모락모락 나는 쌀밥에
> 노릇하게 구운 갈치 두 토막
> 갯벌에서 캐온 새꼬막 겸상에
> 고명같이 수놓은
> 아버지의 눈빛
>
> 나는 그날 여관 마루 끝에서
> 글썽이는 어머니를 떠나보냈네
> 달빛에 홍건한 벌교의 밤을 보았네

―「보성여관」 전문

여관은 아버지와 아버지의 연인이 사는 공간이다. 그곳은 가정이기도 하고 아니기도 하다. 아내와 자식들이 있는 가정은 아니지만 아버지가 원하던 것들이 존재하는 곳이다. 안온한 행복이 존재하는 공간이지만 그것은 가족으로 인정받을 수 없는 곳이다. 반대로 아내와 자식들이 살고 있는 가족은 그에게 행복을 주는 곳은 아니다. 아버지이고 남편이면서도 연인이어야 하는 그에게 가정도 여관도 다 안주할 공간은 아니었을 것이다. 가정은 그에게 자신이 원하는 것을 줄 수 없다고 생각해 그는 사랑하는 여인과 "김이 모락모락 나는 쌀밥"이 있는 공간으로 피신하여 사랑스런 "고명같이 수놓은/ 아버지의 눈빛"을 보여주고 있다. 그리고 거기에 어머니도 시인 자신도 들어갈 공간은 없었다. 시인은 그 결핍감과 그 결핍감의 근원인 아버지의 욕망을 "마호가니 빛 석양"과 "보랏빛 수국"이라는 사물을 통해 아름답게 표현하고 있다. 가정을 해체한 아버지에 대한 원망을 표현하면서도 또 한편 그는 가정을 벗어나고자 한 아버지의 자유로움을 이해하고 받아들이고 있다. 하지만 그 자유를 위해 "글썽이는 어머니"의 슬픔이 존재한다. 이렇듯 가족은 아버지에게는 짐이고 어머니에게는 희생을 강요하는 고통의 원천이다.

…(상략)…
문지방 낮은 가게
구석방에서 낮잠을 자는 검은고양이가
따라 들어온 햇빛을 할퀸다
유복자와 마주 앉아 빈 잔을
홀짝거리는 여자는
곰팡내 나는 돌덩이를 삭히는 중이다

…(중략)…
환청처럼
낮달을 건져 올린
텁텁하고 시큼한 기억이 빠져나온다
지붕이 내려앉은 집을 이고
삭은 여자 고여있다
집은 쉽게 문이 열리지 않는다

–「기억 속에 집이 고여있다」 부분

이 시에서의 가족도 온전하거나 완전한 가족은 아니다. 유복자와 그를 혼자 키우고 있는 어머니로 구성된 이른바 모자 가정 또는 결손 가정이라 불리는 그런 가족이다. 그런데 시인은 고향 마을의 옛집을 떠올리면서 이 집을 기억해낸다. 그것은 시인의 마음속에 가족은 항상 불완전한 모습으로 남아있기 때문일 것이다. "환청처럼/ 낮달을 건져 올린/ 텁텁하고 시큼한 기억"이라는 구절이 이를 잘 말해준다. 오래된 집처럼 그리고 그 안에서 늙어가는 한 여인처럼 자신의 낡아가는 기억 속의 가족은 "곰팡내 나는 돌덩이"처럼 쉽게 없어지지 않는 오래된 짐으로 남아있다. 완성하고 복원해야 할 숙제이면서도 또 한편으로는 "지붕이 내려앉은 집을 이고"라는 구절에서처럼 벗어나고 싶은 짐이며 "쉽게 문이 열리지 않는다"라는 표현에서처럼 떠나고 싶은 구속이기도 하다.

사실 가족을 벗어난다는 것은 미쳐서야 가능한 일인지도 모른다. 다음 시가 이를 아주 아름답고 처연하게 보여준다.

나팔꽃 머리에 꽂고
희야가 담장 밑에 쪼그리고 앉았다

엄마가 없는 동안 홀로 피어있는 희야
햇살이 윙크하면
헤벌쭉 입술이 벌어졌다

보랏빛 자욱한 길 따라
동네오빠를 따라나선 희야
주인 없는 무덤 옆에서
달빛 기울어진 빈집에서
오빠가 바뀌었다

…(중략)…

꽃술을 자른 희야
꽃잎 날릴 때마다 하얗게 야위어갔다
바람에 떨어진 꽃모가지
온몸으로 피어났던 희야
한동안 그 자리를 떠나지 못했다

– 「나팔꽃무덤」 부분

옛날 시골 동네에 하나씩 있는 미친 여자아이를 나팔꽃으로 비유해서 쓴 아름다운 작품이다. 동네오빠들에게 성폭행을 당하는 그녀는 "달빛 기울어진 빈집"이나 "주인 없는 무덤" 같은 가족이 사는 집을 떠나 있는 곳에서 비로소 자신의 존재를 확인한다. 비록 그것이 동네오빠들의 성적 노리개로서이긴 하지만, 그녀는 그 순간 자신을 구속하는 가족 즉 "엄마가 없는 동안"의 자유로움을 느끼는 꽃이 되어 피어났다. 결국은 "하얗게 야위어갔다 바람에 떨어진 꽃모가지"처럼 그녀는 가족의 보호마저 받지 못한 존재로 희생되고 만다.

김도우 시인에게 이렇듯 가족은 부재와 결핍과 불완전한 모습으로 각인되어 있다. 가족은 우리를 지키지 못하고 우리의 행복을 보장하지 못하고 항상 무게와 의무와 채워야 할 책무로만 존재하고 고통받고 상처 입은 여성들의 희생으로서만 기억되어 있다.

그럼에도 시인은 가족이 주는 어떤 희망의 힘을 포기하지 못한다. 다음 시가 이를 잘 보여주고 있다.

> 바다를 누비며
> 하늘을 날아오르는
> 앗싸 가오리 아니고 앗싸 홍어
> 지느러미 날개가 된 꿈을 꾸다
> 그는 지금 항아리에 박혀있다
> 잡으려던 뜬구름 대신
> 지푸라기 부여잡고 깊은 꿈을 꾼다
> 꿈이야 다들 꾸면 좋은 거라 하지만
> 그의 꿈은 꿀수록
> 꼬리꼬리 깊은 냄새가 되어
> 허공으로 사라진다
> 시원하게 날개를 펼치고 날아다닐 때
> 늘 막걸리 한 사발에
> 별 몇 개 안주 삼아
> 출렁출렁 후렴처럼 들려주던
> 마누라 자식이
> 내 항아리에 담겨 꿈을 꾼다고
> 항아리에 내 발 비집고
> 뻗을 자리 살피다 아침이며 삼킨
> 별 목에 걸려 토악질

이제 그는 오래 꿈꾸고 있다
당신은 홍 나는 탁
같이 꿈꾸는 방법
푹 삭아서
응어리 씻어내린다

—「홍탁」 전문

홍어에 탁주를 곁들이는 것이 남도의 음식 문화이다. 홍어나 탁주는 다 항아리에서 발효를 통해 숙성된다. 시인은 이 항아리를 가족이라는 것에 비유하고 있다. 그런데 그 가족을 아주 재미있게 표현하고 있다. "바다를 누비며 하늘을 날아오르"고자 한 가오리나 홍어가 항아리에 박혀 곰삭아지는 것과 같은 모습이 바로 가족이라는 것이다. "꿈은 꿀수록/ 꼬리꼬리 깊은 냄새가 되어/ 허공으로 사라"지는 것처럼 결국 우리가 꿈꾸던 어떤 것은 가족이라는 이 울타리에서 서로 하나가 되어 함께 할 때 비로소 실현되는 것임을 시인은 우리에게 알려주고 있다. 그래야 서로 "당신은 홍 나는 탁"이 되어 같이 꿈을 꾸며 우리 마음속에 응어리로 존재하는 욕망의 결핍을 씻어낼 수 있다고 시인은 믿고 있다.

전통적인 가족은 이제 사라지고 없다. 그 가족을 유지하고 있는 가부장적인 권위와 강요된 여성의 희생으로 지켜지는 가족은 더 이상 바람직한 것으로 누구에게도 여겨지고 있지 않다. 그럼에도 불구하고 서로가 서로를 이해하고 서로의 꿈과 행복을 함께 만들어 갈 가족의 울타리는 우리 모두에게 필요하다. 그 가족이 어떤 형태나 모습으로 우리에게 새롭게 다가올지는 쉽게 판단할 수 없다. 김도우 시인 역시 그것을 예견해 보여주고 있지는 않다. 하지만 기억 속의 가족을 선명하고 아름다운 이미지로 떠올려 줌으로써 우리에게 과연 가족이 무엇인지를 생각하게 해준다. 김도우 시인의 시들이 이 암울한 시기에 빛나는 언어로 다가오는 이유가 여기에 있다.

2. 계획된 욕망과 욕망의 계획
— 김나영 시인의 시들

"너는 다 계획이 있었구나." 봉준호 감독의 영화 〈기생충〉에 나오는 유명한 대사이다. 계획은 인간이 가진 합리적 이성의 산물이다. 사람들은 계획을 통해 우연성이 가져오는 위험을 줄이고 인간의 욕망이 범하는 우매한 실수들을 통제할 수 있으리라 생각한다. 하지만 계획이 성공한 적은 별로 없다. 이 영화에서도 이 계획 때문에 모두가 다 파멸하는 불행을 맞이한다. 계획 역시 인간의 욕망을 제어하지 못할 뿐 아니라 모든 계획에는 인간의 탐욕과 허망한 희망이 들어 있기 때문일 것이다.

김나영 시인의 다음 시는 이런 생각을 구체적 감각을 통해 설득력 있게 잘 표현해 주고 있다.

맹꽁이 울음을 파낸 자리에 인공 호수가 생겼다. 청둥오리 몇 마리와 갈대와 개구리밥과 꽃창포가 서둘러 전입신고를 마쳤다. 인공의 가습기가 이렇게 자연스러워도 되나 싶을 때, 호수 가장자리에서 긴 지느러미가 너울거렸다. 인공 호수는 거대한 한 마리의 물고기처럼 꿈틀거렸다.

…(중략)…

멀리서 보면 젖과 꿀이 흐르는 땅. 가까이 가보면 다면체의 욕망이 아귀처럼 맞물린 큐브, 화려한 조명이 발산하는 원주율 안에 눈과 발이 갇혀서 평생을 돌거나 돌아버리거나…… 오래전 자연에서 이주해 온 불나방들이 가로등 불빛 아래 머리를 짓이기며 날갯짓을 하고 있다.

–「콤파스」 부분

시의 제목인 "콤파스"는 인간의 이성과 합리적 계산에 대한 환유이다. 계획하고 계산하여 설계도를 그리는 데 필수적인 도구이기 때문이다. 도시는 콤파스로 그린 인공호수를 만들어 자연임을 가장한다. 그렇게 만들어진 인공의 자연은 더 자연스럽고 더 아름답고 더 생명친화적인 것처럼 다가온다. 하지만 마지막 연에서 보면, 이 모든 것이 인간의 욕망이 만들어 낸 가상의 "젖과 꿀이 흐르는 땅"임이 밝혀진다. 인간은 이 가짜의 축복받은 땅에서 "가로등 불빛 아래 머리를 짓이기며 날갯짓을 하고 있"는 불나방에 불과하다는 것이다.

이렇듯 이 시는 욕망마저 철저히 계획되어 있는 지금의 시대와 그 안에 사는 우리의 삶을 문명비판적 시각에서 그려내고 있다. 하지만 이런 문명비판이 단순한 자연예찬이나 도시적 삶에 대한 거부에 그치지 않고, 인간의 욕망이 가진 이중성과 그 아이러니 그리고 그 속에서 만날 수 있는 삶의 허망함을 함께 보여준다는 점에서 김나영 시인의 시선의 서늘함이 느껴진다.

그런데 욕망은 어디서 오는 것일까? 그것은 결핍에서 온다.

외식을 하고 집으로 돌아오는 전철 안, 배가 부른데 고프다? 내 몸에 내가 또 속는다. 반복되는 이 허기가 혓바닥에서 위장 사이에서 오는 것이라면 산해진미 아래 내 뼈를 묻고 죽어도 여한이 없겠다. 책장을 한 장 두

장…… 염소처럼 뜯어먹어도 허기는 또 다른 허기를 부른다. 내 몸은 욕망의 거푸집. 오늘 빚을 내서라도 모기눈알요리를 먹을 걸 그랬나, 지금까지 내가 들었던 노래는 모두 옛 노래, 한결같은 당신은 지루해, 이제 그만 갈아타고 싶어. 나는 욕망이라는 이름의 드레스, 아니 스트레스를 갈아입고 스트레오타입으로 달리고 또 달리는 중 …(중략)… 다음 칸으로 발길을 옮기는 노파의 등 뒤에서 "다음 역은 도림천, 도림천역입니다. 내리실 문은……." 도림천역을 향해 가는 전철 안팎에는 수많은 순록 떼들이 건너고 또 건넜을 발자국이 유전처럼 흐르고 또 흐르고,

–「허기의 환승」 부분

시인이 느끼는 "허기"는 근원적인 결핍의 표현이다. 유명한 음식점에서 좋은 음식을 먹거나 이름 있는 브랜드의 비싼 옷을 사 입거나 그것은 그냥 허기를 채우기 위해 "달리고 또 달리는" 것일 뿐이다. 이렇듯 허기 즉 결핍은 우리로 하여금 맹목적인 욕망에 빠져들게 한다. 그래서 더 많은 것을 욕망하고 그 욕망을 위해 더 많은 것을 소비한다. 자본에 의해 체계화된 모든 사회 시스템은 우리에게 이 욕망의 컨베이어벨트에 올라서게 만든다. 결국 허기를 느끼는 나는 비어있는 그릇인 "허기(虛器)"일 뿐이다.

하지만 그렇게 허기로 비어있는 나를 채우기 위해 달려봐야 결국은 전철 다음 칸으로 발길을 옮기는 노파의 등에서 나오는 "도림천"이라는 역 이름에서 연상되는 도솔천으로 향하는 것이라는 사실을 시인은 우리에게 일깨워 주고 있다. 아무리 계획을 통해 우리가 욕망을 키워내도 그것은 결국 죽음으로 나아가는, 허무한 계획된 욕망임을 상기시키고 있다.

다음 시는 이러한 계획된 욕망이 결국 욕망의 계획임을 지적한다.

한 사흘 집안에 틀어박혀 있으니
얼굴에서 해방된다.
내 얼굴이 내 얼굴이 된다.
타인의 시선이 각질처럼 떨어져 나간다.

집 밖으로 나가는 순간
얼굴은 내 것이면서 내 것이 아닌 것이 된다.
보이고 싶은 나와
보이는 나는 한 번도 일치하지 않는다.

…(중략)…

나는 곧 외출을 할 것이다.
독자의 손으로 넘어간 내 작품처럼
내 얼굴은 곧 금이 가고, 해체되고, 해석되고, 왜곡될 것이다.
나는 또 얼굴을 팔러 나간다.

–「얼굴을 쉬다」 부분

시인은 아무도 만나지 않고 집에 틀어박혀 있을 때 비로소 진정한 자신을 발견하고 "내 얼굴이 내 얼굴이 된다"고 말한다. 왜냐하면 집 밖으로 나가면 내 얼굴은 내 것이 아니기 때문이다. 그것은 타인을 위한 것이기도 하고 타인에게 보이는 내 얼굴이기도 하고 내가 보이고 싶은 내 얼굴이기도 하기 때문이다. 나는 사라지고 타인이 욕망하는 나만 존재한다. 그러므로 세수를 하고 화장을 하고 머리를 만져 만들어지는 내 얼굴은 타인의 욕망을 욕망하는 나의 모습일 뿐 나는 사라지고 없다. 이렇듯 나의 외부로 보이는 나의 존재는 나의 욕망이 계획해 낸 가상의 나일 뿐이다.

시인은 자신의 작품에서도 그것을 생각한다. 발표된 자신의 작품은 결국 타인에 의해 욕망된 상품 이상의 것이 아니지 않을까 하는 것이다. 결국 시인은 자신의 얼굴을 감춘 채 "또 얼굴을 팔러 나"갈 수밖에 없는 존재임을 깨닫는다. "얼굴을 쉬다"라는 이 시의 제목은 이미 타인의 욕망이 되어버린 나의 욕망의 계획을 잠시 멈추고 진정한 나를 찾고자 하는 시인의 진지한 성찰을 의미한다.

그런데 이러한 진지한 성찰은 무엇을 지향하는 것일까? 다음 작품에서 그것의 힌트를 얻을 수 있을 것 같다.

> 내 이목구비는 아버지를
> 빼닮았다 오래된 비유에 적합하도록
> 돌아가신 아버지가 내 얼굴에 확장된다
> 아버지와 내가 젖은 다시마처럼 겹친다
> 아버지의 피륙이 나의 피륙에 신표(信標)처럼
> 똑! 맞아떨어지려고 궁리한다
> …(중략)…
> 태어날 때부터 헌것이던 나
> 죽어도 나는 새것이 되긴 틀린 틀
> 죽어도 단수가 되기 힘든 나
> 문득문득 내가 없다,는 사실만 빈 빵틀처럼 사실적이다
> 호명 밖을 겉도는 나의 실체
> 내게 밀착하고 좀처럼 변형되지 않는
> 아버지의 오래된 눈웃음
> 들실과 날실처럼 뒤엉켜서 나도 주름처럼 웃는다
>
> –「코르셋」 부분

시인은 태어날 때부터 아버지를 닮아 아버지에게서 벗어날 수 없다

고 생각한다. 시인 자신은 이미 아버지의 세계에 포획된 채 태어났기 때문이다. 시인은 그런 자신을 "태어날 때부터 헌것이던 나"라고 표현하고 있다. 아버지의 세계는 코르셋이 되어 시인의 삶과 존재를 옥죈다. 그것이 모든 욕망을 규제하고 자신의 욕망마저 아버지의 욕망으로 만든다. 앞에서 설명한 시에서 내 얼굴이 내 얼굴이 아닌 이유도 사실은 여기에 있다. 아버지의 얼굴이거나 아버지가 바라는 얼굴을 나도 모르게 만들어 가고 있었기 때문이다. 아버지의 얼굴은 사회가 요구하는 얼굴이다. 그래서 내 욕망은 타인이 욕망하는 욕망일 뿐이고 나는 빈 욕망만을 가진 허기의 존재일 뿐이다. 인간의 대를 이어 존재하는 이 욕망의 기획으로부터 벗어나는 길은 진정한 자유를 찾는 일이다.

꽃이 꽃을 길어올린다 대기에 미세먼지 하나 남기지 않고 아무 곳 아무데로 전투적으로 번 져 간 다 번 져 간 다 석유 한 방울 사용하지 않고

인조석과 활주로를 가볍게 넘는다 총 칼 없이 미사일 없이 드론 없이 국경과 바다를 건너

방글라데시 로힝야족 난민들 가슴에 뿌리를 내리고 발아를 기다린다 시리아 홈스 주택가 주인 잃은 신발 안에도 뿌리를 내리고 상처 난 대지를 꽃으로 봉합한다

꽃으로라도 사람을 다치게 해서는 안 된다

저렇게 비폭력적인 이데올로기도 없다

민들레 씨앗 안에는 엎질러지기를 소망하는 초록물감이 수십억 톤

23.5° 기운 민들레 씨가 지구의 자전 속도에 따라 지구촌 어디든 번 져 간 다 번 져 간 다

—「원정」 전문

시인은 국경 없는 세상을 꿈꾸고 있다. 아니 국경을 넘어서고 영토를 벗어나 어디로든 번져가고 싶은 자유를 꿈꾸고 있다. 욕망의 계획이나 계획된 욕망으로 인간을 옥죄는 억압에서 벗어나는 길은 욕망의 무한 반복 속에서 소비하며 또 소비하다 허망한 삶의 쾌락에 자신을 소모하며 살도록 강요하는 것들로부터 벗어나 자유를 꿈꾸는 것이다. 그리고 그것은 23.5도로 지구를 기울여 놓은 우주의 계획이고 자연의 계획이다. 욕망의 계획이 아니라 이 우주의 계획을 받아들일 때 우리는 자유라는 새로운 가치를 경험하게 된다.

김나영 시인이 꿈꾸는 시의 세계가 이런 것이 아닐까 생각한다. 그것은 진정한 자유에 대한 근원적인 갈망이다. 그것은 욕망의 계획도 계획된 욕망도 거부하고, 그런 것들에 의해 유지되는 사회 체계에 대한 아나키적 거부의 자세이기도 하다. 김나영 시인의 시들이 보여준 이 진지한 성찰에 존경을 표한다.

3. 안티오이디푸스

— 김혜영 시인의 시들

프로이트의 오이디푸스 삼각형 안에는 여성의 자리는 없다. 그 안에서 여성은 어머니이거나 남성의 성적 대상으로서의 여자일 뿐이다. 거기에서 여성은 사회화되지 못한 불완전한 남성으로 가정되거나, 삼각형으로 구획된 사회적 관계 속에서 추방되거나 소거된 존재로 인식된다. 오이디푸스 삼각형 안에서 설명된 여성은 주체적으로 사회화를 이루지 못하기 때문에 가부장적 권위를 가진 남성에 의존하는 부차적 존재로서만 의미를 갖는다. 남성 중심 사회가 이런 삼각형을 강화해 왔고 또한 역으로 이러한 오이디푸스 삼각형으로 설명되는 문화적 관습이 남성 지배의 사회구조를 공고히 해 왔다 할 수 있다.

하지만 다른 한 편 생각해 보면 이러한 오이디푸스 삼각형으로 설명되는 욕망의 통제에서 벗어나 있다는 것이, 여성성으로 하여금 자유로운 욕망의 가능성을 가질 수 있게 한다고 생각할 수 있다. 욕망의 삼각형 안에서 가부장적 권위도 부여받지 못하고 그 질서에도 편입되지 못하는 여성은 그 스스로 이런 사회적 규범과 제약을 벗어날 수 있는 동력을 가지고 있다. 통제되지 않고 규범화되지 않는 욕망의 흐름이 여성성과 깊은 관련이 있는 것은 이 때문이다. 물론 그것은 남성의 부차적 존재로서가 아닌 독립된 여성으로서 자기 정체성의 자각이라는 전제하에서 가능한 것이다. 다음 시에서의 마녀가 그런 존재이다.

어쩌다 자격 미달의 인생이 되었을까요. 그들은 나를 유령인간이라 불렀어요. 만년을 살았는지 칠백 년을 살았는지 모르죠. 생을 바꿀 때마다 불사조처럼 날개를 바꿔 달았지요.

소문자로 전수되어온 마녀의 계보에 이름 석 자를 기입했어요. 이름이라는 덧없는 암호를 남기려고 도서관에 은신해 살았지요. 사드의 소설에 나오는 쥘리에트처럼, 우선 남자를 모피 입듯이 갈아치워 볼까요. 도서관을 불태울 수 없는 노릇이니까요.

미남 요리사를 고용하고
남자 파출부를 고용하고
핸섬한 기사를 데려오고
호스트바에 단골 애인을 정하고

미러링을 하듯 마녀놀이를 하는 가상게임이에요. 은근 재밌어요. 미남 요리사가 끓여주는 수프는 부드러워요. 버섯 수프의 향기가 번지는 식탁은 마음을 느긋하게 해줘요. 튤립 화분을 가져온 파출부는 꽃꽂이에도 조예가 깊어요. 도서관으로 가는 길은 늘 막히는데 우리 기사 양반은 레이싱 선수처럼 지름길을 찾지요. 아, 여기는 천국이군요.
…(중략)…

도서관 한 귀퉁이에서
책갈피를 넘기는 마녀들의 웃음처럼

난 불사조이니, 불꽃처럼 살아나리니

–「도서관의 마녀들」 부분

마녀는 사회에서 위치가 부여되지 않는 존재이다. 어머니도 아니고 아내도 아니다. 그녀들은 남성에게 의존하는 부차적인 존재로서의 여성이 되기를 거부하거나 그런 사회적 자격이 박탈된 존재이다. 위의 시에서 그녀들이 소문자로만 이름을 쓸 수 있는 이유가 거기에 있다. 하지만 바로 그 때문에 그들은 남성들이 이룩해놓은 가치관과 질서와 명령을 따르지 않을 수 있는 능력을 획득한다. 그 능력을 통해 그들은 사회가 요구하는 명령이라는 말을 거부하고 자신들만의 언어로 기록된 문서를 읽거나 쓰는 것에 몰두한다. 다시 말해, 이 마녀들은 질서와 규범을 강제하는 말을 버리고 통제되지 않는 욕망의 자유를 기술하는 글쓰기를 숭배하는 것이다. 그 안에서 그들은 "미남 요리사를 고용하고/ 남자 파출부를 고용하고/ 핸섬한 기사를 데려오고/ 호스트바에 단골 애인을 정하"는 등 남성지배사회의 관습을 미러링하는 유쾌한 놀이를 통해 맘껏 자유를 경험하고 즐긴다. "도서관 한 귀퉁이에서 /책갈피를 넘기는 마녀들의 웃음"은 어쩌면 말하기가 아닌 쓰기를 통해 이룩한 모든 예술이 보여주는 해방의 즐거움을 표현하고 있다고 할 수 있다. 결국 김혜영 시인에게 있어 마녀는 각성한 여성성의 상징이다.

마녀의 시선으로 바라볼 때 역사마저 다른 모습으로 다가온다.

오키나와 해변의 모래는 두 귀를 마주 대고 속삭였지. 글래스 보트의 창문을 여는 이유를 그때는 알았을까. 제국주의자의 욕망이었을까. 2차 세계대전이 끝났다는 속보에 병사는 애인을 떠올렸을까. 욱일기 휘날리는 함선은 일본 애국가를 불렀을까. 무명 병사들은 절벽에서 바다로 뛰어내렸지. 밍크고래가 그들의 시체를 물고 산호초 동굴로 사라졌어. 검은 돌무덤에서 조선인 징용자의 뼈 조각들이 걸어 나왔어. 돌무덤에서 천둥소리

가 들려왔지. 환청이 들리는 귓속은 어두워지고 물고기는 회색 지느러미
를 흔들며 떠내려갔지.

—「오키나와 해변의 연인」 부분

오키나와는 일본 제국주의를 상징하는 장소이다. 과거 식민지 시대 대동아전쟁의 전초기지였으면 패전 후 미군의 점령지이기도 했다. 남성지배사회의 폭력성을 가장 극단적으로 보여주는 파시즘의 물결이 휩쓸고 간 장소가 오키나와인 것이다. 시인은 그런 "제국주의의 욕망"과 그 제국주의의 폭력에 희생되어 가는 한 병사와 그의 애인을 생각한다. 이러한 대비 속에서 제국주의의 폭력이 수많은 희생자들을 바닷속에 수장시켜, 그 원한과 고통의 함성이 아직도 거기에 살고 있는 바다 생물들의 모습 속에 환청처럼 남아있다고 시인은 느끼고 있다. 이러한 폭력을 거부하고 그 상흔을 지우는 것은 역시 여성의 몫이다.

오키나와 해녀들은
제국의 식민지가 되는 것을 거부했지
글래스 보트 바닥을 깨고 연인은 떠나버렸어
그 해변에서 일어난 슬픈 사건이었지

—「오키나와 해변의 연인」 부분

어디에도 소속되지 않고 오직 자연과 몸으로 소통하는 오키나와의 해녀들은 제국주의와 그 폭력 하에서도 굴하지 않는 자유의 영혼을 가지고 있다. 그들은 남자의 사랑을 얻는 대신 폭력의 지배를 거부하는 자유를 택했다. 그런 점에서 그들 역시 마녀들이고 오이디푸스 삼각형의 구도에서 벗어나려는 자유로운 존재이다.

나무는 누가복음을 읽는다. 노란 형광펜으로 밑줄을 긋는다. 바닷가 집은 축축하다. 오래된 마룻바닥이 권태에 지친 나부처럼 일어난다. 켜켜이 쌓인 분노가 일어난다. 독이 오른 뱀이 살아난다. 나무가 주먹으로 방문을 친다.

나무는 천국의 사과를 모른다
나무는 사과를 모른다

…(중략)…

흔들리지 않는
고요에 머무르는 구름표범나비

나무는 경건하게 누가복음을 읽는다

–「천국의 사과를 훔친 나무」 부분

이 시는 나무라는 존재를 통해 오이디푸스 삼각형의 지배를 벗어날 또 다른 가능성을 생각하게 한다. 이 시에서 "나무"는 누가복음을 읽고 있지만 천국도 사과도 모른다. 천국도 사과도 모른다는 것은 하늘이 내린 율법이나 그것에 의한 죄의식을 모른다는 것이다. 그런 것 없이 읽는 누가복음은 글자 그대로 복음이며 또한 그것은 규범과 질서를 항상 벗어나 자유로움을 찾으려는 예술의 또 다른 표현이다. 가장 강력한 가부장적 질서의 표현인 성경에서는 사과를 훔친 죄악을 얘기하고 낙원을 얘기하고 천국을 말하지만 정작 사과를 열리게 한 나무를 말하지 않는다. 그러므로 성경에서 역할을 부여받지 못한 채 나무가 사과를 매달고 있기에 결국 그것은 "사과를 훔친 나무"가 되는 것이다. 이 시의 재미있는 제목은 이런 의미를 담고 있다. 이렇듯 성경의 가부장적 질서 속에서 읽히지 않는 나무는 오이디푸스 삼각형에서 배제된 여성성의 또 다른 모습이다.

다음 시에서 이 여성성은 혁명적 주체로까지 그 전망을 확장한다.

슬픔은 심장 한구석에
흑요석처럼 매달려 있지
보름달 뜰 때마다 바다는 둑을 무너뜨려요
송곳 바늘이 이마를 찌르듯 두통이 와요

애인이 그 구멍에서
붉은 칸나가 피었다고 속삭여요
검은 미로의 구멍에서 나온 당신
은색 가위로 탯줄을 잘랐지요

산부인과 병동에서 불빛이 잠시 반짝거렸죠
열렸다 닫히는 미로를 걷던
우리는 다시 구멍을 빠져나가요

칸나는 왜 저리 타오르는 걸까요
붉은 혁명의 깃발이 펄럭이듯이

…(중략)…

김수라의 심장에 박힌 총알은 붉은 칸나로 피어났다. 불꽃처럼 살다 전설이 된 그녀의 사진을 본다. 검은 흑백 사진인데 붉은 칸나가 피어난다. 첫 생리가 붉은빛이어서 그랬을까. 흰 벌판에 그녀가 뿌린 칸나가 황홀하게 타오르는 겨울밤이다.

—「칸나」 부분

칸나의 붉은 색은 슬픔과 고통의 색이다. 그것은 생리혈과 출산의 고통과 사회적 관계 속에서 여성들이 겪었을 수많은 상처들을 떠올린다. 그러면서도 이 색깔은 찬란한 아름다움을 동반한다. 이런 강렬함은 러시아 혁명기 사회주의 혁명에 가담했다가 백위군에 잡혀 총살당한 "김수라"를 연상시킨다. 자유와 해방을 좇아 몸을 던지다 "심장에 박힌 총알"로 인해 흘린 그녀의 피가 "붉은 칸나로 피어났다"고 시인은 생각하고 있다. 칸나의 이 붉은 색깔은 여성의 고통과 거기에서 벗어나려는 여성성의 가장 강렬한 자유에의 의지라고 우리는 해석할 수 있다.

물론 여성성의 추구가 이런 사회, 역사적인 의미만을 갖는 것은 아니다. 오이디푸스의 구속에서 벗어나지 않는 자유로운 욕망의 흐름으로서의 여성성은 어찌 보면 진정한 정신적 해방을 통해 도달하는 해탈이며 도의 경지이기도 하다.

옷을 벗고
샤워기를 튼다
머리 위로 쏟아지는 물줄기

…(중략)…

극락이라는 언어가 떠오르는 순간에
비누 거품을 씻어내는
물줄기를 본다

기다란 다이아몬드 목걸이처럼
떨어지는 물방울이 엮어가는

물빛 화엄의 세계!

바다의 살갗에서 노니는 빛과
몸을 씻어주는 물방울이
빛는 보석을 발견한

나는 팬티와 브래지어를 입고
거울 앞에서
드라이로 젖은 머리카락을 말린다

귓가에서 바람이 속삭이는 말을 듣는다
아, 여기가 영원한 곳이었네
바람은 흔적 없이 사라지고

—「다이아몬드」 부분

샤워하는 시간은 여성 화자가 자신의 몸을 마주하며 구체성으로서의 여성성을 확인하는 시간이다. 이 시간 자신의 몸에 떨어지는 물줄기와 물방울은 극락이고 화엄의 세계이다. 그 물방울은 시인의 살갗에 닿는 순간 변치 않는 다이아몬드가 되어 몸에 각인된다. 이런 해방의 기쁨은 "팬티와 브래지어"라는 몸에 가해지는 사회적 구속이 있더라도 사라지지 않을 어떤 힘으로 남는다. 그리고 세상을 지배하며 자신을 유혹하는 말들 즉 세상 질서에의 순응을 요구하는 가르침은 단지 "바람이 되어 흔적 없이 사라지고" 말 것이다. 결국, 질서라는 이름으로 폭력과 억압을 강요하는 오이디푸스 삼각형의 구도는 여성성이라는 근원적인 힘에 의해 붕괴하고 말 것이다.

4. 생명이 있는 것들은 모두 슬픔을 안다

— 윤은경 시인의 시들

생명의 본질은 헛된 희망이다. 영원히 지속되리라는 희망으로 생명 있는 것들은 싹을 틔우고 잎을 키우며 꽃과 열매를 맺는다. 하지만 영원히 지속되는 생명은 세상에 존재하지 않는다. 변하든가 죽든가 흔적도 없이 사라지고 마는 것이 모든 생명의 운명이다. 그렇기 때문에 생명의 희망은 헛된 것이고, 그 때문에 모든 생명에는 슬픔이 내재해 있다.

윤은경의 시에는 초목들이 자주 등장한다. 초목들로 대표되는 자연과 그 자연 안에 내재해 있는 생명의 힘이 윤은경 시인 시들의 중요한 소재고 또 주제이다. 하지만 흔히 볼 수 있는 생태시들의 자연과는 사뭇 다른 양상을 보여준다. 생태시들은 자연을 이상화하고 신비화한다. 이상화된 자연은 세상을 넘어서는 초월적인 원리가 되어 관념화한다. 이렇게 관념화된 자연은 결국 또 다른 이데올로기가 되는 것은 당연한 일이다. 이와 달리 윤은경 시인의 시들에 등장하는 자연은 구체적이다. 아니 구체적이라는 말로는 부족하고, 그의 시들은 자연으로 하여금 스스로를 말하게 만든다.

다음 시를 통해 윤은경 시인이 어떻게 자연과 관계 맺는지를 살펴보자.

산길을 걷다가 내가 한 꽃송이를 바라보자 줄기가 휘도록 매달린 꽃숭어리도 빤히 나를 쳐다본다.

오래 다른 길을 걸어온 허공과 허공이 순식간에 접힌다

멀리서, 아주 멀리서부터 내려온 햇볕이 젖은 목숨을 시득시득 말리는 동안

푸른 귀를 쫑긋 세운 그대, 세상의 쓰거운 소리 모두 걸러 뿌리 안에 깊이, 깊이 묻고

내게서 소스라쳐 돌아나간 소리들도 그곳에 가 다 안기고

–「꽃과 나」 전문

시인은 시를 통해 꽃과 소통을 한다. 꽃과 소통을 한다는 것은 꽃이 단순히 대상이 아니라는 것이다. 이 시에서 표현된 꽃은 의인화나 알레고리와는 거리가 멀다. 누구를 위한 대리물이거나 다른 관념으로 환원되는 존재가 아니라 꽃 그 자체이다. 또한 꽃은 다른 어떤 것의 비유도 아니고 더 큰 존재를 대신하는 환유도 아니다. 꽃은 시인과 대면하는 하나의 구체적인 존재일 뿐이다. 그러므로 '한 꽃송이'가 '꽃숭어리'가 된다. 꽃은 단순한 일반 명사나 대표 단수가 아니라 하나하나의 의미를 가진 존재이기에 그들이 함께 있을 때 분명한 복수가 된다.

그런데 꽃은 시인에게 어떤 존재일까? 시인이 겪었을 인생의 신산함을 들여다보는 존재이다. 꽃은 나를 '빤히' 들여다볼 뿐 아니라 내가 들었을 '세상의 쓰거운 소리'마저 '귀를 쫑긋 세'우고 들어 준다. 그리

고 내가 내질렀을 비명들마저 듣고 자기의 고통으로 화답해 준다. 한마디로 시인에게 꽃은 모든 존재들끼리의 단절과 소외를 넘어서서 특별한 관계로 소통하는 존재가 된다.

이를 자연과 인간의 관계로 놓고 생각해 보면 좀 더 알기 쉬워질 것 같다. 윤은경 시인의 시에서 인간과 자연은 한 세상에 함께 있으며 서로 소통하는 존재이다. 끊임없이 자연을 타자화하여 인간과 자연으로 세상을 이분하지 않고 자연에 초월적인 지위를 부여하여 인간을 자연에 복속시키지도 않는다. 이것이 윤은경 시인이 자연과 관계 맺는 방식인데 다음 시에서 이를 좀 더 분명히 확인할 수 있다.

> 노리실 가는 재 너머 가을 풀숲, 분칠이 지워진 구절초들이 오종종하니 떼로 몰렸다 물 마른 도랑가엔 노인장대가 깡마른 다리로 말라가고 쥐꼬리만 한 햇빛이 산비알 들깨밭에 앉았다 간다
>
> 오래 묵은 것들은 구신이 든다고 아랫집 할매가 머릿수건으로 탁탁 풀씨를 터는 해거름녘, 흙더버기 맨발로 궁싯거리는 소리를 따라가던 여자, 월남 가서 안 오는 남자의 유복자도 잃고 날마다 밭두덕에서 늙어가던 그 여자가 언제부턴가 보이지 않는다
>
> –「가막사리」 전문

한 마을의 풍경이 떠오르는 아름다운 시다. 그런데 왜 아름다울까를 생각해 본다. 그리 특별한 것은 없다. 이미지가 반짝이거나 언어의 새로움이 있는 것은 아니다. 이 시가 아름다운 이유는 인간과 자연이 관계 맺는 방식 그 자체 때문이다. 구절초, 들깨, 아랫집 할매, 그 할매의 며느리인 또 한 여자, 이 모두는 한 세상 속에 존재하고 그 세상 속에서 나름의 의미와 빛깔을 지닌 자연물이다. 들깨 나무가 말라가듯이

노인도 말라가고, 때가 되면 꽃피고 풀씨로 어디론가 날아가듯이 그 할매의 며느리도 어디론가 가고 없다. 이 모두는 하나의 풍경 속에 등장하는 자연적 존재이기도 하고 또한 그 풍경 속에서 사라지기도 하는 자연 그 자체이다.

이렇게 윤은경 시인은 자연 안에 또 다른 자연으로 서 있는 모든 존재들을 바라보고 그들의 모습을 언어로 옮기는 데 탁월한 능력을 가지고 있다. 그의 시 속에서는 인간과 자연이 다르지 않다. 모두 생명을 가진 살아있는 존재일 뿐이다. 그리고 이러한 생명의 약동을 가지고 있는 한에서 그들은 모두 의미 있고 또 아름다운 존재가 된다.

하지만 이 아름다움 속에는 항상 슬픔이 내재해 있다. 왜냐하면 그것은 유한성이라는 존재의 근본 조건을 넘어설 수 없기 때문이다. 사실 윤은경 시인의 시가 그 밑바닥에서 지향하는 바도 이 슬픔에 있다. 자연을 대상화하거나 신비화하지 않고 자연을 모든 살아 있는 존재들이 함께하는 세상으로 바라보고 그 각각의 존재들에 대한 깊이 있는 시선을 던질 때 결국 도달하게 되는 것은 모든 존재가 가지는 생명의 유한성이다.

생명은 살아 있기에 아름답다. 살아 있음으로 스스로 의미를 만들며 다른 존재들과 소통하는 기호가 된다. 시를 쓴다는 것은 이런 존재들에게 의미를 부여하고 다른 것들과 관계 맺을 수 있는 기호로서의 역할을 새롭게 조정하는 것이다. 하지만 그런 과정에서 어쩔 수 없이 관념화와 추상화를 겪게 된다. 그것이 모든 언어의 속성이기도 하다. 이러한 언어 속에서 생명은 대상화하고 소외되어 형해화된 모습으로만 남게 된다.

하지만 윤은경 시인은 이렇게 존재를 바라보지 않는다. 모든 살아 있는 것들을 그것 자체의 구체성으로 되돌린다. 그렇게 될 때 그 존재들은 그 자체의 의미 이외의 아무런 가치를 부여받지 않는다. 관념적인 신화화도 존재하지 않지만 소외나 대상화도 일어나지 않는다. 그러나 그럴 때 모든 살아있는 것들은 유한성이라는 존재 조건을 벗어날 수 없게 된다. 그러기에 윤은경 시인의 시들에 나오는 모든 살아있는 것들은 슬픈 존재이다.

버즘나무가 서 있다 버즘나무가 누런 잎을 발밑에 내려놓는다 가실볕이 성글어 나의 시간도 서쪽으로 휜다

무장무장 산국 핀 언덕을 지나 아버지 산소 가는 길

그것도 무게라고 서둘러 몸 내려놓는 나무 아래서
흉터에서 흉터로 옮겨가는 슬픔을, 별에서 나무로 꽃잎에서 영원으로 가는 시간을 들여다본다
들판의 여린 볕을 거두고 나무에서 꽃에서 내 눈에서 한 바지게씩 어둠을 져 나르는 바람거울

–「바람거울」 전문

버즘나무가 누런 잎을 내려놓을 때 시인의 시간도 기울어 간다. 이는 세월이 가는 것에 대한 상투적인 인식일 수 있으나 여기에는 훨씬 많은 것이 들어 있다. 그러한 시간은 곧 아버지의 산소 가는 길이라는 공간적 구체성으로 확인되고 그것은 다시 '영원으로 가는 시간을 들여다' 보는 존재 확인의 길이 된다. 하지만 여기에서 영원으로 가는 시간은 일종의 아이러니가 된다. 그것은 존재가 가지는 소망일 뿐 실제 존재들이 살고 있는 현실은 '흉터에서 흉터로 옮겨가는 슬픔' 속에서 확인된다. 그러한 슬픔 속에서 모든 존재들은 자신들의 삶의 무게를

떨어내며 소멸해가는 운명을 감내한다.

그런데 시인은 이 시에서 그러한 존재들에게보다는 슬픔 자체에 시선을 두고 있다. 그것은 '바람거울'이라는 표현으로 드러난다. 바람이 거울이 될 수 있는 것은 그 바람 속에 모든 유한한 존재들의 흔적이 새겨져 있기 때문이다. 바람은 시공간을 가르며 스쳐 가면서 거기에 모든 생명들의 삶의 과정들을 옮겨 나른다. 그런데 그것은 시인에게 어둠으로 비춰진다. 그것은 생명들의 시간들을 풍화시키는 슬픔이 내재해 있기 때문이다. 곧 '바람거울'은 바람에 대한 새로운 이미지이고 또한 슬픔에 대한 새로운 의미 부여이다.

모든 살아있는 것들은 슬픔을 안다. 윤은경 시인은 이 슬픔의 구체적 모습을 들여다봄으로써 모든 존재들의 근본을 꿰뚫고 있다. 그것이 윤은경 시인이 자연을 바라보는 방식이기도 하다. 그의 시에서 자연은 인간으로 의인화되지 않는다. 또 그의 시는 자연을 절대화하고 신성화하여 자연에 초월적인 지위를 부여하지도 않는다. 그냥 자연과 그 자연 속에 살아가는 인간의 모습을 구체화할 뿐이다. 하지만 그러한 구체화 속에 인간과 자연에 대한 깊은 성찰이 담겨 있다.

5. 시에 대해 시가 생각하다

— 안현심 시인의 시세계

안현심의 시를 읽으면 시가 무엇인가 다시 생각하게 된다. 새로운 언어로서의 시를 추구하다 보면 시인들은 종종 갈 길을 잃는다. 무엇을 위한 새로움인지를 자각하지 못한 채 언어의 낯선 숲 속에서 헤매기 때문이다. 난삽한 산문으로 자연스러운 우리말의 리듬을 파괴한다고 해서 또는 구어와 일상어를 과감하게 허용해서 기존의 시적 표현에 균열을 일으킨다고 해서 이런 새로움이 모두 시적 성취를 보장해주는 것은 아니다. 언어의 새로움을 넘어 시는 그 어떤 무엇을 가지고 있어야 한다. 안현심의 시들은 그 어떤 무엇이 무엇인지를 생각하게 해준다.

일단 안현심 시인은 시란 세상을 삐딱하게 보는 것이라고 말한다.

지구가 23.5도 기울어
바람이 불고 사계절이 있듯
삐딱하게 바라보아야 네 발꿈치 보인다
바로 보았을 때 둥그렇던 얼굴이
올려다보면 갸름한 코스모스
고요한 뜨락에 엎드린 바람자락 보이고

참나무 껍질 속 사슴벌레가 보인다

삐딱하게 보기
기울어져 보는 것은
어제 같은 오늘이 아니라
전혀 다른 내일을 생성하는 것

황무지에
배롱나무 한 그루
키우는 것

–「삐딱하게」 전문

삐딱하게 봐야 보이지 않는 것을 볼 수 있다고 한다. 세상은 우리에게 똑바로 보라고 가르친다. 어른들에게 또는 학교에서 수없이 많이 듣는 말이 세상을 똑바로 제대로 알고 바르게 살라는 것이다. 그런데 바르게 살고 바로 본다는 것은 세상의 가치에 순응해서 세상을 상투적으로 본다는 것에 다름 아니다. 이미 만들어진 질서와 규범 안에서 정해진 태도로 세상을 대하는 것이 모범적인 것이며 바로 보고 바로 사는 것이다.

하지만 그것만으로는 삶의 이면이나 감춰진 부분이나 눈에 띄지 않는 내밀한 것을 보지 못한다. 그런 것들을 무시하거나 위반하는 삐딱한 시선만이 "어제와 같은 오늘"의 삶의 상투성을 넘어선 사물을 진실에 도달할 수 있다. 그것이 바로 시이고 시인은 그런 노력을 통해 전혀 다른 내일, 새로운 삶에 대한 희망, 즉 "황무지에/ 배롱나무 한 그루/ 키우는" 자가 된다.

다음 시에서의 "너"는 한 시인으로서의 시인 자신에 대한 비유라고 볼 수 있다. 이를 통해 시인은 어떤 존재인가를 생각하게 해준다.

너는
지상을 유영하던
혹등고래

바람이 지날 때마다
휘파람을 잘도 불더니

등허리 달라붙은 따개비처럼
우툴두툴한 이끼를 덮어쓰고 있구나

운장산 골짜기
오래된 바다에서

늙은
휘파람 소리
아장아장 헤엄쳐온다

–「굴참나무」 전문

시인은 굴참나무를 "혹등고래"로 비유하고 있다. 지상에 뿌리내리고 있는 굴참나무를, 바다를 자유롭게 헤엄치는 혹등고래로 바꾸어 표현하는 것에 이 시의 핵심이 놓여 있다. 비록 굴참나무가 지상에 묶여 있는 존재이기는 하지만 그 안에는 "유영하던" 자유에 대한 갈망을 품고 있다고 시인은 생각한다. "따개비처럼/ 우툴두툴한 이끼를 덮어쓰고" 오랜 시간을 버티며 늙어가는 것도 사실은 이 꿈이 존재하기 때문이다. 시인은 그것을 "늙은/ 휘파람 소리/ 아장아장 헤엄쳐온다"고 아주 감각적으로 표현하고 있다. 꿈이 있는 한 늙어도 늙지 않고 자신의 전언을 담은 목소리를 내며 어린 아기처럼 다시 세상을 향해 나갈 수 있다는 것이다.

시인은 굴참나무에 자신의 정서를 이입함으로써 시인으로서의 자신의 존재 의미를 성찰하고 있다. 휘파람 소리 같은 노래인지 신음인지 탄성인지 분간할 수 있는 언어를 통해 언어 이전의 언어 아니면 언어를 넘어선 언어를 통해 세상의 비의를 전하는 자가 곧 시인이라는 것이다.

그런데 이런 비의, 세상의 진실은 왜 필요한 것일까? 다음 시를 통해 이 질문에 대한 답을 유추해 볼 수 있다.

> 도솔산 봉우리에서 건너다보면
> 나뭇가지 틈새로 아른거리는
> 콘크리트 설산산맥
>
> 만년설 뒤집어쓴 빙벽 동굴에는
> 영하 50도에도 얼지 않는
> 사람들이 산다
>
> 눈뜨면 사냥터로 우르르 나갔다가
> 해질녘이면 동굴로 기어들어 와
> 속옷만 입은 채 노래하고 술 마시고 책을 읽는다는
> 21세기의 눈사람
>
> 붕락하지 않는 빙벽,
> 그들의 동굴은 튼튼하다.
>
> –「아파트 설산」 전문

시인이 보기에 21세기를 살며 온갖 신문명을 구가하면서 우리는 모두 갇혀 살고 있다. 그것도 "빙벽 동굴"에서 철저히 서로 차단되어 살고 있다. 현대 사회의 도시화한 삶은 많은 사람들을 한곳에 모여 살게 만든다. 벽을 하나 사이에 두고 모르는 사람과 함께 살고 오늘 아침도 수많은 익명의 타인들과 함께 지하철이나 버스에서 몸을 비비며 살고 있다. 그럼에도 우리는 그들과 아무런 관련 없이 나만의 세상에서 살고 있다. 스스로 동굴에 숨어들고 그 안에서 자신의 행복과 안위를 지키고 있다. 점점 나는 고립되어 내가 아는 세상은 나만의 세상으로 한정된다. 그렇게 해서 우리는 원자화되고 거대한 사회조직의 부속물로 소외된다. 시인이 현대인의 삶을 "아파트 설산"이라고 비유한 것에는 이 모든 함의가 다 들어 있다. 시는 이 공고한 고립 "붕락하지 않는 빙벽"에 흠집을 내는 행위이다. 빙벽 넘어 새로운 세상이 있고 우리를 가두는 억압 너머 자유가 있다고 알려주는 일이다. 그러기 위해 때로 비명을 지르고 때로 휘파람을 불어 사람들의 의식을 깨우고자 하는 것이다. 그것이 시인의 역할이고 존재 이유이다.

하지만 이런 시를 누구나 쓸 수 있는 것은 아니다. 그것은 선택된 자의 몫이다. 다음 시는 이 선택된 자가 누구인가를 생각하게 해 준다.

> 숲속에서 흘러나오는 피리 소리가
> 수련 향기처럼 잠속으로 스며들자
> 고피들은 감미로운 손에 이끌려 집을 빠져나왔네
>
> 연잎같이 생긴 당신의 손을
> 우리의 가슴에, 머리에 놓아주십시오
>
> …(중략)…

여기에 크리슈나의 발자국이 있다
근데, 작은 발자국이 하나 더 있네?
작은 발자국이 더 이상 계속되지 않는 걸 보니
그녀를 안고 간 것이 틀림없어
여기서는 꽃을 따려고 내려놓았을 테고
꽃으로 그녀의 머리를 땋아주었을 거야

그녀는
누구일까, 누구일까?

—「고피들의 달빛 애인」 부분

시인은 힌두교의 전설 속에서 사랑의 기술자로 등장하는 크리슈나 신을 따르는 고피들이, 그에게 선택되기를 갈망하는 것처럼 자신에게 시심을 가져다줄 뮤즈에게 선택되기를 갈망한다. 흔히 시인들은 그런 순간을 "그분이 오셨다."고 표현하기도 한다. 시인이 되면 누구나 아름답고 의미 있는 시를 쓸 수 있으리라 생각하며 고피들이 크리슈나의 손이 이끌려 집을 나오듯이 일상의 답답한 세계에서 빠져나와 신비로운 언어의 숲을 헤맨다.

하지만 크리슈나에게 선택된 고피가 누군지 모르고 그저 희미한 발자국으로 남아있는 것처럼 뮤즈에게 선택된 시인을 아무도 본 적은 없다. 다만 전설로만 남아있을 뿐이다. 사실 시인들은 뮤즈에게 선택되었다고 전해진 시인의 흔적을 찾고 따라가는 자이다. 선택되리라고 믿는 것은 시인 자신이고 시인은 결국 선택되기를 선택하는 자이다. 어쩌면 고피들의 크리슈나가 달빛으로만 존재하는 것처럼 시인들에게 뮤즈는 앞선 시인들의 발자국에서 존재한다. "그녀는/ 누구일까"라는 질문만이 진정한 시일 것이다. 시인은 죽을 때까지 뮤즈에게 선택되기를 갈망하여 자신의 재능을 질문하고 의심하는 자이다.

다음 시는 시인 자신의 시 쓰기에 대한 성찰이다.

태아처럼 오그리고 누웠어요
이불 속 온기가 양수처럼 따뜻해
몸을 천천히 뒤척였어요
달착지근한 살냄새가 후각을 적셨어요

다리에 이불을 감고 얼굴을 파묻었어요
눈뜰 생각이 없는 캄캄한 새벽,

가장 깊은 어둠을 찍어
한 땀 한 땀 시를 써 내려가는 당신,

저 깊은 혼돈을 밀어 올리는
하얀 목덜미가 보이네요

아, 좋아요.

—「새벽에 쓰는 시」 전문

시인은 잠을 자지 못하고 새벽까지 뒤척인다. 그러면서 태아처럼 촉각과 후각을 곤두세워 어둠 속에서 모든 감각을 연다. 시인은 이런 순간을 "달착지근한 살냄새가 후각을 적셨"다고 표현하고 있다. 안현심 시인의 언어적 감각이 빛나는 대목이다. 이런 예민해진 감각으로 시인은 "캄캄한 새벽"에 시를 쓴다. 그것도 "어둠을 찍어" 시를 쓴다. 이 표현에는 시인은 어둠을 적어 밝음을 맞이하는 존재라는 인식이 들어 있다. 그것은 "몸을 뒤척"이며 "살냄새"를 맡는 것과 같이 모든 감각을 열어야 하는 예민한 일이고 "혼돈을 밀어 올"려야 하는 힘든 일이기도 하다.

새벽은 어둠과 밝음이 교차하는 시기이다. 시인은 애써 어둠을 표현함으로써 새로운 새벽을 맞이하고 새 빛을 끌어오는 자이다. 그래서 "저 깊은 혼돈" 속에서 "하얀 목덜미"를 보이며 스스로 빛이 되고자 하는 자이다. 시가 아름답고 시인이 아름다움을 만들 수 있는 것은 이런 이유이다.

시인들은 언어 속에서 길을 찾고 삶의 의미를 만든다. 하지만 언어의 숲을 헤매다 종종 길을 잃는다. 새로운 나뭇잎이나 아름다운 꽃을 보다 숲에서 길을 잃는 것처럼 새로운 언어를 찾아 나서다 삶의 의미도 말의 힘과 역할도 망각한 채 언어의 유희에 빠져들기에 십상이다. 그럴 때 안현심의 시를 읽으면 시를 쓰고자 하던 때의 초심을 다시 돌아보게 된다. 이 점만으로도 안현심의 시들은 훌륭하다. 감각적인 언어표현과 번뜩이는 이미지의 생생함은 이런 시적 성취의 별책부록이다.

6. 아이러니의 시학과 공존의 정신

— 오영미 시인의 시들

오영미 시인 시들의 가장 큰 특징은 아이러니에 있다. 아이러니는 흔히 반어라 번역되고, 말하고자 하는 것과 반대로 말하여 강조하는 수사법으로 이해되고 있지만, 이는 아이러니에 대한 너무 단순한 이해라 할 수 있다. 반대로 말한다는 것은 사실은 양가적인 것의 병치를 보여주는 것이고 이를 통해 단순하고 획일화된 사고와 감성에 빠지는 것을 경계하는 일이기도 하다. 그런 점에서 아이러니는 세상 만물을 바라보는 인간의 시각이 하나일 수 없다는 것을 인정하고 상반된 가치 속에서 진실을 찾아가려는 정신적 고투와 긴장의 산물이기도 하다.

가령 다음과 같은 시를 보자.

"참된 빛은 번쩍거리지 않는다"라고 김아타가 말했다
블랙마운틴에 오른다는 건 빛을 내려놓는 일
어둠 속에서 빛을 구한다
총알의 방아쇠가 캔버스 벽을 겨냥할 때
시간의 태엽을 감고 달팽이 등에 올라탄다
힘껏 조이고 풀리고 날아간다
그늘은 흘러온 시간을 말해주듯 너와 나의 그림자로 새겨진다
흐른다 멈춘다 박힌다

얼룩지는 것은 흐르는 상징이 되고
흐르는 것은 깨지는 미학이 된다

―「블랙마운틴」 부분

이 시는 어둠과 빛의 아이러니를 보여준다. 흔히 빛이 있으면 어둠이 있다는 식의 빛과 어둠의 양면성을 이야기하는 것과는 조금 다른 차원이다. "번쩍거리지 않는" 것이 참된 빛이고 "빛을 내려놓는" 일에서 빛을 구한다고 말하는 것에는 빛이라는 존재 자체는 이미 그 안에 어둠이 내재하고 있다는 것을 보여준다. 그러므로 진정한 빛을 얻기 위해서는 어둠의 정점인 "블랙마운틴"에 오를 수 있어야 한다는 것이다. 사실 우리의 삶도 마찬가지이다. 우리가 느끼는 행복이나 사랑이나 하는 긍정적 가치 안에는 그 안에 고통과 불행과 미움이 잠재해 있다. 나의 행복은 이미 수많은 사람들의 고통 속에서 이루어진 것이기도 하고 내가 사랑하는 누군가를 위해 또 다른 누군가를 배제하고 차별하고 때로 증오했을지도 모를 일이다.

시인은 김아타의 사진들을 통해 이런 아이러니를 우리에게 말해주고 있다. 빛과 어둠이 사물과 사물들의 존재 의미를 보여주듯이 우리 삶에서도 이 양가적 가치를 인정할 때, 우리는 모두 서로 공존할 수 있다는 것이 시인의 생각이다. 하지만 그것은 그리 쉬운 일은 아니다. "누구나 공존할 수 있다/ 저 벽을 달팽이 등에 업혀 기어오른다면"(위 시 중에서)이라는 조건이 있어야 한다. 그것은 끊임없이 경계를 넘고 허물어야 하는 지난한 과정을 거쳐야 하는 것이다. 아이러니란 바로 이런 긴장의 정신이기도 하다.

다음 시는 좀 더 구체적인 비유를 통해 이 아이러니를 보여준다.

'아구가 똥값이랴'
대체 똥값이 얼마길래
마구마구 퍼줄까 싶다가도
역지사지란 말 퍼뜩 생각나
아구 입장에서 골똘해 보니
적반하장도 유분수지
나야 큰 입으로 실컷 먹고 살찌워서
이제 좀 편히 살아볼까 했는데
지들이 다 잡아놓고
귀한 줄 모르고 죄다 퍼주면서
내 생각은 눈곱의 반도 안 하고
날 똥값에 비유하며 무시하는 소갈머리라니
결국 내 아구로 네 아구를 날리는 수가 있어
대체 니 똥값이 얼마여?
얼마면 되는지 말혀!
내가 더러워서 니 똥은 거저 줘도 안 먹을 테니까 그리 알어
그래도 나에게는 풍년이 있지만
니 똥은 매일 그 타령이잖아
아구창 날리며 실컷 욕을 해놓고 나니 웃음이 절로 나던걸요
내 아구에 칼을 꽂는데도 기분이 묘하던걸요

—「할 말 다하는 아구」 전문

아구는 큰 입을 가지고 있지만, 자신에 대해 말할 수 없는 모든 억압받는 존재들에 대한 비유이다. 입이라는 것은 원래 많은 기능을 가지고 있다. 먹고 먹여 살리기 위한 노동하는 수단이기도 하고 또한 말하는 도구이기도 하다. 입의 저속한 표현인 '아구'와 고기 이름 '아구' 는 같은 동음이의어나 '똥값'이라는 말과 실제 '똥' 사이의 내포적 의미의 차이를 교묘히 활용하여 우리의 현실 삶 속에 들어 있는 아이러니를

보여주고 있다.

아구를 잡아놓고 귀한 줄 모르듯이 우리는 우리가 수단으로 생각하는 모든 것들에 대해 그 가치를 돌아보지 않는다. 사용자가 노동자를 업신여기고 직장 내 상급자가 하급자에게 갑질하는 것이 이를 잘 말해준다. 시인은 이런 현실을 비판적으로 돌아보고 함부로 다른 사람에게 아무 말이나 했던 자신의 입을 반성한다. 아구의 등에 칼을 꽂으면서 그 칼이 자신의 '아구'에 꽂히는 것 같은 그런 기분을 느끼고 있는 것이다.

우리는 모든 것을 사실 가격으로 평가한다. 우리가 일상을 살아가기 위해 소비하는 모든 상품들은 물론이고 우리 주변의 사람들까지 사실은 모두 그가 만들거나 소유하는 재화의 가격으로 평가한다. 월급이 얼마이고 무엇을 소유했는지가 그 사람의 정체성에 대한 가장 확실한 지표라고 알게 모르게 생각하고 있다. 아구에게 "똥값"이라고 함부로 얘기하듯이 다른 사람을 보고 그 사람의 경제력을 가늠해서 무시하기에 십상이다. 그런데 누구도 이렇게 "똥값"으로 평가되어서는 안 된다는 것이 시인의 생각이다. 다른 사람을 멸시하거나 무시하는 순간 그 멸시의 언어와 행동 속에서 스스로 자신의 가치를 낮출 뿐이라는 것이다. "대체 니 똥값이 얼마여?"라는 물음이 이러한 아이러니를 잘 말해준다.

이렇게 시를 통해 아이러니를 보여주는 것은 공존의 가치와 타자를 인정하는 포용의 정신을 말하고자 함이라고 할 수 있다. 오영미 시인은 이를 "잇는다"를 말로 표현하고 있다.

> 왼쪽 눈 밑에 점 찍는다
> 빨간 립스틱으로 입술을 그린다

초점 없는 동공과
광대뼈 사이로 흐르는
몇 마리의 개미행렬 물결
머리카락이 쩍쩍 달라붙는 오월의 열대
네 잎 클로버를 입술에 대본다
왼쪽 눈 밑의 점은
빛으로 반사되는 기억의 모든 것을
머리카락으로 기록한다
아버지와 함께 시소를 타며
비눗방울 놀이했던 추억이 소환된다
비 오는 날
청포도 입술처럼
통통하고 둥글었던 육감의 절정
적도의 아마존에서도
밀생하는 은유들이 있어 정글을 만든다
나는 키 큰 초지의 사바나 세계로 들어가
사막의 중간쯤에 엎드려 뎅기열 앓듯
바짝 말라갈 것으로 추측한다
햇볕이 나무와 나무 사이를 갈라놓는 것처럼
너와 나는 지상에 도달해 있는
점과 입술을 맘껏 잇는다

–「잇는 중」 전문

시인은 화장을 하기 위해 점을 찍고 입술을 그리는 행위를 하며 또 다른 생각을 한다. 그는 그리는 행위를 통해 기억 속의 과거와 지상의 또 다른 세계 속의 존재들과 연결을 시도한다. 그리는 행위는 그것들과 잇는 행위이며 그들의 존재를 나의 일부로 가져오는 공존의 실천이기도 하다. 흔히 화장은 욕망과 관련지어 얘기되기도 한다. 자신을 드러내거나 반대로 감춰서 다른 사람이 욕망하는 자신으로 만들기 위한 것이 화장이라는 말이다. 결국 화장은 다른 사람이 욕망하는 자신을 욕망하기 위한 작업이라는 것이다. 하지만 시인은 전혀 다른 것을 생각한다. 그것은 자신의 욕망에 대한 집착이 아니라 나 아닌 타자와의 교감이고 또 그들과 연결하는 노력의 일환이라 여긴다. 시인은 이 시에서 이 잇는 행위를 화장을 통해 비유했지만, 어쩌면 이 잇는 행위는 모든 예술 특히 시를 쓰는 행위에 대한 비유이기도 하다. 점을 찍고 선을 그리는 행동은 글자를 쓰는 일이기도 하다. 그 글쓰기를 통해 우리의 추억을 소환하여 그 안의 인물과 마주하기도 하고, 우리와 저 멀리 떨어져 있는 사막이나 적도의 아마존 같은 데서 사는 존재들의 세계를 추측하기도 한다.

오영미 시인에게 시 쓰는 일은 이렇게 타자들과의 공존을 모색하는 일이기도 하다. 그리고 쓰는 행위가 잇는 행위가 된다는 것은 시인이 생각하는 예술이나 시가 다른 사람과 자신을 연결하고 그들의 삶을 받아들이는 공존의 실천이 됨을 시인은 우리에게 잘 말해주고 있다.

> 섬과 섬을 잇는
> 마음과 마음을 잇는
> 바다와 하늘을 잇는
> 땅과 사람을 잇는
> 용서와 화해를 잇는
>
> 이토록 너와 나는 모든 것을 이을 수 있는 잇이 되고 싶은 거다
>
> —「원산안면대교」 전문

시인은 이처럼 결국 다리가 되고 싶어 한다. 그가 하는 시 쓰는 일이 사물과 사물을 잇고 사람과 사람을 잇고 결국은 바다와 하늘까지 잇는, 용서와 화해로 나아가는 실천이 되고자 한다. 그리고 그것을 가능하게 해 준 것이, 오영미 시인이 그의 시에서 보여준 아이러니의 자세가 아닐까 생각해 본다. 아이러니한 인식을 통해 나 아닌 다른 것을 인정하게 되고, 빛에서 어둠을 생각하고, 나의 행복에서 다른 이의 불행을 떠올리며 이 상반되는 것들 사이를 이어 공존의 가치를 이루어내고자 한다.

이런 공존의 사유를 하게 되었을 때 시인은 감각에서마저도 이런 공존의 경험이 일어나게 됨을 알게 된다.

> 바닷가 민박집에서는
> 비에서도 비린내가 난다
>
> 그 민박집 하늘에는
> 물고기가 살고 있나 보다
>
> –「그 집」 전문

동요적인 상상력을 보여준 작품이지만 많은 것을 생각하게 한다. 시인은 비가 오는 바닷가 민박집에서 느껴지는 바다 비린내를 통해 공존의 이미지를 보여주고 그것을 느끼는 시인의 예민한 감각을 간명한 언어로 보여준다. 하지만 이 언어로 그려지는 이미지는 너무도 선명하다. 바다와 맞닿아 있는 민박집에 비가 내리는 광경은 바다와 하늘이 이어지고 세상의 모든 존재들이 "비린내"라는 생명의 냄새로 가득 차고 있음을 감각적으로 보여주는 이미지로 우리에게 제시되고 있다.

오영미 시인의 시들은 과도한 낯설게 하기로 언어를 비틀거나 난삽하고 요설적인 말들로 현대적인 난해시를 꿈꾸지 않는다. 삶의 순간에서 느끼는 감성을 쉽고도 간결한 어조로 형상화한다. 오영미 시인들의 시에는 남발된 수식어나 불필요한 비유가 보이지 않는다. 다소 건조하게 보이는 간결한 어투는 과장되진 않은 정서의 진솔함을 보여준다. 그런데도 그의 시가 단순하지 않는 것은, 앞서도 지적했듯이 그의 시들이 보여준 아이러니한 인식에 있다. 이 아이러니를 통해 우리는 그의 시를 읽고 우리의 단순한 사고를 반성하게 되고, 나 아닌 타자의 존재를 생각하게 되며, 우리에게 필요한 공존의 가치의 중요성을 다시 한번 더 돌아보게 된다.

7. 내 몸속의 자연

— 안채영 시인의 시들

우리는 항상 인간과 자연을 대립적으로 생각한다. 사람들 사는 세상 저 너머에 자연이 있다고 생각한다. 우리의 삶의 공간을 벗어나야 도달할 수 있는 곳, 우리의 삶으로부터 아주 멀리 떨어져 있는 어떤 곳으로서 자연을 상정한다. 하지만 이는 자연을 개발하고 파괴한 위에 산업과 과학문명을 일으킨 근대 이후 인간의 사고방식이다. 이러한 사고방식이 현대 자본주의 사회를 이끌고 과학기술문명을 발전시켜 온 것은 사실이지만 그것에 따른 자연생태계의 위협과 환경파괴 등 인류의 생존과 관련된 심각한 문제가 제기되고 있다. 최근 이런 근대적 자연관을 반성하며 탈근대를 주장하고 자연으로의 회귀를 이야기하는 것은 어쩌면 자연스러운 흐름이기도 하다.

그러나 아직 자연은 우리 삶의 바깥에 존재하고 있다. 아무리 유기농 농산물로 식탁을 꾸미고 자연 섬유로 만든 옷을 입고 또 매주 자연 속에서 레저를 즐겨도 우리 삶은 이미 자연과는 별개로 존재한다. 철저하게 인위적으로 계산된 도시 속에서 자연의 순환과는 전혀 관계없는 시간의 분할 속에서 노동하고 자연에서 여러 단계를 거쳐 만들어지고 유통되는 음식을 섭취하고 또 인공의 음악과 영상으로 휴식을 취한다.

그런데도 자연은 모든 생명들의 근원이고 우리 삶의 원천이다. 그러므로 그것은 거대하고 원대하고 영원한 존재이다. 때문에 그것은 인간의 손이 미치지 못하는 신의 영역이기도 하다. 하지만 그 자연을 우리 인간들이 어떻게 인식하느냐는 시대에 따라 사뭇 다르다. 동양의 전통적인 사상에서 자연은 그 자체가 세상의 이치였다. 곧 자연에 순응하는 것이 하늘의 도리를 실천하는 것이었다. 반면 근대 서양에서의 자연은 철저히 타자화된 자연이었다. 자연을 인간과 분리하여 그것을 순치하고 개발하고 가공해야 인간과 세상의 행복을 높이는 일이라 생각했다.

하지만 탈근대가 이야기되는 현대 사회에서 자연은 또 다른 모습으로 우리에게 다가온다. 자연을 타자화하는 인간중심의 근대적 사고에 대한 문제 제기와 환경보존의 필요성이 강조되면서 자연은 이제 또 다른 가치로 우리에게 다가오고 있다. 그런 이유로 지금을 사는 우리는 자연으로의 회귀를 항상 꿈꾸며 산다. 그것은 근원적인 생명에 대한 지향이기도 하지만 또 한편으로는 인공적 삶이 가지는 근본적인 허무주의에 대한 저항이기도 하다. 하지만 포스트모더니즘 환경에서의 자연이 과거 전통적 세계관에서의 자연과 같을 수는 없다. 때로 혹자들은 과거의 회귀를 통해 근대를 넘어설 수 있다고 말하기도 하지만 그것은 시간을 거꾸로 돌리는 시대착오일 뿐이다. 그렇다면 이 새로운 시대에 자연은 우리에게 또 어떤 의미로 조명될 수 있을까? 안채영 시인의 시들에서 그 답을 찾을 수 있을 듯하다.

안채영 시인은 자연을 자신의 몸으로 확인한다.

> 아무도 모르겠지만
> 몰랐겠지만

나는 물을 기르고 있다.

키우거나 지키는 것이 아니라
아주 조금씩 자랄 때도 있고
또 줄어들 때도 있지만 분명,
나는 물을 기르고 있다.

…(중략)…

제법 주름이 늘자 인생 뭐 별거 있냐고
물목의 수위 조절도 가능하게 되었다.

그러니까, 자두에 새콤하게 고인
갓 딴 오이의 와작거리는
딱 그만큼의 물
비 온 뒤 땅 밟았을 때 물렁한 물기,
딱 그만큼
그 정도면 충분하다.

얼굴 살짝 붉힐 정도의 물
찔끔 눈꼬리 적실 정도의 물
그리고 당신에게 살짝 휘어질 수 있는,
딱 그 정도의 물 기르고

–「물을 기르다」 부분

물은 자연을 이루는 생명력의 근원이다. 영원한 생명으로서의 자연이 존재하는 이유이기도 하고 자연이 지속될 수 있는 근본 조건이기도 하다. 시인은 자신의 몸속에서 이 자연의 힘을 느끼고 간직하고 유지하고 싶어 한다. 아직 자신이 자연 존재로서의 삶을 영위하고 있음을 확인하기 위해서이다. 그런데 시인은 그 자연의 생명력인 물을 "기르고 있다"고 표현하고 있다. 기르고 있다는 것은 자신이 자연의 산물일 뿐만 아니라 자연을 지속시켜 나가는 자연의 한 부분이라는 것을 자각했기에 가능한 것이다. 또한 시인은 이런 자연의 생명력마저 욕심내지 않고 자연 존재로서의 자신의 삶을 확인할 수 있을 "딱 그만큼/ 그 정도면 충분하다"고 말하고 있다. 자연스러운 존재로 산다는 것은 나의 욕망을 절제할 때 가능한 것이다. 아무리 좋은 자연의 생명력이라고 하더라도 그것에 과욕을 부리면 결국 자연도 자신도 파괴되고 말 것임을 시인은 우리에게 넌지시 말해주고 있다.

다음 작품을 보면 안채영 시인의 자연을 대하는 태도가 암시적으로 드러나 있다.

산이 일어날 때가 있습니다.

물론 지금은 아니지만
지구가 비스듬한 경사를 더 만들고 나면
그때 비스듬히 일어나 앉습니다.

치마를 살짝 들어 새로 산
구두를 내려다보듯
양지를 상의로 걸치고 뒤이어
음지를 찾아 두 다리를 집어넣습니다.

급했던 오줌을 누면
늦잠의 냄새와 파란 풀 맛이

입안에 고이는 일과 같이
양지쪽부터 싹눈들이 눈을 뜹니다.

목소리는 또 어떻습니까
여울물과 돌들의 소리를 어떻게
못 들은 척하겠습니까
산이 일어나면,
그때부턴 어떤 큰 소리도 낼 수 있습니다

그러고 보니 산은 한 번도 잠이든 적 없었습니다

지금도 산사태 난 산 아래에선
초목 하나 싹 틔우려 합니다.
그때 지구는 멀고 먼 태양을 향해
읍소한 햇살 한줄기를
새싹에게 쏟아붓습니다.

–「일어나는 산」 전문

봄이 되어 산에 있는 초목들이 새싹을 틔우면서 숲이 깨어나는 것을 보고 시인은 산이 일어난다고 표현하고 있다. 이런 의인화된 표현을 통해 시인은 자연이 가진 생명력의 신비를 강조해서 알려주고 있다. 특히 시인은 이 생명의 신비를 "늦잠의 냄새와 파란 풀 맛" "돌들의 소리" 같은 감각적인 언어를 통해 표현함으로써 자연이 관념적으로 존재하는 것이 아니라 우리의 삶과 우리의 몸을 통해 존재하고 인식된다는 것을 확인해 준다. 세 번째 연에서 이 점은 더욱 두드러진다. 시인은 낮이 길어지고 양지가 넓어지는 계절의 변화를 치마를 걷고 구두를 내려다보는 자세나 옷을 입는 과정으로 비유해서 보여준다. 이것을 통해 자연이 자기 삶의 일부이고 또한 일상의 삶의 구석까지 들어와 있음을 잘 말해주고 있다. 자연이 어떤 관념이나 가치로 존재하는 것이 아니라 나의 삶, 내 몸의 일부로 존재한다는 사실을 시적 비유를 통해 생생하게 보여주고 있다는 말이다.

하지만 시인은 이런 자연이 언제까지 유지될 수 있을까를 생각하며 불안해하고 안타까워한다.

> 길은 악착같이 갈래를 만들어 어지러운 고원에
> 집들을 돋아나게 했고
> 일 년에 네 번의 각기 다른 계절의 공터를 만들어
> 푸성귀를 키우지요
> 그 풀을 뜯어 먹고 있는 머리가 무거운 짐승들은
> 늘 불안해서 무거운 머리 위 지도를 벗어버리고 싶지요
> 이곳의 주소는 산인데
> 나무 한 그루 없고
> 이제 지구상에서 철거될 곳은
> 이 툰드라밖에 없다는 소문만 앞다투지요
>
> ―「툰드라 산 19번지」 부분

"주소는 산인데/ 나무 한 그루 없"는 곳인 "툰드라 산 19번지" 서서히 자연이 파괴되고 자연의 생명력이 소멸하여 가는 것을 상징적으로 보여주는 곳이다. "늘 불안해서 무거운 머리"로 이 자연을 지켜가다 결국 마지막으로 "철거될 곳"이 되고 말 것이라고 시인은 걱정하고 있는 것이다. 다음 시에서처럼 시인은 이런 불안함 속에서 자연의 생명력을 지키고자 안간힘을 쓴다.

나무들의 수혈이 끝나는 곳
푸르스름한 소실점들이 길고 멀다
혀를 갖지 못한 말들이 땅속에서 우려지고 있는 시간
천천히 비워지고 있는 겨울 산에
물 끓는 소리가 졸졸 난다

늦은 발자국 소리 같은 잎이 툭툭 피는 야생 차밭, 그늘진 적요에 문 하나 틔워놓으라는 시린 당부

–「곡우 무렵」 부분

시인은 곡우 무렵에 나무들에 물이 돌고 새로운 생명이 일어나는 것을 안타까운 시선으로 보고 있다. "나무들의 수혈"이라는 표현이 이를 잘 말해준다. 마치 곡우 무렵에 딴 우전차를 우리며 물 끓는 소리를 기다리듯이 정성스러운 마음으로 자연의 생명력이 다시 살아나는 것을 바라보고 있는 것이다. 그 기다림을 시인은 "늦은 발자국 소리"라는 감각적인 표현으로 들려주면서 점차 사라지고 파괴되어 가는 자연의 힘이 되살아나기를 "시린 당부"로 기대하고 있다.

이런 안타까움을 다음의 부분 인용된 작품은 특별한 비유를 통해 잘 보여주고 있다.

그동안 나는 몇 겹의 무덤이었습니다
태중에 닮은 인형(人形)을 넣는 서양 소품(小品)이 있다지요
서로 무덤이 되어 다행인 세월입니다

병인윤시월 함께 넣어진 슬픔엔 공기도 소진하였고 검은 머리엔 흰 세월이 간간이 섞여 있습니다. 같이 넣은 언문의 글자들은 뿔뿔이 흩어지고

없답니다

―「언간문」 부분

난산으로 아이와 함께 사망해서 죽은 아이와 함께 미라로 발견된 파평 윤씨가 쓴 것으로 추측되는 판독불가의 편지를 대신하여 쓴 작품이다. 이 시에서 시인은 태중의 아이를 무덤이라 표현하고 있다. 생명을 기르고 있는 자신의 태중이 무덤일 수 있다는 것은 상당히 상징적인 표현이다. 생명이 곧 죽음을 기약하고 있는 것이기도 하고 죽음을 불사하면서까지 새로운 생명을 길러야 하는 생명의 근원으로서의 모성의 숭고함을 표현하는 말이기도 하다. 시인은 이런 내 몸속의 생명력이 세상을 죽음으로 몰고 가는 욕망의 파괴력에 대항하는 마지막 희망이 될 것이라 역설하고 있다. 자연과 자연의 생명력에 대한 희망은 관념과 가치로서만 존재하는 것이 아니라 내몸 속에 들어 있는 그것을 자각하는 감각으로 확인되고 더 강화된다고 시인은 믿고 있다. 안채영의 시들을 "내 몸속의 자연"이라고 명명한 이유가 바로 여기에 있다.

8. 기억하기와 돌아가기

— 박진하, 천유근 시인의 시들

"변하지 않으면 살아남을 수 없다."는 말이 있을 정도로 지금 우리는 변화의 시대에 살고 있다. 하루가 다르게 새로운 문물이 생겨나고 거기에 적응하지 못하면 시대에 뒤처질 수밖에 없는 것이 지금의 현실이다. 하지만 이런 변화 속에서 사라지는 것 또한 그만큼 많아지는 것은 당연한 일이다. 그동안 우리가 사용했던 많은 것들이 불필요해지고 우리가 알고 있었던 것이 의미 없어지고 그간 살아왔던 방식이 낡고 불편한 것이 되어버렸다.

흔히 시를 "새로운 언어"라고 정의한다. 이러한 변화의 시대에 시 역시 새로운 감수성으로 시대를 앞서가야 한다는 것은 모든 시인들에게 요구되는 책무 같은 것이기도 하다. 하지만 시대를 앞서 변화를 이끄는 것만이 꼭 새로운 것은 아니다. 새로운 것이란 지금은 없는 것을 말한다. 그런데 지금 없는 것들은 계시처럼 갑자기 주어지는 것이 아니라, 사실은 잊혀지고 사라진 것들이 다시 부활하고 환기되는 경우가 대부분이다. "이 땅에 새로운 것은 없다."라는 말이 있듯이 새로운 것이란 사실 있었던 것을 새롭게 다시 발견하는 것이기도 하다.

여기서 살펴보고자 하는 두 시인, 박진하 시인과 천유근 시인의 시들은 이 사라지는 것들의 재발견이라는 공통된 시적 지향을 보여준다.

박진하 시인의 시들은 자신이 경험했던 과거의 기억을 애써 떠올려 사라지고 있거나 사라져 이미 없어진 것들을 다시 불러낸다. 그러기 위해 박진하 시인이 가장 많이 사용하는 방법은 사람들에게 잊혀 가고, 이제는 쓰는 사람도 거의 남아있지 않은 방언과 토속어를 찾아 쓰는 것이다.

봄물 본향으로 가는 첫 물가
옹당우물 쪽거울에 산수유꽃
조랑조랑 낮빛 환하다

돌 틈에 얼굴 내민 가재가 조촘히
물새우 잡으려 두 집게 바삐여요

…(중략)…

연두잎에 물꽃이 궁글궁글
물 목욕하여 조만조만 사랑옵다

–「진주알꽃」 부분

이 시에서는 "조랑조랑", "조촘히", "궁글궁글", "조만조만" 등 지금은 잘 쓰지 않은 토속적인 부사들이 많이 등장한다. 이러한 부사들은 단순한 사전적 의미를 떠나 그러한 부사어를 썼을 사람들의 삶과 정서를 떠올린다. 이 부사들을 주렁주렁, 멈칫멈칫, 때굴때굴, 고만고만 등의 의미로 바꾸게 되면 이 시의 분위기와 정서가 살아나지 못했을 것이다. 시인은 이런 잊혀가는 말들을 통해서 자연을 대하는 옛사람들의 태도를 떠올리게 해준다. 그들에게 자연은 가족 같은 모든 생명들이 함께 살아가야 할 삶의 터전이고 마음의 안식처였다. 그런 인식과 태도가 저런 사랑스러운 부사어로 표현되었을 것이다.

시인이 이렇게 오래된 단어들에 관심을 두고 시로 표현하는 이유는 무엇일까? 그 단어들과 함께했을 과거의 삶과 그 삶 안에 들어 있을 가치들이 사라져 가는 것에 대한 아쉬움 때문일 것이다. 시인은 그것들을 시어로 기록하여 기억하고자 한다.

> 봄새 벼포기 그대로 갈지 않은 논에 자운영꽃
> 오보록이 오보록이 꽃잔디 속에서 뒹굴며
> 대바구니 들고 불미나리 세발나물 캐던 시절
> 그립구나, 가고 싶어라
>
> 그때는 다 그랬었지
> 생각에만 있는 날들
>
> 지금도 어제가 오늘이고 오늘이 내일이겠다
> 여윈 추억아 저미는 날들아

—「애잔한 날들아」 부분

과거가 애잔한 이유는 그것이 사라지고 없기 때문이다. 과거가 지워진 지금은 "어제가 오늘이고 오늘이 내일"인 무의미와 권태가 지배하는 시간이 되어버린다. 과거 어린 시절 느꼈던 삶에 대한 희열과 그 안에서 여러 사람과 함께 한 사랑의 추억 같은 중요한 가치들이 사라지고 없기 때문이다. 그 애잔함을 달래고 과거의 아름답던 시절을 기억하기 위해 시인은 자신의 기억 속 풍경을 다시 그 시절의 언어로 재현해 내고 있다.

하지만 세상은 변하고 과거의 경험들도 지금의 현실에서 다른 의미로 다가올 수밖에 없다. 다음 시가가 그것을 잘 말해준다.

갯물이 드나들던 사랑이던 섬마을
남강 갯벌에선 칠게 고둥 꼬막잡이
개펄 씨름의 물들어 오는 줄
잊고서 놀던 그곳

이젠 천사 다리 놓여
그리움 눈물 되었던 물길
내 차 타고 갈 수 있단다

…(중략)…

먼지 앉은 수건 털며
오매 내 새끼 오냐
버선발로 달려오시던 그 모습 볼 수 없어
눈물 나게 아픈 곳

엄마 보러 새길
내 차 타고 간다

–「천사 다리」 부분

천사 다리는 전남 신안군 섬들을 연결하는 다리이다. 신안군에 1,004개의 섬이 있다는 데에서 붙여진 이름이다. 이 다리가 놓여 과거에는 배를 타고 들어가던 시인 자신의 고향인 섬마을을 이제는 차를 타고 갈 수 있게 되었다. 차를 타고 갈 수 있지만, 과거에 자기를 맞아주던 어머니의 따뜻한 사랑을 다시는 경험할 수 없게 된다. 어머니가 돌아가시고 없듯이 교통의 편리함이 과거의 추억의 자리도 다 지우고 있다. 하지만 시인은 이 천사 다리라는 문명의 이기를 통해 어머니의 산소와 과거의 경험들을 더 자주 접할 수 있게 되기도 한다. 그 기쁨을 "엄마 보러 새길/ 내 차 타고 간다"고 쓰고 있다. 과거의 기억이 있는 한, 세상의 변화에도 과거의 추억과 그 안에서의 사랑의 정서는 사라지지 않고 또 다른 방식으로 유지될 수 있다는 것을 잘 말해준다.

처마 끝에 와송이 핀 기와집 있다
마당 가운데 참 소나무
기억의 조상들보다 나이 많다

―「온 기와집」 부분

이 시의 소나무는 시인이 기억해 낸 과거의 아름다운 삶과 거기에서 느꼈을 아련한 정서를 보여주는 강렬한 이미지다. 마당 한가운데 오랜 세월을 버티면서 살아온 소나무처럼 시인은 과거의 삶과 언어를 기억해내 꿋꿋한 한 그루의 소나무와 같은 시들을 써 내려 간 것이다.

천유근 시인의 시들은 잊혀지고 사라져 가는 세계를 붙잡기 위해 그 안에 돌아가 그 안에서 느끼는 방식을 택하고 있다.

한 걸음으로, 한 눈으로 들어오는
바램들의 行步. 바쁘다, 마음.
…(중략)…

그래도 길은 이어져,
나는 경주역 포구나무 아래에 털썩 주저앉아
후 긴 바램으로 구름 만들며 담뱃불을 당겼다.
늙은 포구나무, 향나무. 노간주나무에게
늦은 안부를 묻고
포구나무 열매 몇 알을 입에 넣어
잘근잘근 옛날들을 뒤집어 보는데
여섯 시 오십 분 완행열차가 짧은 기적을 버리며 떠나고
다시 나도 추억의 행장을 꾸려
제사불 반짝이는 큰집으로
할아버지를 만나러 간다.

–「고향집 그리고 경주역 포구나무」 부분

시인은 고향집을 바쁜 마음으로 찾지만 많은 것들이 자신을 붙잡는다. 시인은 할아버지 제사를 위해 가고 있지만, 과거의 추억들이 깃들어 있는 기억 속의 풍경들에게 인사하느라 바쁘다. 많은 것들을 떠올리고, 그것들과 함께했던 세월을 다시 느껴보기 위해 바쁜 걸음을 멈추고 과거의 시간을 경험하고 있다. 이 경험을 통해 자신이 잃고 살아왔던 시간을 되돌리고 가족과 고향이 자신에게 남겨준 정서적 자산을 다시 확인한다. 시인은 이것을 놓지 않기 위해 시를 쓰고 그것을 위해 과거 속에 돌아와 서 있는 자신을 발견하고 있다.

나는 녹슨 철길 위에
내 삶의 포자를 내려놓곤
강으로 갔다

바람,

바람은 불어
산지사방 내쫓기던 세월
을숙도 후미진 갯벌 언저리
속 빈 갈대로 잠시 피었다가
정선군 사북읍 화절령 낯선 들꽃으로 흔들거렸다가
끝으로, 끝으로는 어느 후미진 골목 모퉁이에
그리움으로 잉잉대며 다닥다닥 독버섯으로 돋아오는가

그리하여 다시
얼마만큼의 울음을 내질러야
십일월 겨울 강가에 서성이는
강 그림자로 일렁일 수 있겠는가

알 수 없는 계절은 수없이 지나가는데.

–「버섯」 전문

시인은 버섯에 자신을 감정이입하고 있다. 버섯이 피어있는 곳은 "녹슨 철길" "을숙도 후미진 갯벌", "사북읍 화절령" 등 개발로 본 모습을 잃고 사라져 가는 곳이다. 그런 곳에 살다가 바람에 포자를 뿌리며 "산지사방 내쫓기던" 버섯의 모습은 이 땅에서 살던 민초들의 모습과 다름 아니다. 시인은 이런 존재들이 사라지고 없는 지금 다시 그들이 살았던 겨울 강가를 서성이며 그곳에 다시 와 "울음을 내질"르고 있다. 돌아와 그곳에 다시 서는 행위로 이 덧없는 생명들을 위로하고 있는 것이다.

선암사에 갔었지
붉게 피어 투둑투둑

그 선혈들 궁금해서,

귀 열어놓고 눈 열어 보아도

매운 날을 택하여 꽃 피우는

동백의 마음, 내 어찌 알겠는가

누이여 나의 누이여

그렇지 천지를 들쑤셔

사방에 돋아나는 붉은 함성들

동박새 울음소리 오늘은

후두둑 후두둑 후두둑

겨울비 소리로 다 내릴 듯

봄, 여름, 가을, 겨울

소금 두어 점에 묻혀

내 유년 모두 걷어 갔을까

내 아버지가 마당 한켠에

키워 두셨던 그 동백,

그 그림자 따라 촉촉한 봄비 맞으며

선암사에 갔었지

—「선암사 동백숲」 전문

시인이 선암사에 간 것은 때마침 핀 동백꽃을 보기 위해서만은 아니다. 그 동백꽃이 떠올려 주는 처연한 삶의 기억들을 다시 하기 위해 그것을 닮은 동백숲에 와 서 있는 것이다. 시인이 동백꽃을 "붉은 함성"이라 표현한 이유는 동백꽃의 색깔 같은 선혈을 흘리며 쓰러져간 이 땅의 모든 투쟁의 기록들을 떠올려 주기 때문이다. 시인은 동백꽃을 보지만 사실은 그 동백꽃 속에서 이 땅의 피 흘린 역사를 보고 그 현장 속에 다시 돌아와 서 있는 것이다.

9. 기억을 추억하는 기록

— 구석본 시인의 시들

오래전에 장률 감독의 "경주"라는 영화를 본 적이 있다. 주인공이 추억 속에서 보았던 춘화를 다시 보러 경주를 찾아간 이야기이다. 조금 뜬금없는 설정이지만 이걸 통해 우리의 기억이라는 것이 무엇일까를 생각하게 해 준 영화였다. 대부분의 사람들에게 욕망의 충족은 오직 기억 속에서만 존재한다. 아니 그렇다고 믿는다. 그래야 지금의 억압과 구속을 견딜 수 있기 때문이다. 현재의 욕망의 실현은 우리를 옭아매는 관계와 관계들의 힘과 그것이 만든 사회의 틀과 규율에 갇혀 끝없이 연기된다. 그래서 과거나 과거를 기록한 텍스트에는 그런 욕망의 실현이 가능했다고 우리는 믿는다. 그래야 현재의 이 욕망의 상실을 견딜 수 있기 때문이다.

사람들이 사진에 집착하는 것도 이 때문이다. 사람들은 사진을 찍음으로써 애써 미리 추억 속에 들어가 행복을 찾으려는 퇴행을 감행한다. 영화 속의 주인공 역시 무의식적으로 사진을 찍어 지금의 현재를 미리 기억으로 만들고자 한다. 하지만 기억이나 그것의 기록인 역사는 아무것도 만들지 못한다. 자신을 찾는 아내의 목소리와 기억 속의 물소리 사이에서 그는 비틀거릴 뿐이다. 그리고 그렇게 우리는 모두 사라져 간다.

구석본 시인의 시들은 이러한 기억과 욕망의 문제를 생각하게 해준다. 구석본 시인에게 기억은 욕망의 기록이다.

> 은빛 고요가 불타오르는 쟁반 위에
> 구워진 생선 두 마리가 놓여있다
> 한 생을 자글자글 태우던 허기,
> 정면 체위로 누워있다.
>
> …(중략)…
> 알에서 깨어나
> 내 안에서 끊임없이 푸드득거리는 치어들,
> 포크와 나이프를 들고
> 채울 수 없는 허기로 자글자글 타오르는 나를
> 쟁반 위로 스르르 올려놓고 있다.

–「식사」 부분

구워져 식탁 위에 누워있는 고기는 "자글자글 태우던 허기"처럼 욕망의 상징이다. 욕망은 허기 즉 결핍을 채우려는 데서부터 온다. 하지만 우리의 근원적인 결핍은 채울 수 없기에 욕망은 우리가 죽는 날까지 종식되지 않는다. 그러므로 따지고 보면 내가 아무리 "구워진 생선" 같은 대상들을 통해 나의 욕망을 충족하더라도 채울 수 없고 내가 다시 욕망의 대상이 된다. 그런데 그렇게 욕망의 대상이 되는 나는 무엇일까? 그것은 내가 먹은 생선이 알을 낳아 만든 치어들의 욕망이다. 내가 먹은 생선은 사라짐으로써 욕망의 기억으로 남는다. 그 기억이 다시 나를 욕망하고 나는 그 대상이 되어 다시 먹히는 구조라고 할 수 있다. 왜냐하면 우리의 욕망은 단지 추억이 재생산하는 것이고 그 추억 속에 나는 욕망의 주체이며 동시에 대상이기 때문이다.

다음 시에서는 그러한 기억이 우리에게 무슨 의미를 가지는지를 생각하게 해 준다.

> 수목원을 거닐다 나무에 걸려 있는 명패를 보았다. 굵은 고딕체로 개옻나무라 쓰여 있고 그 밑 작은 글씨로 '추억은 약이 되나 독성이 있다' 고 쓰여 있다. '추억이 약이 된다' 멋진 나무야, 가까이 다가가 들여다보니 '수액은 약이 되나 독성이 있다'였다.
>
> 그러나 그날 이후 나는 그 명패를 '추억은 약이 되나 독성이 있다'로 읽기로 했다.
>
> …(중략)…
>
> 약을 마신다. 정성껏 달인 추억을 마시면 온 몸으로 번지던 통증이 서서히 가라앉는다. 나의 영혼이 조금씩 말라간다. 언젠가 완벽하게 증발하면 나 또한 누군가의 추억이 될 것이다.
>
> 봄날, 추억처럼 어두워져 가는 산길을 홀로 접어들어 가고 있는 나를 본다.
>
> –「추억론」 부분

시인은 나무에 걸려 있는 명패를 오독한 것으로부터 그리고 바짝 마른 한약재를 바라보면서 추억은 약이 된다고 생각하고 있다. 마른 약재처럼 자신의 삶도 결국 추억으로 박재화 되리라고 생각한다. 그 박제화 된 추억이 누군가를 위한 추억이 될 수 있다면 결국 우리의 시간들은 가치 있는 것이었다는 시인의 사유가 읽혀진다.

그런데 약이 된다는 것은 무엇일까? 추억이 약이라면 그것은 우리의 슬픔을 치유하는 약이다. 슬픔은 욕망의 좌절이 몰고 온 감정의 결과이다. 근원적인 결핍을 메우기 위한 우리의 욕망은 결코 완성될 수 없다. 욕망은 더 큰 욕망을 욕망하기 때문이다. 그래서 그 채우지 못한 욕망의 빈틈이 우리를 슬픔이라는 정서로 이끈다. 추억은 이 채울 수 없는 욕망의 빈틈인 슬픔의 치료제인 것이다. "어두워져 가는 산길을 홀로 접어들어 가고 있는 나"의 모습에서 느껴지는 슬픔을 견디는 것은 그것을 "추억처럼"이라는 부사어를 통해 수식함으로써 가능하게 된다.

다음 시에서 이 점이 좀 더 분명히 나타난다.

> 바람과 살 섞으며 혹은 바람으로 살아온 한 생이
> 제 가슴 밑바닥으로만 가라앉힌 그리움,
> 돌멩이 같은 고치가 되어 애벌레를 품고 있어
> 조심조심 다뤄야 해,
> 그리움의 애벌레만은 끝내 죽이지 않아야 해,
> 눈동자 없는 눈으로 들여다보는 사람들에게
> 죽은 그리움을 소금물로 반죽하여
> 조금씩 떼어 준다
> 먹어,
> 허무의 핏물이 다 빠져야 제맛이 나지만
> 오늘은 시간이 없어, 그래도 먹을 만할 거야,
> 그들 앞에서 내가 먼저 먹는다.
>
> -「그리움 먹기」 부분

그리움을 먹는다는 것은 추억으로 우리들의 욕망을 채우는 행위에 대한 비유적인 표현이다. 추억이기 때문에 그것은 "죽은 그리움"이 된다. 그리고 그것은 날 것의 생생한 신선식품이 아니라 "허무의 핏물이 다 빠져야 제맛이 나"는 가공식품이다. 우리는 그 가공식품으로 허기를 달래고 욕망을 잠재우고 슬픔을 치유한다. 하지만 그것은 "먹을만"한 거지 절대로 근원의 허기를 채울 완전한 음식은 아니다. 그리움은 단지 욕망의 대체물의 욕망의 희미한 기억의 불완전한 기록일 뿐이다. 하지만 어찌 되었건 이 희미한 기억으로 우리는 슬픔을 견딘다.

그런데 기억으로 슬픔을 견딘다는 것은 외로움을 동반한다. 사람들과의 기억이라도 그 기억을 대하는 주체는 나 혼자이기 때문이다. 기억을 기억하는 것은 그 기억이 아무리 여러 사람들과의 관계 속에서 만들어진 것이라 하더라도 그 기억을 대면하는 나는 혼자이다. 그러므로 추억을 기억하는 사람은 고독한 사람일 수밖에 없다. 그 그리움의 고독을 시인은 다음과 같이 노래하고 있다.

> 당신으로부터 전화가 왔다
> 어디서 전화하는 거야? 어딘지 모르겠어, 안도 없고 밖이 없는 곳,
> 처음도 끝도 없는 곳,
> 구름이 모여 허공 속으로 수많은 가시를 퍼뜨리고 있는 곳
> 무지갯빛 가시에서 무지개가 솟기도 하는 곳,
> 날아오르는 새 떼들도 여지없이 가시가 되어
> 허공 속으로 박히고 있어.
> 누구랑 있어? 혼자야.
> 복사된 무수한 혼자.
> 얼마 후 구름 속으로 들어갈 거야
> 그리고 수많은 가시로 분해되어
> 마침내 허공 속으로 뿌리 내릴 거야.
>
> —「혼자, 꽃을 보다」 부분

왜 시인에게 전화한 당신은 혼자일까? 시인이 그 사람의 욕망을 함께 하지 못하기 때문이다. "당신" 그가 누구이든지 간에 서로의 욕망으로 소통하는 대상인 가까운 사람일 것이다. 하지만 그 사람의 기억을 우리가 함께하지 못하는 한, 우리는 혼자이고 그 대상과 나는 분리를 경험할 수밖에 없다. 전화가 왔다는 것은 말로서만 서로를 전달해야 하는 기록의 세계에 들어서는 것을 말한다. 하지만 그 세계에는 나와 타인은 분리될 수밖에 없다. 그의 기록과 나의 기록이 다르고 그가 복사한 자신과 내가 복사한 그가 다르기 때문이다.

그럼에도 불구하고 우리는 기억하고 추억해야 한다. 그것이 슬픔을 치유하는 약이기 때문이다. 그런데 이렇게 추억이 슬픔을 치유하는 약이 된다면 가장 두려운 것은 우리의 기억이 지워지는 것이다. 구석본 시인은 그 두려움을 다음과 같이 표현하고 있다.

> 저 백지, 새와 구름과 나무를
> 한 세상의 풍경으로 지우고 있다.
> 더 깊은 곳에서는
> 지금 바람 한 점이 날개를 접고
> 자신의 냄새를 지우고 있다.
> 여자가 남자를 지우고 아이가 엄마를 지우는 것이
> 영롱하게 반사되고 있는 저 백지,
> 아무 기록도 없는 게 아니다.
> 지우고 지워진 흔적이 투명하게 쌓인 바닥이다.
>
> –「백지」 부분

백지는 기록된 것이 없는 종이가 아니라 "지워진 흔적"이다. 지워진 흔적이라는 이 아이러니가 이 시의 깊이를 만들어 낸다. 우리의 삶은 이 시의 구절들에서처럼 지우기의 연속이다. 우리는 사랑의 기억을 지워 상실의 아픔을 달래고 "자신의 냄새"와 같은 자신의 찌질한 삶의 흔적들을 지우면서 애써 힘든 시간을 잊으며 살아간다. 그런데 그렇게 지운다는 것은 기록을 말소하고 기억을 망각하는 것이긴 하나 그것은 또 하나의 기록이고 흔적이다.

그래서 시인은, 위의 인용된 구절에서 빠져 있긴 하지만, 백지를 보고 "한 여자의 마지막 절규가 상형문자처럼 박혀있다."라고 표현하고 있다. 기록이 지워지고 추억이 사라진 흔적을 대하는 것은 이렇듯 공포스러운 일이다. 왜냐하면 앞서 설명했듯이 우리의 욕망을 채울 추억이 사라져간 빈 공간이기 때문이다. 백지는 이 빈 공간이 주는 공포의 흔적이고 또 하나의 삶의 흔적이다. 욕망을 채울 수 없는 슬픔이 추억으로 대체되지 못하고 빈 공간으로 남을 때 그것은 공포가 된다. 우리가 치매를 그렇게 두려워하는 이유가 여기에 있다. 또한 복잡한 현대사회가 공포로 다가오는 것은 그 무시무시한 변화의 속도가 우리의 추억을 기록할 수 없게 만들기 때문이다. 그럴수록 사람들은 디지털카메라나 캠코더 등의 디지털 기기에 사로잡히게 된다.

하지만 그 어떤 기기도 추억을 재현하여 슬픔이라는 욕망의 빈 곳을 채울 수는 없다. 오직 시만이 그것을 몹시 어렵게 그리고 조금씩 채워나갈 뿐이다. 구석본의 시들이 이를 말해주고 있다.

10. 살아있는 것들을 위하여

— 임덕기 시인의 시들

생명은 존엄한 것이고 산다는 것은 중요한 것이다. 하나의 생명에 온 우주가 있고 모든 살아있는 것은 다 신비함을 포함하고 있다고 말들을 한다. 하지만 모든 삶이 다 화려하고 찬란하고 축복받은 것만은 아니다. 미미하고 하찮은 생명이 훨씬 많다. 어찌 보면 산다는 것은 비루함을 견디는 것이다. 임덕기 시인의 시들은 이 비루한 삶의 모습에 시선이 가 있다.

본래 이곳은 들판이었다
풀들이 주인이었을 때는
싸우는 소리가 들리지 않았다

길이 생긴다는 말에
영유권 한번 내세우지 못하고
하루아침에 뿌리째 뽑힌 잡초들

그 자리에 각진 보도블록이 촘촘히 심어졌다
풀들의 땅이 사라졌다

봄비가 스쳐 가고
어미가 흘린 씨앗들이 억척스레 이름을 내밀었다
한 줌 틈새가 노랗게 피었다

지나는 발길에 밟혀도
자손을 퍼트리는 것만이 살길이라고
봄볕을 이고 식구를 늘려간다

—「풀의 영위권」 부분

다들 아는 이야기지만 현대 사회는 끊임없이 생명을 말살하는 방향으로 발전해 왔다. 산업화 도시화로 요약되는 근대 이후 사회는 많은 자연을 파괴하고 그 사체 위에 건설되었다고 해도 과언이 아니다. 이 시에 등장하는 모든 풀들은 이렇게 사라져가고 "뿌리째 뽑힌" 하찮은 생명들의 환유이다. 그들이 사라진 자리에 차가운 보도블록과 아스팔트가 대신한다. 하지만 그 정도에 사라질 생명은 진정한 생명이 아니다. 그 문명의 빈틈을 노려 생명은 다시 목을 내밀고 꽃을 피운다. 시인은 그것을 "한 줌 틈새가 노랗게 피었다"고 아름답게 표현하고 있다. 잡초의 의미는 그것의 생명력에 있다. 강력한 번식력으로 무엇으로도 말살하지 못하는 스스로의 생명을 지켜간다. 이 땅에서 사는 민초들의 삶도 이와 다르지 않다. 식구들을 늘려가는 것이 모든 억압과 차별에 대한 가장 근원적인 저항이다. 이런 해석을 놓고 보았을 때 이 작품은 자연과 인간의 삶을 생각하게 해주는 의미 있는 작품이다.

하지만 가혹한 삶이 기다리고 있는 신자본주의 사회에서 민초들이 생명력만으로 버티기는 쉬운 일이 아니다. 그들에게 기다리는 삶이란 컴컴하고 축축한 반지하방이다.

반 지하방엔 그늘이 식구다

깊은 바다 밑처럼 습한 어둠이
물풀처럼 자라고
그녀는 심해어처럼 그늘을 끼고 살아간다

벽에 기대어 사는 그늘은
검은 꽃을 피우고
천장에 사는 그늘은 얼룩무늬를 그린다

그녀의 머리 위에 또 다른 세상이 있다
창틈으로 보이는
오가는 발목들은 신발을 신고
어디론가 가고 있다

햇빛 한 줌 들지 않는 깊은 방
소음만이 들락거린다
골목을 찾아와 내지르는 확성기 소리에
휠체어에 앉은 그늘이 잠시 흔들린다

벽을 타고 오르는 담쟁이넝쿨
한 줌의 햇살을 그리워하며
그녀는 시들어간다

벽보다 가파른 계단

그늘로 들지 못한 봄날이 어깨를 들썩거린다

–「그늘」 전문

"반 지하방엔 그늘이 식구다"라는 첫 구절의 의미가 심장하다. 워킹 푸어라는 말로 요약되는 가난한 사람들의 삶은 희망이 보이지 않는다. 그 희망을 포기한 삶이 다들 지하 셋방에 모여든다. 그 절망과 삶의 척박함을 시인은 그늘이라는 말로 표현하고 있다. 이 그늘을 영원히 버리지 못하기에 결국 식구처럼 껴안고 살아야 한다. 또한 반대로 이 그늘은 식구들에게처럼 유전되고 전염된다. 대를 이어 이 가난한 그늘의 삶을 벗어나지 못하기 때문이다.

특히 이 시는 가난한 예술가의 삶을 견디지 못하여 결국 자살하고만 한 여성 소설가를 모델로 쓰여진 듯하다. 시인은 그녀의 모습을 시들어가는 "담쟁이넝쿨"로 표현하고 있다. 아무리 차가운 벽을 붙들고 살아보려 하지만 든든한 뿌리도 찬란한 꽃도 피우지 못하고 "한 줌의 햇살을 그리워하며" 시들어갈 뿐이다. 그런데 시인의 눈은 봄날 햇살에 가 있다. "그늘로 들지 못한 봄날이 어깨를 들썩거린다"는 구절에서 그것을 알 수 있다. 봄날의 햇살은 행복의 상징이다. 이런 그늘이 존재하는 한 행복은 어디에도 존재하지 않는다는 점을 시인은 이렇게 표현했으리라 짐작할 수 있다. 그늘이 존재하고 거기에서 시들어가는 사람들이 존재하는 한 내가 즐기는 봄날이 무슨 의미가 있을까를 시인은 생각하게 만든다.

물론 봄날을 즐기고 그늘을 벗어나기 위해서는 열심히 일하고 좀 더 높은 곳으로 올라가라고 세상은 우리를 다그친다. 그래서 다들 다급하게 지름길을 찾고 엘리베이터나 에스컬레이터에 오르려고 한다.

목적지를 향해 들판으로 내달리다
방전된 이들
다급하게 지름길을 찾아 헤맨다

남보다 빠른 길이 있다고
나긋나긋 다가와
웃음을 건네는 이들이 있다

슬쩍 속내가 드러나도
은근한 미소에 아무 말도 들리지 않는다

추락의 위험을 먹고 사는 악어 한 마리
계단 틈새에 몸을 숨기고
이따금 다리를 물고 늘어진다

"계단에 한발만 올려놓으면
나머지는 알아서 해드립니다"

그 달콤한 말에 홀려
바닥으로 굴러떨어진 젊음이 즐비하다

—「에스컬레이터, 악어」 전문

시인은 에스컬레이터를 악어와 동격으로 놓고 있다. 항상 추락의 위험을 안고 있고 그 밑에서는 파멸의 구렁텅이가 기다리고 있기 때문이다. 모두 노력하면 출세하고 성공할 수 있다고 말하고 있지만 사실 사회는 성공하지 못하고 추락하고 파멸하는 젊은이들의 피와 살로 유지되고 있다. 그들이 흘린 값싼 노동과 그들이 소비하는 한 줌의 쾌락과 위안을 먹고 부자는 더 부자가 되고 기업은 문어발을 확장하고 있다. "계단에 한발만 올려놓으면/ 나머지는 알아서 해드립니다"라는 구절은 단지 피라미드 업체나 불법 대부업체의 유혹만이 아니다. 우리

사회의 교육과 언론이 이런 사기에 가담하고 있지 않다고 누가 감히 말할 수 있을까?

그렇다면 이러한 절망의 시기에 무엇이 희망일까? 다음 시에서 우리는 그 해답을 찾을 수 있다.

뜨거운 국밥을 사이에 두고
마주 앉은 사람들
가슴 속 깊이 자리 잡은 얼음덩어리
서서히 녹아든다

좁은 생각과 경솔한 마음
토렴해 본 적이 있는가
힘든 날을 견뎌본 적이 있는가
진중하게 삶을 살아본 적이 있는가

지나간 시간을 되돌아보라고
토렴이 화두(話頭) 하나를 넌지시 던져 놓고 간다

– 「토렴」 부분

시인은 희망을 시장통에서 국밥 장사하는 할머니의 토렴질에서 찾고 있다. 토렴은 밥이나 국수 등을 더운 국물에 담가 덥히는 일을 말한다. 이 행위는 사람들을 먹이는 일이고 사람들에게 온기를 전하는 일이고 그것을 받아들이는 사람들을 한자리에 모이게 하는 일이다. 그것은 사랑의 다른 말이다. 생명이 아직 살아야 할, 살만한 이유가 있는 것은 이 사랑 때문이다. 이 어두운 시기에 절망의 늪에서 사랑의 힘을 발견하는 시인의 따뜻한 감성이 돋보인다.

11. 아픔에 대하여

— 최도선 시인의 시들

최도선 시인은 1987년 동아일보 신춘문예로 등단한 이후 문단 경력이 이미 30년이 넘은 중견 시인이다. 『겨울 기억』, 『서른아홉 나연씨』 등 벌써 여러 권의 시집을 낸 바 있다. 이런 오랜 기간의 문학 활동에도 불구하고 그는 오래된 시인이라는 느낌을 주지 않는다. 그것은 그가 항상 새로워지려고 노력하기 때문이다. 최근의 그의 시들 역시 이런 시인의 경륜과 새로움을 동시에 보여준다. 삶에 대한 통찰은 깊어지고 그것을 표현하는 언어는 젊고 싱싱하다.

그의 시들은 우리가 사는 삶의 고통에천착한다. 물론 고통에 대해서는 '우리의 삶은 고해이다.'라는 오래된 불교의 가르침부터 시작해서 수많은 사람들이 말한 바가 있다. 하지만 최도선 시인은 이 고통에 대해 특별한 인식을 보여준다. 최시인에게 있어 삶의 고통은 모든 존재들의 근원과 맞닿아 있다.

가지와 잎들이 서쪽을 향하고 있다
서쪽에 별이 뜨는 순간을
서어나무는 삶의 동력이라 부른다

음지에서도 별이 되려는 뿌리를 가진 나무
음수(陰樹)라는 이름 하나 더 가지고 있다
같은 장소에서 시간의 흐름에 따라
이루어지는 일은 끝까지 살아남는 일

아픔은 어느 때나 온다
누구도 모르게

삶의 근육을 키우는 일밖에는
어떤 예감도 받아들일 수 없다

뼈 속으로 드는 겨울바람
동서남북 액운이 번진다 해도
음지에서 잔뼈가 굵어
나를 견딜 수 있다

낮은 곳에 서야 높은 곳을 향한다는
아름다운 말이 가지마다 새겨지고 있다
서쪽을 향해

－「서어나무」 전문

우리의 삶이 음지에 자리 잡은 서어나무처럼 근원적인 슬픔과 그것이 주는 고통에 뿌리를 두고 있다는 것이다. 시인은 그것을 “아픔은 어느 때나 온다/ 누구도 모르게// 삶의 근육을 키우는 일밖에는/ 어떤 예감도 받아들일 수 없다”라고 말하고 있다. 이미 우리 모두는 고통의 한 가운데 심어진 나무와 다를 바가 없다는 것이다. 하지만 시인은 “아름다운 말이 가지마다 새겨지고 있다”고 하여 이 고통을 견디는 곳에서 아름다움이 만들어진다는 점을 지적한다. 우리의 삶도 마찬가지이다. 아름다움은 고통과 밀접한 연관을 맺고 있다. 고통이 없고 슬픔이 없는 곳에서는 아름다움이 존재하지 않거나 의미를 가지지 못한다. 그 아름다움이라는 것은 그냥 주어진 것이 아니라 "음지에서 잔뼈가 굵어/ 나를 견딜 수 있는" 때에 가능하기 때문이다.

이 아름다움은 윤리의 문제와도 직결된다.

태초에 악은 없었나니

*

하와의 가슴을 아담이 먼저 만졌을까?
아니,
−뱀은 천천히 걸어가 하와의 손을 먹음직한 사과 위에 얹게 했다−
너희에게 해 줄 수 있는 나의 최고의 선물이야
뱀은 빙긋 웃고 땅을 기기 시작하며 쓰윽 사라졌다

*

종으로 길들어진 개들은 그 주인의 무릎 밑만 알아
목줄을 벗기면 불안해하지
종으로 살던 습성이 남아
악다구니 쓰며 발버둥 치며 목줄을 내놓으라지
어떤 강도로 빌어야 기도발이 센지
송아지도 좋고 돼지도 좋아 그곳에 대고 손이 짓무르도록 복을 찾는

*

아비의 사랑을 독차지하는 저 놈을 어찌 처리할까
흔적도 남기지 않으려는 궁리가 가시덤불에 엉겨 있다
우리 손에 피는 묻히지 말자, 팔아넘겨 돈을 얻자
언덕에는 올리브 향기가 번지는데

…(중략)…

새 중의 새의 청아한 소리 뻐꾹 뻐뻑꾹
온 산은 푸르게 저 소리를 먹지
우리는 죄를 묻기 전에
아름다운 소리에 젖어 다 물들어간다

–「악의 연대기」 부분

"종으로 길들어진 개들"을 지적하면서 시인은 악이 권력으로부터 기인하는 것임을 얘기한다. 복종과 순종의 관계가 인간의 자발성을 포기하게 만들고 더 큰 존재에 의존하게 하고 결국은 그 존재에게 자신의 운명을 맡기려고 한다. 그럴 때 권력자는 선악의 개념으로 자신의 힘을 확인하고 또 그것을 가지고 개의 목줄로 삼아 우리를 통제한다. 거기에서 죄가 나오고 악이 나온다. 하지만 새의 청아한 소리에 그 어떤 가치 판단이 들어 있지 않듯이 자연의 아름다움 속에는 죄도 악도 선도 있을 수 없다. 시인은 그것을 "우리는 죄를 묻기 전에/ 아름다운 소리에 젖어 다 물들어간다"라고 말하고 있다. 하지만 이 아름다움을 생각한다는 것은 쉬운 일이 아니다. 그것은 앞서도 지적했듯이 고통을 수반하기 때문이다. 이미 죄나 악을 설정하고 그 안에서 키워져 온 지금의 문명과 그것이 우리를 훈련해 온 가치관에서는, 우리는 모두 윤리가 쳐 놓은 그물망을 피할 수 없기 때문이다. 아름다움을 다시 발견하고 그것을 인식한다는 것은 이 죄악의 개념으로 점철된 윤리의 그물을 벗어나는 것이다. 그런데 그것은 쉽지 않은 거부의 실천이고 뱀의 유혹에 넘어가 삶의 고해를 받아들여야 하는 일이다.

내 안에 슬픈 머리가 하나 뒹굴고 있다

언제부턴가 태초의 울음이
무성한 자작나무 숲 사이로
재앵 제엥 바람을 타고 와
허공을 난다

…(중략)…

평원의 공기를 가르고 울면
먼 옛날 이 땅의 사람들 지구 끝을 향해 달리던
그 혼 살아나 절벽을 오르는 힘 솟구치지

엎드린 자는 넘어지지 않는다

갈기를 휘날리며 번지는 초원의 젖줄 소리
애틋한 부적 같은 흥, 맑고 시원해
춤추고 춤춘다 허공을 향해
두 팔 쭉 뻗고

–「마두금」 부분

이 시는 삶이 주는 고통과 그것을 감내해야 하는 슬픔이 자유와 연관되어 있음을 보여주고 있다. 자유를 추구한다는 것은 슬픔을 받아들이는 것이다. 초원에서 갈기를 휘날리며 달리는 원초적인 자유가 슬픈 마두금의 선율로 표현되는 것은 이 때문이다. 그것은 태초의 울음이고 엎드린 자의 신음이다. 하지만 그 슬픔을 받아들일 때 우리는 “허공을 향해/ 두 팔 쭉 뻗"는 자유를 느낀다.

이렇듯 윤리의 그물에서 벗어나 자유를 실천하고 아름다움을 발견하는 것은 시의 이상이고 시인의 사명이기도 하다. 그러나 그것은 쉽지 않은 길이다. 시인은 이 막막함을 다음과 같이 간결하면서도 선명한 이미지로 보여주고 있다.

> 지하도를 막 내려서려는데 시각장애인이 길을 물었다
> 손을 잡고 안내하려니 그냥 말로 하라고 한다.
>
> 막막해서 우두커니 서 있었다
>
> ―「시」 전문

시인은 말을 다루는 사람이지만 사실은 말을 할 수 없는 자이다. 왜냐하면 그의 말은 언어이면서 언어가 아니고 언어를 넘어선 언어이기 때문이다. 그가 하는 말은 말이 아니어서 말이 되는 말이다. 어쩌면 우리는 모두 지하도에 들어선 시각장애인과 다를 바가 없다. 가야 할 곳이 있지만 어디로 가야 할지 쉽게 알지 못한다. 그래서 절대자에게 기대기도 하고 아무나 붙들고 길을 묻기도 한다. 하지만 정확하게 데려다줄 수 있는 사람은 없다. 말이 이것을 가로막고 있기 때문이다. 그래도 사람들은 이 말에 의존한다. 말에 의존하지 않고 손을 붙들어 데려다주지 않으면서 정확하게 사람의 영혼을 이끌어야 하는 그 막막한 지점에 곧 시가 있다. 이것이 이 시의 제목이 '시'인 이유이다.

그러므로 진정성 있는 시인에게 시는 항상 부끄러움과 연결된다. 뭔가 하지 못한 부채감을 벗어날 수 없기 때문이다.

…(전략)…

교회당으로 가는 오솔길에 유치원아이 둘이 걸어가다
한 아이가 나를 쳐다보고
"쓰윽 사라지잖아"하고는 입을 가리고 웃는다
옆에 아이가 "뭐라고"하며 물으니
"쓱 사라지잖아"하곤 다시 나를 보고 씩 웃었다

저 말은 내가 초등학교 1학년 때 받아쓰기하다 틀려
훔쳐본 최초의 문장인데!
또 처음 짧은 글짓기를 하다 못 채운 문장인데
"쓰윽 사라지잖아"를 던지고
저 교회당으로 올라가던 아이는 어릴 적 나의 뒷모습 같다

저 아이가 남기고 간 "쓱 사라지잖아"의
못 채운 문장들이 아직도 나를 부끄럽게 한다
하얀 지면 같은 잡풀들이 나를 물끄러미 보고 있다
오 래 도 록

하늘이 하얀 이유 같은
원고지 앞에 앉으면 늘 하얘지는 이유 같은

—「도플갱어」 부분

위에서 인용한 시에서처럼 시는 사라지는 어떤 것을 기록하는 일이다. 우리의 삶이 그리고 그 안에서 살아야 하는 우리의 고통이 무엇인가를 잊게 만든다. 고통을 벗어나고 우리에게 슬픔을 안겨준 욕망의 빈 곳을 채우려고 너나없이 애쓰며 살기 때문이다. 시인은 우연히 만

난 한 아이의 말에서 자신이 느꼈던 최초의 시심을 확인한다. 하지만 그 시심을 채우고 풍부하게 할 언어를 아직도 찾지 못했다. 살아오는 길이 끊임없이 뭔가를 지워나가는 길이었기 때문이다. 그것은 고통과 슬픔을 지우고 잠시의 즐거움에 기대서 사는 삶이었다. 시는 고통과 슬픔의 배후에 자리 잡은 잊어버린 어떤 것을 다시 일깨우는 일이다. 하얀 원고지가 두려운 이유가 여기에 있다. 글쓰기의 두려움, 백색의 공포는 이렇게 만들어진다.

삶이 고통이지만 그것을 넘어서고자 하는 시 쓰기 역시 고통이다. 이 이중의 고통 속 그 깊은 곳에 들어가서야 비로소 잡을 수 있는 이 아름다움을 시라고 말한다면 시인에게는 너무 가혹한 것이 아닐까 한다. 최도선 시인은 이 가혹한 운명을 믿는 많지 않은 시인 중 한 명이다.

12. 정상의 비정상화

— 김연종 시인의 시세계

비정상의 정상화를 외치고, 국정교과서를 추진하기 위해 전국민을 상대로 자기식의 역사관을 갖지 않으면 "혼이 비정상이 된다."라는 어처구니없는 막말을 한 대통령이 있었다. 그런데 어쩌면 이 황당한 말에 일말의 진실을 들어 있다는 생각이 든다. 혼이 정상이라는 것은 스스로가 자신을 제어할 합리적 판단과 행동의 규제가 가능하다는 것을 말한다. 그렇게 봤을 때 과연 이 시대를 살아가는 우리 모두가 혼이 정상인 채로 살아가고 있는 것인가? 이미 비정상으로 판명된 전직 대통령은 이 편재하는 비정상을 우리에 앞서 경험했을 수도 있다는 생각이 든다. 그렇다면 우리의 삶이 정상을 되찾을 수 있을까? 김연종 시인의 다음 시는 우리의 삶을 두고 볼 때 그런 것은 애초에 불가능하다고 말한다.

불현듯 하고 싶다 갑자기 목이 탄다 가슴이 뛴다 잠도 오지 않는다 감정은 넘치는데 몸이 부족하다 무엇을 할까 어디로 갈까 크레타섬 카리브해 노르웨이 숲 갑자기 이불을 걷어찬다 새벽 잠을 포기하고 노트북을 연다 모니터에 접어둔 페이지를 검색한다 갑자기 핸드폰이 진동한다 출근 시간을 알리는 경고음이다 詩름에 빠져 몇 번 지각한 후로 새로 맞추어 둔 알

> 람이다 게르마늄 목걸이가 목을 조른다 두통에 효과가 있다고 아내가 채워 놓은 족쇄다 …(중략)… 나는 무작정 달리고 싶다 내 몸엔 보조 바퀴도 브레이크도 없다 원고청탁도 없는데 마감시간에 쫓긴다 이제 거짓말 탐지기를 풀어 놓아야겠다
>
> –「ADHD」 부분

ADHD는 '과잉행동장애'라고도 불리는 일종의 정신질환이다. 이런 증상을 가진 사람은 무엇인가를 끊임없이 산만하게 해야 하고 분위기나 환경을 생각하지 않고 자신의 욕망대로 움직여 주위를 불편하게 만든다. 이 때문에 결코 정상적인 상태라고는 할 수 없다. 하지만 좀 더 생각해 보면 이러한 주의력 결핍과 과잉행동은 정도의 차이만 있을 뿐 현대를 살아가는 우리 모두의 특성이기도 하다. 우리는 스스로 결정해서 무엇인가를 한다고 생각한다. 하지만 과연 우리 자신들이 자신의 행동을 완벽하게 제어하는지 그리고 주체적으로 생각하고 행동하는지는 의문이다. 내가 하는 일들은 진정 내가 하고 싶어서 하는 경우는 많지 않다. 그것은 우리의 욕망이 타인들의 욕망을 욕망하기 때문이다. 그러므로 우리는 이 욕망들의 중첩 속에서 살게 된다. 그것의 필연성도 깨닫지 못하면서 우리는 돈도 벌어야 하고 맛있는 것도 먹어야 하고 어딘가로 여행도 떠나야 하고 잡지에 원고를 발표해서 나를 돋보이게 하길 바란다. 타인들이 모두 그런 것을 바라고 원하기 때문이다. 과연 이것들이 무엇을 의미하는지는 중요하지 않다. 이 행동들에 들어있는 욕망과 그 욕망을 대신하는 나만 존재할 뿐이다. 이런 점에서 우리는 모두 다 과잉행동장애 환자이다. 비정상이라고 말해지는 것들이 이미 내 속에 그대로 들어와 있다.

또한 우리는 모두 비정상적인 비상사태 속에서 살고 있기도 하다.

새벽마다 벌떡벌떡 일어나는 건
관성에 따른 것인가
중력을 거스르는 것인가

…(중략)…

코드블루 코드블루

간호사는 신호음을 잘못 듣고
의사는 활력징후를 잘못 읽고
간병인은 기상 시간을 잘못 맞추었다

다급해진 타이머가
촉촉한 아침을 불끈 들어 올린다

형광등이 저절로 눈을 뜨고
비데는 스스로 물을 내린다
헤어드라이가 요란하게 소리를 낸다
번호키는 재빠르게 현관문을 연다

잘못 입력된 알람소리에
휴일 아침이 발칵 뒤집어졌다

–「코드블루」 부분

코드블루는 환자에게 심정지가 왔을 때 내리는 비상상황이다. 그런데 위 시를 읽으면 우리가 사는 모든 삶이 그리고 그것을 준비하는 매일 아침이 바로 이 코드블루 상황과 다를 바 없다는 것을 깨닫게 된다. 그런 과도한 긴장 상태에서 살다 보니 “잘못 입력된 알람소리에/ 휴일 아침"마저 발칵 뒤집어진다. 그런데 여기서 좀 더 생각해 볼 필요가 있다. 무엇 때문에 우리는 이런 긴장 상태에서 살아가야만 할까? 아니 무엇이 우리로 하여금 이런 긴장 상태를 강요하는 것일까? 사실 이유는 없다. 이렇게 살아서 꼭 이루어야 할 목표도 지향도 가치도 어쩌면 모두 존재하지 않을지 모른다. 그런데도 우리는 모두 다 이렇게 정신없는 코드블루 상태로 살아간다. 그것은 이미 그런 삶의 방식이 지금 이 시대 삶의 양식이 되어버렸기 때문이다. 과도한 욕망의 실현을 위한 소비의 강요와 그것을 충당하기 위한 자본에의 집착이 우리를 이런 상태로 몰아가고 있다. 우리의 모든 정상적인 삶의 모습은 다 이런 비정상의 계기 속에 자리 잡고 있는 것이다.

우리를 비정상으로 몰아가는 과도한 욕망에 대해서는 다음 시가 잘 말해주고 있다.

> 그런데 요즘 들어 무슨 힘이 생겼는지 자꾸 내 손을 끌어당기는데 온 몸에 가시가 돋아 미칠 지경이야 저 영감탱이 곁에 갈 마음은 눈곱만큼도 없는데 자꾸 피하다가 해코지라도 하면 어쩔 거야 문지방 넘을 힘도 없는 주제에 나 원 참 팔팔한 스무 살 언저리에서 팔순이 다 된 지금까지 이러는데 더는 참을 수 없어 오죽하면 젊은 의사양반한테 이렇게 하소연하겠어 미안하지만 그 약 좀 처방해줘 노인정에서 그러던데 의사 처방받아야 된다고 그래 맞아 정력감퇴제 근데 이런 말하는 내가 주책이지 또 나한테만 이상하다고 그러겠지 한 가지 부탁이 있는데 자식들한테는 비밀로 해줘
>
> 요즘 미투 미투 그러는데 나만 당한거야? 나도 당한거야?
>
> —「미투」 부분

시의 화자가 정력감퇴제를 얘기하고 있는 것은 과도한 욕망이 우리의 삶에 폭력을 행사하고 그것에 자신이 끊임없이 희생되고 있음을 지적하는 것이다. 최근 얘기되고 있는 미투 역시 마찬가지이다. 나의 욕망의 과다가 상대에게 폭력과 모멸을 주는 것이다. 하지만 그럼에도 사람들은 더 많은 욕망을 가지려 하고 그것을 실현하기 위해 더 많은 에너지를 필요로 하고 그것을 가능하게 하는 더 많은 약을 필요로 한다. 비아그라는 그렇게 만들어졌다. 하지만 이런 과도한 비정상의 욕망에 대한 처방을 위해 또 다른 약을 주문할 수밖에 없는 상황이다. 이렇게 우리가 살고 있는 지금 이곳은 비정상의 병증이 정상으로 편재된 세계라고 할 수 있다.

비정상이 정상이 되고 모두가 심리적 병증을 겪는 사회에서는 우리의 몸도 병들게 마련이다.

> 항암을 마치기도 전에 블라우스가 헐렁하다
> 알약 같은 물방울무늬가 흠뻑 젖는다
> 가슴을 적시는 것이
> 눈물인지 땀인지 분간할 수 없다
>
> 귓등을 찍어대는 목소리가 마른 꽃잎처럼 툭, 툭 끊어진다
>
> 고작 한 마디를 위해
> 저렇게 많은 땀을 쏟아 내다니
>
> 긴 머리카락과 아까시나무 그늘과 목수건이 필요하다
>
> —「다한증 소녀」 부분

삶의 비정상과 그것이 주는 스트레스는 암이라는 신체적 변화로 나타난다. 한 명의 암환자가 있다는 것은 우리의 삶의 많은 부분이 이미 병들어 있다는 것이다. 그것은 병든 나뭇잎 하나가 나무의 전체 상태를 말해주는 것과 같다. 항암 치료를 받으며 심하게 땀을 흘리는 가련한 한 소녀는 우리 사회에 만연해 있는 비정상의 병증을 몸소 보여주는 것이다. 하지만 우리 사회는 이들을 보호할 그 어떤 것도 아직 마련하고 있지 않다. 그 아픔을 모두 일상적인 현실로 받아들이는 데 익숙해져 갈 뿐이다. 이렇게 모든 비정상이 정상이 된 사회에서 시인은 무엇을 할 수 있을까? 김연종 시인은 다음과 같이 고민한다.

> 씁쓸한 쪽지를 건넸다 한참을 들여다보던 동네 의사는 말없이 고개만 저었다 몸과 마음이 동시에 상한 것 같다며 의뢰서를 써주었다 나는 점점 시들었고 마침내 절망했다
>
> 우울한 쪽지를 건넸다 요리저리 살피던 변방의 시인은 지그시 눈을 감았다 몸과 마음이 동시에 위태로워지는 순간 詩가 탄생한다고 했다 나는 시들시들 앓았고 마침내 절필했다
>
> 날씨에는 늘 예민했다 관상대는 어감이 좋지 않아 기상청으로 개명했다 입춘이 지나면서부터 황사와 미세먼지와 두려움이 동시에 펄럭인다
>
> 점점 흐릿해지다 어느 순간 또렷해진 문장이 연필심처럼 눈을 찌른다 무럭무럭 자라 지우개로도 지워지지 않는 강박을 처방전에 옮겨 적는다
>
> —「미궁에 대한 돌팔이 처방」 전문

의사의 처방도 사회적 대책도 믿을 것이 못 된다. 의사의 처방전은

"우울한 쪽지"일 뿐이며 또 의사는 기껏해야 다른 곳에 의뢰서를 보낼 뿐이다. 그것은 "점점 시들"게 만들어 "마침내 절망"으로 이끌 뿐이다. 사회적 대책이라는 것도 매한가지이다. "관상대"를 "기상청"으로 바꾸는 것으로 그것이 가진 과학성을 보강했다고 느끼게 우리를 잠시 속일 뿐이다. 아무리 그래도 황사와 미세먼지는 바꿀 수 없는 엄연한 현실이 되어 가고 있다. 이 혼란의 현실에서도 "또렷해진 문장"들이 있다. 그것이 곧 시인에게는 시일 것이다. 그것은 우리 사회가 우리에게 강요하는 "강박"을 기록하는 일이다. 그런데 시인은 그것을 처방전에 옮겨 적는다. 이 강박을 기록하는 시인의 눈이야말로 단 하나 남은 처방이라고 시인은 생각하고 믿고 있기 때문이다. 의사인 시인이 시를 써야 하는 이유가 여기에 있다.

13. 말의 힘, 시의 이유

— 이영식 시인의 시들

우리는 언어의 홍수 속에서 살고 있다. 아침에 눈을 뜨면 들리기 시작하는 TV 뉴스 소리에서부터 시작하여 수많은 정보들과 광고문구들이 온통 우리의 눈과 귀를 점령하고 있다. 이러한 언어의 홍수 속에서 언어는 원래의 힘을 잃고 상투화되어 간다. 있는 사실을 정확히 알려 세상에 대한 인식의 도구가 되지도 못하고, 없는 것을 환기하여 우리의 욕망을 충족시켜주는 마술적 기능도 수행하지 못한다. 모든 말과 글들은 의례적인 수사가 되거나 텅 빈 왜곡된 정보를 전달하는 수단으로 전락하고 만다.

더 나아가 언어는 폭력의 도구가 되기도 한다. '악의 축'이라는 한 마디가 많은 전쟁을 일으키고 무수한 민간인을 죽게 했다는 사실만 봐도 쉽게 알 수 있다. 그뿐이랴, 얼마 전에도 세월호 유족을 두고 한 한 정치인의 막말이 많은 사람들에게 충격과 분노를 일으킨 바 있다. 또한 익명으로 인터넷상에서 이루어지는 수많은 댓글들이 보여주는 무자비한 비인간성은 언어의 폭력이 얼마나 우리에게 일상적으로 행해지고 있는지를 잘 보여준다.

시를 쓴다는 것은 이러한 언어의 상투화와 폭력성으로부터 원래의 생생한 힘을 되찾게 하는 작업이다. 시를 통해 지시적이고 환기적인 언어의 본래적 기능을 회복하여 감추어진 세상의 진실을 파헤치고 결핍된 우리의 욕망을 충족시킨다. 그런데 최근에는 시마저 이러한 시적 언어의 힘을 포기하고 언어를 상투화한다. 한때는 신선했던 언어적 형식을 답습하면서 내용 없는 요설로 언어 파괴를 감행하며 그것을 '해체'라고 '경계허물기'라고 강변하거거나 스스로도 그 의미를 알지 못하는 언어의 난행에 시인 자신의 감각과 인식마저 포기해 버리는 것이 하나의 사조가 되어가고 있는 것이 현실이다. 이러한 또 다른 상투화에 저항하며 원래의 언어적 힘을 되찾으려는 노력이 최근의 시가 해야 할 중요한 과제가 아닐까 생각해 본다.

늘 혼자였던 집
밥풀떼기만 한 집에 불이 났다
불 구경꾼 하나 없도록
충분히 외로웠던 집
안팎을 이 잡듯 뒤져보았으나
발화점은 오리무중이다

말과 말
이물감의 질료들이 충돌하며
노이즈가 발생하는 집
불타기 위해 세워진 집이다
다량의 인화물질이 내장된 벽
누군가의 입술에서 호명되는 순간
불타서 사라지는 집이다
어깨만 툭 치고 지나도 불꽃이 튀지만
얼음같이 서늘한 눈빛으로
불씨 지닌 가슴을 알아보는 집

견고한 침묵의 가시관에
청동빛 고독이 슬어있는 유배지,
언어의 집이다
질문만 있고 답을 얻지 못하므로
늘 뜨거운 소용돌이가 지키는
성체, 시인들이 가만히 무릎 꿇는
이유가 되기도 하는

참, 독한 연애다

– 이영식, 「참, 독한 연애」 전문

시인이 경험한 "독한 연애"는 언어와의 연애이고 그것은 시를 쓰는 행위이기도 하다. 그런데 시인은 이 시를 쓰는 행위를 "언어의 집"을 짓는 행위이며 그것은 또한 "불타기 위해 세워진 집"을 짓는 일이라고 말하고 있다. 언어는 발화(發話)되면서 발화(發火)하는 것이므로 말해지는 순간 불타 사라지지만, 그 순간 그 안에 잠재한 인화물질이 가지고 있는 모든 에너지를 만들어 낸다. 그 에너지가 잠든 가슴을 뒤흔드는 "뜨거운 소용돌이"를 일으키는 것이기도 하다. 그러나 진정한 말은 "얼음같이 서늘한 눈빛"으로만 알아볼 수 있는 것으로, 이것을 알아보기 위해 "견고한 침묵의 가시관"과 "청동빛 고독이 슬어있는 유배지"를 스스로 선택해야 한다. 바로 그 운명을 지고 있는 것이 시인이다. 이영식 시인은 이런 시인의 운명을 짊어지고 언어와 "독한 연애"를 감내하고 있다.

이 연애의 힘을 믿는 시인은 "사자에게 막말하"는 위험도 감수한다.

사자 한 마리 다가왔다.

미사일처럼 날렵한 몸, 뼈를 감싼 근육 실룩거리며 성큼성큼 걸어온 사자는 내 귓속에 비밀 한 조각을 밀어 넣어주었다.

나도 시를 써요— 매일 식솔들이나 챙기다 보니 너무 무료하고 심심해서 몇 해 전부터 시를 쓴다고 했다.

살점은 몽땅 달아나고 핏물만 엉겨 붙은 양피지 한 장 꺼내 보이며 화평(話評)을 부탁했다.

바오밥나무 아래 어린왕자라면 몰라도 밀림의 왕자시인이라니! 그의 핏빛 입술이 몹시 두려웠다.

내가 말 한마디 못 하고 머뭇거리자 채근하듯 무릎에 갈기진 머리털을 문지르는 사자, 힐끗 올려다보는 눈빛이 뜨겁다. 나를 먹어치우려는 것일까?

사자가 의미 모를 웃음을 흘리는 순간 얼핏 보았다. 그의 입속에 이빨이 없다. 무시무시한 송곳니가 없다. 그러고 보니 발톱도 뭉개지고 모두 빠졌다.

이런 젠장, 개나 소나 모두 시인이 되는 줄 알아? 문장 하나도 제대로 심어놓지 못하는 주제에 무슨 꽃이 피고 열매가 맺기를 바라는 거야!

막말이 튀어나오려는데 내 손등 위에 뚝 떨어지는 눈물 한 점, 사자의 눈물이다. 왕좌를 잃고 무리에서 떠밀려나 궁벽한 처지란다.

나는 풀죽은 그의 어깨를 쓰다듬으며 나직이 말했다.

문장을 갖는다는 것은 나무에 꽃이 피는 것과 같지요. 당신의 꿈을 포기하지 마세요. 꽃이 될 수 있어요

—「사자에게 막말하기」 전문

사자는 힘과 권력의 상징이다. 어디에도 이런 사자로 상징되는 인물들이 존재한다. 이들은 사회적 성공으로 부와 명예를 가지고 그 힘을 과시하며 약한 자들에게 항상 위협을 주는 인물들이다. 하지만 부와 명예를 영원하지 않고 힘과 권력은 사라지기 마련이다. 위 시에서의 사자 역시 송곳니도 빠지고 발톱도 뭉개져 있다. 그래서 그는 시를 쓴다. 시는 이렇게 패배자들의 언어이고 "무리에서 떠밀려 난" 소수자의 언어이다. 그러나 시인은 믿는다, "자신의 문장을 갖는다는 것은 나무에 꽃이 피는 것과 같"다는 것을. 그가 과거에 힘과 권력으로 사람들을 두려움에 떨게 했던 사자 같은 존재에게 막말을 할 수 있는 이유는 이 시의 힘을 믿기 때문이고 그가 사자보다 먼저 이 시의 세계를 알고 있기 때문이다. 시인은 나아가 이러한 말의 꽃이 지배하는 정치를 상상한다.

불 질러놓고 보는 거야
가지마다 한 소쿠리씩 꽃불 달아주고
벌 나비 반응을 지켜보는 거지
그들의 탄성이 터질 때마다
나무에서 나무로 번지는 지지 세력들
꽃의 정부가 탄생되는 거라

꽃은 다른 수단의 정치
반목과 대립이 없지
뿌리는 흙 속에서 잎은 허공에서
물과 바람
상생의 손 움켜쥐고
나무마다 꽃놀이패를 돌리네

…(중략)…

봄날은 간다
꽃의 정부가 다하더라도
후회는 없어
튼실한 열매가 뒤를 받쳐 줄 테니까

–「꽃의 정치」 부분

꽃이 정치를 한다는 것은 언어의 꽃인 시로 정치를 한다는 의미로 해석할 수 있다. 세상을 다스리는 언어이다. 모든 칙령과 명령과 법은 다 언어로 되어있기 때문이다. 그런데 시가 정치를 한다는 것은 언어의 순수성을 회복하여 세상을 다스린다는 것을 의미한다. 낡은 언어 상투적 언어 사람들에게 고정관념과 편견을 조작하는 배제와 증오의 언어가 정치판을 지배하면서 세상은 폭력과 투쟁으로 얼룩져 있다. 하지만 꽃처럼 세상에 상생이라는 아름다운 가치를 전파하는 언어가 세상을 다스린다면 반목과 대립은 사라지게 될 것이라고 시인은 꿈꾸고 있다. 물론 이러한 꿈은 실현되지 못할 것이다. 하지만 이런 노력이 "튼실한 열매"가 되어 미래의 희망으로 작용하리라는 것을 시인은 믿고 있다.

이 희망을 포기하지 않기 위해서는 치열해야 한다.

소설가 김훈이 'TV 책을 말하다'에 출연했다

글쓰기의 치열함에 대하여 말했다

"나는 「칼의 노래」를 쓰면서 이빨 여덟 개를 뽑았다/ 몰아서 쓰다 보니 이빨들이 들솟았다/ 빼서 쓰레기통에 퉤퉤 뱉으면서 썼다."

…(중략)…

나는 입속의 혀를 굴려서 이빨 여덟 개를 퉤퉤 뱉어내고 민둥산이 되어 남을 법한 빈자리를 가름해보았다
완전 폐허가 된 붉은 잇몸에 박혀서 이를 갈고 있을 슬픔의 뿌리들

시인의 모자를 쓰고 허명을 좇으며 살아왔지만
내 몸 어디엔가는 아직 세상에 씌어 지지 않은 시가 꿈틀거리고 있어서 이빨들이 건재한 것일까

겨울담쟁이 새빨간 이파리가 나의 초상처럼 벽에 붙어 떨고 있다

–「겨울담쟁이」 부분

글을 쓴다는 것은 자신의 이빨을 바쳐야 하는 것이다. 신체 중 가장 단단한 이빨은 몸이 가진 모든 힘의 원천이기도 하고 그것이 육화된 결정이기도 하다. 이 이빨로 글을 쓴다는 것은 모든 고통과 슬픔을 다 끌어내 세상에 깊은 이빨 자국을 내는 일이기도 하다. 시인은 겨울담쟁이의 새빨간 이파리들을 보여 마지막 힘을 다해 자신의 이빨을 글쓰기에 바칠 것을 다짐한다. 그리하여 "아직 세상에 씌어 지지 않은 시"

를 끌어내려 노력하고자 한다. 진정한 말을 찾기 위한 글쓰기의 행위는 꽃을 피우는 아름다운 일이지만 스스로 자신의 몸에서 이빨을 뱉어내야 하는 고난의 길이기도 하다.

하지만 이 고난의 길을 선택하고 또 그 길을 간다는 것은 쉬운 일이 아니다. 시인은 그것을 다음 시와 같은 재미있는 비유로 보여주고 있다.

> 몇 날 며칠
> 족쇄 차고 멈춰 서 있는
> 고물 승합차
>
> 차창 안에 비상연락망도 뵈는데
>
> 괘씸죄일까
> 무쇠덩이보다 더 무거운
> 죄, 불법주차
>
> 졸지에 중죄인으로 내몰렸다
>
> 어디로 위리안치될 것인가
> 눈만 껌벅거리며
> 불안에 떨고 있는 늙은 죄수
>
> 배달통 나르던 젊은이가
> 남의 일이 아니라는 듯
> 한참을 못 박혀 바라보고 서 있다

–「족쇄령」 전문

우리는 모두 이 시에서 묘사된 불법주차 차량처럼 족쇄령에 걸려 있다. 그것은 “배달통 나르던 젊은이가/ 남의 일이 아니라는 듯” 바라보고 있다는 구절에서 알 수 있다. 족쇄를 차고 묶여 있는 차를 보고 자신의 일이라고 생각하는 것은 모두 다 똑같다는 것이다. 우리는 다들 자유를 저당 잡히고 영토 안에 갇혀 사는 포로들이기 때문이다. 시인은 항상 언어를 통해 이 영토로부터 비상을 꿈꾼다. 하지만 이 시의 고물 승합차처럼 이 땅에서 노동에 지쳐 아무 데서나 휴식을 하다 붙잡혀 떠나지 못하고 위리안치 당하고 살고 있다. 이 영어의 고통을 바라보는 시인이 언어의 힘을 통해서라도 비상을 꿈꾸어야 하는 이유는 여기에 있다.

14. 위안과 치유로서의 시

— 이순희 시인의 시들

흔히 시는 첨단의 언어이고 새로운 언어라고 말들을 한다. 물론 맞는 말이다. 상투적인 언어들이 우리의 삶을 은폐하여 우리를 일상의 억압 속에 몰아넣고 있는 현실에서 시적인 언어는 이 상투적인 언어에 균열을 내고 우리의 의식을 일깨워 우리의 삶에 드리운 거짓과 추문을 폭로하는 것이다. 많은 현대시가 걸어 온 길이 이런 길이다.

하지만 그렇다고 모든 시가 꼭 이래야 하는 것이다. 수많은 시와 시인들이 존재하는 것만큼 수많은 시적 경향이 존재한다. '낯설게 하기'로 말해지는 현대시의 이 주된 경향에 앞서 시가 인류의 역사에 나타난 이후 끊임없이 유지되고 지속된 더 오래된 경향이 있다. 그것은 시를 통한 치유와 위안의 효과를 얻고자 하는 경향이다. 기도와 주문이 시의 기원인 것이 이와 관련이 있다.

이 글에서 다루고자 하는 이순희 시인의 시들은 이런 시의 오래된 역할을 그대로 이어받고 있다. 다음과 같은 시를 보자.

아침 해 눈부신 날
이불속에 감춰둔 감정의 씨앗들이 분출하네

…(중략)…

서럽고 무섭고 억울한 세상살이
꿈속에서도 이겨내려 안간힘 쓰다가
깨어난 아침
그 환한 햇살에
그만 울음보 터져 버렸네

이 세상 누가 뭐래도
난 네 편이라고
아침 햇살이 등을 도닥여 주네

―「좀 울어도 되나요」 부분

우리가 사는 세상은 온통 억울함과 슬픔이 지배하고 있다. 아무리 높은 지위를 얻고 있거나 많은 재물을 가지고 사는 사람이라 할지라도 이 억울함과 슬픔을 완전히 벗어날 수는 없다. 항상 마음의 평정을 위해 도를 닦는 도인과 종교인들도 마찬가지이다. 인간은 욕망이 지배하고 있고 그 욕망은 결코 완벽하게 채울 수 없기에 그 모자란 결핍이 슬픔과 억울함을 만들어 낸다.

그런데 시인은 이 슬픔을 시로 써서 그것을 울음으로 표현함으로써 그 슬픔을 달래고 있다. 시가 치유와 위안의 기능을 해 주고 있다. 이 기능의 효과를 위해 시인은 "아침 햇살"이라는 효과적인 비유를 사용하고 있다. 시인은 자신의 시가 이 "아침 햇살"처럼 따뜻하고 밝은 위안의 언어가 되기를 소망한다.

오래된 시의 경향에 의지하고 있고 또 다소 상투적인 언어로 쓰여 있긴 하지만 이 시는 이런 것들을 넘어서는 어떤 힘을 가지고 있다. 그것은 아이러니에서 온다. 햇살과 울음보라는 상반된 이미지를 동시에 병치하면서 시인은 긍정적인 것과 부정적인 것이 함께 작용하며 그것이 결국 진정한 삶의 의미를 성찰하게 만드는 것임을 우리에게 보여준다. 쉬운 언어로 쓰여 진 시이지만 결코 쉽게 넘어갈 수 없는 사유의 깊이를 보여주고 있다.

이런 사유의 깊이는 존재의 성찰로까지 이어진다.

강남역 네거리엔 인파가 넘실거린다
한겨울 한파에도 리듬을 타듯
수많은 머리들이 물결처럼 밀리고 밀려간다
그 물결 속에 그녀
외로운 섬으로 떠 있다

사람들 몰려와 물거품인 듯
그 섬에 부딪히지만 거품은 이내 꺼지고 만다
누구도 오를 수 없는 그 섬엔
파도와 바람만이 스칠 뿐이다
철썩 철썩 인파가 그 섬을 치면
그녀의 울음이 바람에 실려 간다

지독한 외로움에
그 섬 자연을 닮아 스스로 그러하다는 듯
아무島라는 섬
홀로 그렇게 떠 있다

– 「아무島」 전문

현대를 사는 대부분의 사람들은 나 아닌 다른 많은 사람과 함께 모여 사는 도시에서의 삶을 영위하고 있다. 하지만 사람들은 그 많은 사람들 속에서 누구나 '군중 속의 고독'을 느끼며 살고 있다. 사회관계는 복잡해지지만 그 관계 속에서 개인은 철저히 타인과 단절되고 서로가 서로에게 타자가 되는 삶을 강요받기 때문이다. 시인은 그것을 "아무島"라는 재밌는 섬 이름을 붙여 표현하고 있다. 개인이 섬으로 고립되는 이 현대 사회에서는 타인은 내게 고통과 슬픔을 안기는 불행의 원천이다. 시인은 그것을 "철썩 철썩 인파가 그 섬을 치면/ 그녀의 울음이 바람에 실려 간다"라고 아주 감각적인 언어로 잘 표현하고 있다.

그런데 이 현대인의 단절감과 고립감을 섬이라는 자연의 모습으로 비유한 것에 우리는 주목해 봐야 한다. 시인은 "그 섬 자연을 닮아 스스로 그러하다는 듯"이라고 하여 현대 도시인의 고립감을 자연과 대비하여 보여주고 있다. 그리하여 이 고립감마저 자연의 일부이고 자연스러운 순리의 과정임을 말한다. 그리고 이렇게 자연으로 받아들이는 순간, 이 참을 수 없는 고립감은 견뎌야 하고 받아들여야 하는 삶의 조건으로 인정하게 된다. 이렇게 나의 고통마저 자연의 일부라고 생각하게 되면 우리는 위안을 얻게 되고 삶의 슬픔과 고통으로부터 치유를 받게 된다.

다음의 시 역시 시인은 자연 속에서 삶의 지혜를 깨닫는다.

언제 어디서
굴러왔는지도 모를 화분에
하얀 날개 같은 꽃이 피었다

볼품없는 잎을 달고 제구실도 못 하던 싸구려 그 화분엔
물도 잘 주지 않았다

예쁜 꽃을 피우는 화분들에게 정성 들여 물을 주다가
남은 물 선심 쓰듯 조금 끼얹어 줄 뿐이었다
그런데 그 화분 잎끝마다 뽀오얀 속살을 내밀더니
천사 날개 같은 꽃을 피웠다
자꾸 시선이 간다

그러다가 스치는 무엇

무심해져야
꽃도 꽃잎 무심하게 지우고
훌쩍 떠날 수 있다는 것을

꽃 하나 피웠다고
호들갑 떨지 말아야겠다

–「스스로 그러하게」 전문

자연에서 삶을 배운다는 것은 제목 그대로 "스스로 그러하게" 되는 것을 안다는 것이다. 세상은 우리에게 끊임없이 무엇이 되어야 한다고 강요한다. 더 부유해지고 더 높은 지위에 오르고 더 많은 욕망을 가지고 더 많은 상품을 소비해야 한다고 부추긴다. 거기에 행복이 있다고 속삭인다. 하지만 그럴수록 우리의 삶은 각박해지고 결국 불행과 파멸의 늪을 벗어날 수가 없다.

그러나 시인은 꽃을 키우면서 그러한 삶의 방식이 결코 바람직하지 않다는 것을 깨닫는다. 잊혀진 존재, 아무도 돌보지 않는 존재, 아무도 눈여겨 보지 않는 존재인 싸구려 화분처럼 그냥 내버려 두고 자연에 맡겨둘 때 비로소 "천사 날개 같은 꽃을 피"우고 자신의 아름다움을 보여준다. 인간의 삶도 이와 다르지 않다는 것이 시인의 생각이다. 자연의 흐름에 삶을 맡길 때 삶의 고통도 소외도 수많은 갈등도 극복하고 스스로의 잠재력을 발휘할 수 있다는 생각을 시인은 하고 있다.

이렇듯 자연의 삶을 받아들이고 자연의 언어를 회복할 때, 시는 우리를 치유하는 오래된 그 기능을 회복하게 된다. 다음 시가 그것을 아주 잘 보여준다.

> 참 이상하네요
> 어른이 죽으면 돌아가셨다 하고
> 아이가 죽으면 그냥 죽었다 하잖아요?
>
> …(중략)…
> 돌아갈 곳이 있다는 건
> 얼마나 따뜻한가요?
> 저녁이 되면
> 불 켜진 집으로 돌아가잖아요
> 그곳엔 어머니의 된장국이 있고
> 따뜻한 아랫목도 있고요
> 마르지 않는 샘물도 있어요
>
> 잘 돌아가셨다는 소릴 들으려면
> 더 열심히 살아야겠어요
>
> 그 말
> 언제부턴가 마음을 참 편하게 해 주네요
>
> -「돌아가셨다는 말」 부분

죽음은 인간이 겪어야 할 가장 큰 고통이고 또한 공포이다. 나의 죽음뿐만 아니라 가까운 사람의 죽음, 또는 나와 관계없지만 같은 사회에서 살고 있는 모르는 타인의 죽음을 대면하더라도 이 슬픔과 공포를 피하기 쉽지 않다. 시인은 그것을 말을 통해 극복하고자 한다. "돌아가셨다는" 말로 그 죽음을 표현할 때 죽음을 편하게 받아들일 수 있게 되기도 하고, 잘 돌아가기 위해 잘 살아야겠다는 성찰과 반성을 하게 되기도 한다. 이렇듯 말은 주문이 되고 우리를 치유하는 기도가 되어 죽음마저도 극복할 수 있는 어떤 힘을 선사한다. 이순희 시인이 쓰고자 하는 시가 바로 이런 것이라는 사실을 우리는 쉽게 짐작할 수 있다.

그런데 돌아간다는 것은 어디로 가는 것일까? 그것은 곧 자신을 낳은 어머니에게 돌아가는 것이고 모든 존재의 근원인 자연으로 돌아가는 것이다. "된장국", "따뜻한 아랫목", "마르지 않는 샘물"은 이 자연이 우리에게 베풀어주는 온갖 혜택에 대한 비유이다. 생명을 만들고 키우고 그것을 보호하는 영원한 모성으로서의 자연을 시인은 이런 생활 감각적 언어로 표현한 것이다. 그러므로 "돌아가셨다는 말"은 이 자연의 품을 받아들이고 그곳에 안주할 수 있는 어떤 정신적인 경지를 말해주는 단어이다. 죽음에 대한 단순한 완곡어가 아니라 우리의 생각과 감수성을 바꿀 수 있는 마력의 단어이기도 한 것이다. 시의 힘이 바로 이런 것이다.

하지만 이 자연의 부름에 순응한다는 것은 그리 쉬운 일은 아니다. 다음 시를 보면 아직은 벗어날 수 없는 시인의 슬픔과 공포를 엿볼 수 있다.

> 장수시대 백세시대를 맞아
> 간이역 대합실처럼 이곳은 넘쳐난다

…(중략)…

그들은 이제 집으로 가지 못한다
스스로는 아무것도 못한다
숨만 겨우 붙어 있다
그 숨 모질고 모질어
아무도 끊어내질 못한다
죽음의 기차가 와서 태우고 가는 날만 기다릴 뿐이다

잠시 들렸다 나오는 요양원 현관엔
주인 모를 신발이 가득하다
죽음의 기차엔 신발을 신고 타지 않는데도 말이다

기차가 빨리 도착하여
그들을 영원한 안식의 집으로 데려다주기를 바라면서
나는
신발을 찾아 신었다

–「대기실」 부분

시인은 요양원을 죽음으로 가는 대기실로 비유하고 있다. 그곳은 노년을 돌보는 곳이라기보다는 죽음을 기다리는 곳에 더 가깝기 때문이다. 시인은 그것을 "죽음의 기차가 와서 태우고 가는 날만 기다릴 뿐이다"라고 비극적인 언어로 실감 나게 표현하고 있다. 그리고 곧이어 "주인 모를 신발이 가득하다/ 죽음의 기차엔 신발을 신고 타지 않는데도 말이다"라고 하여 이 죽음을 쉽게 받아들이지 못한 주저와 삶에 대한 헛된 집착을 고통스럽게 보여주고 있다. 자연으로서의 죽음을 받아들이고 그것에 순응할 때 우리는 정신적 위안과 치유를 경험할 수 있겠지만, 그러한 상태에 도달하는 것이 결코 쉽지 않다는 것을 이 구절은 말해주고 있다. 시인 역시 "신발을 찾아 신"는 것으로 이 죽음의 공포에서 벗어나고 싶어 한다.

이런 솔직함이 이순희 시인의 특징이고 또한 큰 장점이다. 사실 위안과 치유로서의 시를 쓴다는 것은 긍정적인 언어들을 나열하면 쉬운 일이다. 하지만 그런 위안과 치유는 뻔한 상투적인 수준을 넘어서기 힘들다. 이순희 시인은 위안과 치유를 말하면서도 그것이 가질 수 있는 현실적 어려움마저 같이 생각하는 양면성, 즉 아이러니를 보여준다. 그러면서 훨씬 큰 설득력을 보여주면서 읽는 이를 감응시킨다. 슬픔과 고통을 망각하거나 무시하는 것으로 위안을 얻는 것이 아니라 그것들을 받아들이고 그 슬픔과 고통의 근원인 자연의 삶을 함께 생각해 주는 이순희 시인의 시들이야말로 진정한 위안의 시이고 좀 더 근원적인 해결을 도모하는 치유의 시이다.

15. 벗어나기와 사라지기

— 김성희 시인의 시들

시인들은 왜 시를 써야 할까? 돈도 명예에도 크게 도움이 되지 않는 시 쓰기의 고통을 감내해야 하는 이유는 무엇일까? 좋은 말로 사람들을 감동시켜 올바른 길로 인도하는 가르침을 주는 것은 시인이 시를 써야 할 이유가 아니다. 그런 것을 위해서라면 인류의 스승인 성인들이 이미 큰 가르침을 남긴 바 있다. 성경 등을 통해 그들의 말을 들으면 될 일이다. 또한, 사람들에게 우리가 사는 현실을 그대로 실감 나게 보여주는 것, 역시 시가 있어야 할 이유가 되지 못한다. 그런 것이라면 르포나 소설 같은 시보다 훨씬 더 효과적인 글쓰기 형식이 존재한다.

그렇다면 시를 왜 쓰는 것일까? 많은 설명을 건너뛰고 간단히 얘기하자면 그것은 벗어나기 위해서이다. 현실을 벗어나 더 나은 세계를 꿈꾸기 위해서, 지금 우리가 사는 이 속악한 세상의 허위와 권태와 슬픔 그리고 그런 것을 강요하는 현실의 억압으로부터 벗어나기 위해 시인들은 새로운 언어를 만들고 그 언어로 세우는 새로운 세상을 상상한다.

김성희 시인의 시들은 이런 시의 의미를 다시 생각하게 만든다.

집은 길 위에 있었다
길 위에 집들은 유행을 모르는 청바지같이
내내 구름과 바람에 지붕이 바랜 푸른 먼 곳

…(중략)…

길 위에 집들이 멀리 가는 바람을 클릭하면
사방의 소식들이 천적으로 날아들고
지붕은 비스듬한 모래언덕
기우는 중심에서 벽은 달아나고 있었지
그 지붕 아래의 방에서 나는 태어났고
햇볕에 기댄 낡은 벽을 보며 몽상가로 자라났지

집은 길 위에서 길이 되기 위해 바깥을 비추었다
문 안팎은 보잘것없는 풍경
풍경을 삼킨 위장은 여백이었다
먹을 갈아서 흰 가난을 쓰던 아버지는 금세 검게 물들었고
다행히 먹 향기에 서식하는 활자들이
내 눈동자에 스며들었고 옛집의 햇볕에는 추억이 오래 머물렀지

– 옛집, 「옛날의 나는」 부분

시인은 자신이 살던 옛집을 "길 위에 있는 집"으로 기억하고 있다. 집이 길 위에 있다는 것은 집이 안식이나 정주의 공간이 아니라 떠나기 위한 곳, 벗어나야 할 곳으로 기억된다는 것이다. 그런 집에서 태어난 시인은 상상을 통해서만 그 집을 벗어날 수밖에 없기에 몽상가로 자라 결국 시인이 되었다. "문 안팎은 보잘것없는 풍경/ 풍경을 삼킨 위장은 여백이었다"라는 표현에서는 시인이 살았던 현실이 얼마나

남루하고 황폐한 것이었나를 떠올리게 한다. 하지만 그 풍경을 채우는 것은 "먹을 갈아 흰 가난을 쓰던 아버지"의 모습이다. 그것은 예술을 통해서라도 이 현실을 견디거나 벗어나고자 했던 한 가난한 예술가의 초상이기도 하고 지금 시를 쓰는 시인 자신을 있게 한 또 다른 자아이기도 하다.

시인이 현실에서 벗어나고자 하는 것은 현실에 들어있는 어쩔 수 없는 비극성 때문이다. 다음 시가 그것을 말해준다.

> 지폐에서 겨우 한 발짝 뗀 걸음은
> 가벼워지지 못하고 바스라졌다
> 고리오 선생에서 고리오 영감이 되어
> 팔려고 내놓아도 팔리지 않는 이름이 되었다
>
> 슬픔을 천착하는 생의 깊이에는
> 영원한 술래로 남은 노인의 한적한 신분이
> 인간 희극성에 부딪혀 산산이 깨지고 말았다
>
> –「구름에 떠도는 흰 잠」 부분

발자크의 소설 『고리오 영감』을 읽고 쓴 시이다. 고리오 영감은 부성애를 실천하다 결국 비참하게 죽는 인물이다. 그를 죽게 한 것은 당시의 속악한 부르주아 사회의 속물성이다. 돈과 권력과 지위를 탐내기 위해 가족에 대한 사랑까지도 이용하고 한 사람을 비참한 죽음으로까지 몰고 간 현실은 사실 우리가 사는 사회의 한 단면이다. 이러한 사회 속에서 한 개인은 자신이 믿는 모든 가치가 "산산이 깨지고 마"는 현실을 경험한다.

그러므로 이러한 현실의 삶에서 벗어난다는 것은 어려운 일이다.

울 수도 있고 웃을 수도 있는 모서리에 앉아
맑은 하늘에서 표정이 바뀌는 구름을 봅니다

…(중략)…

나와 나 사이에서 빛나는 물질
투명하지만 만질 수 있습니다
바닥과 천장 사이 공허를 쓰다듬는 햇살처럼
이해 불가능한 것을 이해하는 내면으로
더 많은 결핍에 파고드는 헛된 나는
유리 안에서 헛되이 유리 바깥을 꿈꾸며
은폐를 개진하는 작고 소소한 반짝임을 서술하죠

여기가 아닌 저기
지금보다 먼 내일을
관념보다 초록의 잎으로
넝쿨로 웃자라는 속도가 성실하면
천장은 거기에 없는 거겠죠

—「유리 천장」 전문

시인은 자신이 처한 위치가 유리로 막힌 온실 안이라고 생각한다. 보호받고 있지만, 더 높이 자라 벗어날 수 없는 곳, 천장 밖의 세상이 훤히 존재하지만, 유리 천장이 나를 완벽히 가두고 있어 나는 "헛되이 유리 바깥을 꿈꾸며" 살 수밖에 없다. 하지만 시인은 "은폐를 개진하는 작고 소소한 반짝임을 서술하"는 것으로 이 구속에 저항한다. 그리하여 "관념보다 초록의 잎"이라는 구체성의 생생한 시어의 힘으로 또

한 “넝쿨로 웃자라는 속도”라는 시적 초월의 힘으로 “천장이 거기에 없는” 것이라는 상상의 승리를 경험한다. 불가능한 것을 가능하게 만드는 이 시의 벗어나기가 현실에서는 이루어 질 수 없긴 하지만, 결국은 이런 노력들이 “지금보다 먼 내일”까지 이어질 때 유리 천장을 없애는 힘으로 작용한다고 시인은 믿고 있다.

사실 “유리 천장”은 흔히 성차별을 지적하는 용어로 사용된다. 여자라는 이유만으로 승진의 기회가 박탈된 우리 사회의 구조적 문제나 문화를 비판할 때 주로 쓰는 말이다. 이러한 유리 천장도 지금은 많이 사라지고 있다. 그것을 점차 사라지고 있는 것은 유리 밖의 하늘을 보고 끝없이 줄기와 가지를 키우는 수많은 여성들의 꿈이 있어 가능했을 것이다. 시인 역시 유리 천장을 뚫고 이 현실의 억압을 벗어나기 위해 오늘도 시를 쓰는 것이리라.

하지만 이러한 상상으로도 벗어날 수 없는 현실이 존재하기도 한다. 그럴 때 시인은 이 현실에서 사라져 스스로 자신을 지우는 방식으로 저항한다.

토요일 아침은 길쭉하다
소파 위에 길게 누운 햇살은
멈춘 시계추의 평화를 과장한다
과장된 평화는 게으른 늦잠의 바다에서 출렁인다

…(중략)…

토요일은 점점 더 길쭉해지고 타인은 더욱더 뾰족해진 유배지
관계의 테두리 밖에서 존재를 백지화하는 공간이다
누구나 외로울 땐

블랙 스완의 날갯짓 같은 커피의 소실점까지
노래로 흘러가서 혼자에 다정한 마침표를 찍는다

–「혼자 마시는 커피를 노래라고 한다면」 부분

토요일은 사회적 자아를 잠시 잊어버리는 날이다. 여러 사회적 관계 속에서 해야 할 모든 일들을 내려놓고 "과장된 평화"와 "게으른 늦잠"을 잘 수 있는 시간이다. 시인은 이것을 "관계의 테두리 밖에서 존재를 백지화하는 공간"이라는 친절한 설명으로 우리에게 얘기해 주고 있다. 그리고 "블랙 스완"을 떠올리는 커피의 검은 색으로 모든 것을 지우고 마침표를 찍으며 철저히 자신을 사라지게 하고 싶어 한다. 여기서 사라진다는 것은 본질적인 자아를 찾고 싶어 사회적으로 규정된 외적인 자아를 지우는 일이다. 사회가 요구하는 일을 하지 않고 사회적 관계 속에서 의례적으로 해야 할 많은 의무들을 방기할 때 내게 지워진 많은 허위와 구속이 사라진다는 것을 시인은 깨닫고 있고, 그것을 느끼는 이 토요일의 커피 한 잔을 소실점까지 연장하고 싶어 한다. 그렇게 함으로써 세상을 바꾸거나 세상으로부터 완벽히 벗어나 탈주할 수는 없지만, 세상이 나에게 강요하는 억압의 굴레에 저항할 수 있다고 시인은 생각한다.

다음 시는 앞서 설명한 벗어나기와 사라지기로서 해석되는 김성희 시인의 시적 경향과 태도를 함축적으로 잘 보여주고 있다.

바람의 검은 부분과 흰 부분을 커튼 뒤에 묶어놓고
찻물이 끓는 난롯가의 뜨거움에 도달해야 한다면
서늘한 시간의 웅덩이에서 나온 물고기같이
때 없이 흔들리는 유리창 밖의 모퉁이까지
슬픔의 비늘이 환한 몸의 감각을 뚫고 나가야 한다

그러므로 영화가 끝나고도 심장이 뜨거워지는 엔딩 크레딧
나의 끝과 맞닿은 어떤 처음은 하나의 시작점
피가 뜨거워지도록 바람에 끓어올라야 할 것이다
어쩌면 얼음에 완전히 녹아버려야 옳을 것이다

-「에필로그」 부분

“슬픔의 비늘이 환한 몸의 감각을 뚫고 나가야 한다”는 말은 시인의 투명한 감각을 통해서 현실에 드리워진 억압의 유리벽을 지나 현실의 본질을 꿰뚫어 봐야 한다는 뜻이다. 유리벽 안의 현실에 만족하는 삶이 아니라 현실을 너머에 있는 또 다른 세계를 그려낼 수 있는 시인의 상상력만이 그러한 해방을 가능하게 한다.

그리고 그것은 완전히 자신을 소진하여 소멸시킬 때에 비로소 완성되는 것이라는 비극적 인식과 함께 오는 것이기도 하다. “피가 뜨거워지도록 바람에 끓어 올라야” 하고 “얼음에 완전히 녹아버려야 옳을 것이”기에 시인은 애써 자신을 지워가면서 시를 쓴다. 벗어나거나 사라지거나, 그것이 시인이 운명이다.

16. 없는 것들을 위하여

— 정준규 시인의 시들

미국의 철학자 에리히 프롬은 자신의 저서 『소유냐 존재냐』에서 인간의 삶을 소유 양식과 존재 양식으로 나누고 자본주의가 요구하는 소유 양식을 지양하고 존재 양식으로서의 삶을 회복하기를 권유했다. 하지만 그의 권유와는 달리 우리의 삶은 더욱더 강고하게 소유의 양식으로 굳어지고 있다. 고도의 자본주의하에서 모든 존재는 소유되어야 할 상품이고 소유하는 것만이 존재의 의미가 되는 그런 시대에 살고 있다고 해도 과언은 아니다. 다시 말해 존재 자체가 소유되는 시대에 살고 있어 "소유냐 존재냐?" 하는 질문이 더 이상 의미가 없어진 시대에 우리가 살고 있다는 것이다.

정준규 시인의 시는 이런 시대에 대한 시인 나름의 대응을 보여준다. 먼저, 그의 시는 존재 자체에 대한 근본적 질문을 던지고 있다.

> 그곳에는
> 나도 없고
> 세상도 없고
> 우주도 없다

잠에서 깨면
인화지에 번지듯
서서히 복원되는
분별의 제국

이 현상계에서
나는 또
꿈속의 꿈을
꿈꾸고 있다

—「미혹」 부분

시인은 우리 인식의 미혹을 생각하고 있다. 세상의 모든 존재는 인식이 만들어 놓은 미혹의 존재라는 생각이다. 그러므로 우리가 사는 "현상계"는 꿈속의 꿈을 꾸는 것이라는 말이다. 애초에 없는 것을 우리는 살고 있고, 없는 존재가 없는 것을 생각하며 사는 것이 지금의 현상계라는 것이다. 그렇다면 근원적인 존재는 이 없다는 사실만이 아닐까 생각할 수 있다.

시인은 이런 생각을 다음 시에서는 좀 더 비유적으로 보여주고 있다.

휑한
저 눈 속에
풍경이 흐르고 있다

저 속에
잠시 머물다 떠난
절망과 비애

누추함과 욕망 같은 부스러기들
혹은

봄 햇살처럼
잠깐 들렸던
희망이니 행복이니 기쁨 같은
생각 나부랭이들

지하에서도
버리지 못한
저 단단한 관념 덩어리

쇄골을 하고 나니
이제
모든 상이 사라졌다

텅 빈 허공에
생의
흔적조차 가뿐하다

— 「이장」 전문

시인은 이장을 하기 위해 유골을 꺼내 바라보고 있다. 그 유골을 "단단한 관념 덩어리"라고 표현하고 있다. 눈앞에 실재하는 구체적인 사물이 왜 관념 덩어리일까? 우리가 부여한 모든 관념적 의미가 거기에 들어가 있고 우리는 그 유골을 그것을 통해 바라보고 있기 때문이다. 그것을 파내고 이장하고 한다는 것 자체가 사실은 모두 관념이 강요하는 행위일 것이다. 시인은 그 유골을 화장하고 쇄골하는 것으로 그 관념을 지운다. 그럴 때 "텅 빈 허공"처럼 세상을 무의 경지에서 바라볼 수 있고 진정한 "생의 흔적"인 존재의 의미를 깨닫게 된다. 존재는 존재가 없는 무를 통해서만 인식할 수 있다는 아이러니를 시인은 우리에게 보여주고 있다.

다음의 재미있는 시는 좀 더 신선한 발상을 보여주고 있다.

> 내가 개를 본다
> 개도 무심히 나를 본다
>
> 개가 바라보는 세상
> 내게 드러나는 세상
>
> 서로가 보고
> 서로가 듣고
> 서로가 느끼고
>
> 개에게도 佛性이 있나요
> 내가 묻는다
>
> 늙은 개가
> 입가에
> 미소를 머금고
>
> 살며시
> 꼬리를 흔들어
> 보인다
>
> —「무」 전문

시는 개가 가진 "무심"이 곧 "불성"이라고 말하고 있다. 한 존재와 한 존재가 서로를 보고 듣고 느끼는 그 순간 그것이 "무"라는 경지라고 시인은 우리에게 알려주고 있다. 그것은 존재도 소유도 없는 것이고 둘 사이의 무용하고 무익하고 의미 없는 관계만이 있을 뿐이다. 시인은 이 "의미 없음"이 바로 "무"임을 얘기하고 싶은 것이다. 거기에 의미를 부여하는 순간 존재들 사이에 소유가 발생하고 그에 따른 위계가 만들어지고 권력이 형성된다. 시인은 이 모든 것을 떠난 나와 개 사이의 아름다운 한순간을 포착하고 있다.

시인은 이러한 생각을 통해 역사적 인물마저 새로운 시각으로 바라보고 있다.

떠밀어다오
이 아스라한 성벽의 끝에서
저 푸르디푸른
남강의 물결 마디
후미진 주름 어디
다시는 영영
떠오르지 않게

…(중략)…

이제는 놓아다오
차라리 자결하지 못한
이 회한을
더는 조롱하지 말고
남강의
푸른 물살 위에

가만히 놓아다오
그만 놓아다오
나를

―「진주성 전투」 부분

시인은 진주성 전투에서 죽은 진주목사 서예원을 추모하고 있다. 그런데 시인은 그에게 부여된 충절이니 애국이니 하는 가치를 크게 생각하지 않는다. 아니 그보다는 그러한 가치가 그의 삶과 죽음을 모두 얽어매는 구속이라고 여긴다. 그래서 그것들로부터 자신을 놓아달라는 진주목사의 목소리를 시인은 대신하고 있다. 그에게 부여된 관념보다는 푸른 남강을 바라보며 싸우다 죽은 그의 사라짐 자체가 의미 있는 것이고 아름다운 것임을 시인은 우리에게 강변하고 있다. 한 인간의 삶과 죽음에 의미를 부여하는 것은 그 존재를 부정하는 것임을 시인은 우리에게 말해주고 있다.

정준규 시인에게 존재도 소유도 다 무의미한 것이다. 그런 것이 없는 무의 세계만이 그가 도달하고자 하는 완전한 세계라고 할 수 있다. 그것은 없는 것들을 찾아가는 아이러니한 경지이기도 하다. 그 경지는 어떻게 도달할 수 있을까? 다음 시가 그것을 잘 말해준다.

숨은
고민하지 않아도
저절로
쉬어지네

눈만 뜨면
노력하지 않아도

세상은
저절로 나타나고

온갖 소리들
아무런 경계 없이
저절로 들려오고
저절로 사라지네

애쓰지 않아도
세상은 저절로 굴러가고
나 또한 저절로 흘러가네

꿈속의 산하대지
저절로 피어났다
저절로 저물어 가네

―「저절로」 전문

아무것도 의식하거나 의도하지 않고 내버려 두는 경지 그리하여 모든 것이 "저절로" 흘러가서 이루어지는 경지 그것이 시인이 꿈꾸는 세계이고 그의 시가 지향하는 시적 언어의 경지이다. 화려한 시적 수사도, 비유의 모호함도, 난해한 사유의 전개도 없이 직설적으로 발화한 이 시의 단순함은 바로 이 '저절로' 경지의 시적 표현이 아닐까 한다.

17. 생각의 재탄생

— 김금용 시인의 최근 시들

생각 즉 합리적 사고는 인간이 가진 가장 강력한 도구이다. 현생 인류가 호모사피엔스라고 불리는 것은 이 이유 때문이다. 인간은 이 생각을 통해 열악한 신체 조건을 극복하고 자연의 지배자가 되었고, 문명과 문화를 발전시켜 결국 지금 우리가 사는 이 휘황한 세상을 만들어 냈다. 생각의 탄생이 곧 인간의 탄생인 이유가 여기에 있다.

하지만 최근 들어 이 생각을 가지고 살기가 힘들어졌다. 아니 그보다는 생각이 필요 없는 시대가 도래했다고 해도 과언이 아니다. 기억이나 연산 등 생각의 기본이 되는 두뇌 활동은 온갖 IT기기들이 대신해주고 우리는 거기에 반응만 하면 되는 것이다. 특별히 지적인 작업을 하지 않는 한 아무런 생각 없이 살아도 별 상관이 없다. 문화나 예술 역시 이런 시대적 변화에 부응하여 합리적 사고보다는 열정과 욕망을 강화하는 쪽으로 변화하고 있다. 절제나 배려, 이해와 같은 이성적 가치보다는 소비와 욕망 거기에 따른 개인의 취향이나 팬덤 같은 호오의 구별이 더 중요한 것이 되어가고 있다. 이 극단에서 우리는 증오와 배제의 문화를 만나게 된다.

최근 전 세계를 휩쓴 코로나 팬더믹은 이런 시대를 반성하는 계기를 만들어주고 있다. 욕망의 실현을 강제로 차단당하면서 우리가 기존에 살아왔던 방식이 과연 바람직했던 것인가를 다시 생각하게 만들고 있다. 어쩌면 코로나는 우리의 생각을 재탄생하게 해주는 기회인지도 모른다. 김금용 시인의 최근 생각에 관한 시들은 바로 이런 인식으로 쓰여진 것 같다.

> 포크레인이 무덤을 부순다
> 흙이 순식간에 퍼 올려지고
> 탈관하자 살과 구별 없이 까맣게 엉킨
> 어깨뼈 정강이뼈가 올라온다
> 키켈의 편지를 노래하는 소프라노 성악가의 허밍처럼
> 소리는 있되 언어를 벗어난 외침이 바람을 타고 출렁인다
> 무덤가의 햇살과 나뭇잎들도 흐미를 내뱉는다
>
> 죽음은 가벼워
>
> …(중략)…
>
> 눈이 오는 한 계절이 지나도록
> 내 어깨를 누르는 무거운 돌맹이
> 떠난 이들은 냄새도 자취도 없는데
> 푸른 이끼가 나올까 말까
>
> 죽음이 생보다 진짜 가벼울까
>
> ―「가벼워서, 가볍지 않은 생각」 부분

'모멘토 모리'라는 말이 있다. 항상 죽음을 생각하라는 말이다. 하지만 우리는 모두 영원히 살 것처럼 행동하며 살아간다. 욕망을 끊임없

이 확대해서 충족하려 하고 모든 욕망 충족 수단을 모으고 늘려서 그것으로 자신의 삶도 확대된다고 착각한다. 그런데 그 욕망의 부피만큼 삶의 무게도 우리를 짓누른다.

시인은 이장하기 위해 파헤친 무덤과 거기에서 나온 유골을 보고 있다. 자연으로 돌아가고 있는 유골을 보면서 시인은 바람과 햇살과 나뭇잎과 같은 자연물들이 함께 "허밍처럼" 몽고의 초원에서 들려오는 "흐미를 내뱉는다"고 느낀다. 죽음이 삶의 무게를 털고 가벼워지고 있는 것 같은 순간이다. 하지만 시인은 정말 죽음이 가벼울까, 라는 의문을 가진다. 죽음까지 가게 된 시간의 깊이와 그 시간을 통해 겪은 삶의 무게를 쉽게 지우지 못하기 때문이다. 보기에는 가벼워진 죽음의 모습을 보고도 "한 계절이 지나도록/ 내 어깨를 누르는 무거운 돌맹이"라는 감각적인 표현이 이를 잘 보여준다. 시인은 이런 사유를 통해 삶도 죽음도 가볍게 여길 수 없는 어떤 엄숙함이 있다는 사실을 다시 한번 상기시킨다. 우리는 이 삶을 정말 진지하게 성찰하면서 살고 있는가 하는 질문을 던지고 있다.

삶의 엄숙함은 다음 시에서는 좀 더 구체적으로 표현되고 있다.

> 개똥벌레 수놈이 영상 4,50도 모래사막에서도 똥덩이 하나를 열심히 굴리고 있다 바위로 오르다 떨어지고 다시 45도 경사진 비탈길을 모래 스케이트 타면서도 제 몸보다 더 커진 똥덩이를 굴리며 나간다 이 똥덩이 하나면 짝을 찾고 새끼를 낳고 소중한 둥지가 되리라. 경건하게 열하의 사막을 뜨겁게 나아간다
>
> …(중략)…남편의 장례를 치르고도 밤늦도록 생선을 파는 순천댁 얼어붙은 동태를 두들기며 칼을 내리칠 때면 일곱 딸들의 어미가 맞다 하루하루가 발밑 투명한 언 강의 살얼음판이지만 동굴을 지키는 어미의 얼굴엔

둥글게 세상을 껴안는 결기가 빛난다 생선 비린내에도 불구하고 뭇 남정
네들 눈엔 흰 눈 맞은 매화꽃인 순천댁, 오늘도 도마 위에서 식칼을 간다

–「시지프스 생각」 부분

자식을 키우기 위해 똥덩이를 굴리고 있는 개똥벌레를 보고 시인은 바위를 굴리고 있는 시지프스를 생각한다. 그리고 더 나아가 시장통에서 생선을 팔고 있는 "순천댁"을 떠올린다. 모두 무거운 짐을 옮길 수밖에 없는 운명에 구속된 존재들이다. 하지만 이 행위 속에서 "열하의 사막을 뜨겁게 나아"가는 경건함을 보여주고 "둥글게 세상을 껴안는 결기를 빛"낸다.

우리의 삶이 아름답거나 소중한 것은 삶에서 추구하는 욕망이나 그로 인한 쾌락이 아니라, 고통을 인내하고 감내하면서 또 다른 생명을 지켜가는 고귀한 노동의 실천 때문이라고 시인은 우리에게 말하고 있다. 그 노동이 주는 고통과 무게를 생각하는 것, 이것이야말로 인간적인 것이고 이런 생각이 우리의 삶을 결국 풍요롭게 만들고 있다고 시인은 믿는다.

이런 진지한 생각을 하게 되면 작고 보잘것없고 하찮은 가벼운 것들마저 제 나름의 무게를 가지게 된다.

너는 어디서 소리치는 거니
땅 위로 올라서는 계단이라도 찾았니
장막을 뚫고 발 구르며 팔 흔드는 게 너였니
…(중략)…

산은 산인 채
개울은 개울인 채

무심히 지켜보는 하늘 아래서도
갓 나온 알들은 쉬지 않고 뒤척이는 걸
봄바람이 머리를 한 대 쥐어박아도
얼굴 내미는 당찬 풀씨 소동
생각이 키운 독기가
러닝셔츠 바람에도 주먹을 쥔다

―「풀씨 생각」 부분

바람에 날아다니는 풀씨는 보이지도 또 들리지도 않는 존재이다. 가볍고 미미하고 나약하기까지 한 이 풀씨를 보면서 시인은 그 작은 것에 들어있는 어떤 힘과 무게와 "독기"를 간파해낸다. 세상은 이 작고 희미한 그렇지만 강력한 생명의 힘을 "산은 산인 채/ 개울은 개울인 채"라고 하며 무심하게 지나치고 만다. 그리고 그런 관조와 초월적인 태도가 이 진지한 삶의 태도를 무시해오지 않았을까 되돌아본다.

그런데 여기서 중요한 것은 이 풀씨의 생명력을 보면서 시인은 "생각이 키운 독기"를 품게 되었다는 점이다. 생각은 이성적 사고나 수학적 계산이나 과학적 합리성만을 의미하는 것이 아니라 하찮은 삶의 모습을 무시하지 않고 그것을 파악해내는 이해와 배려를 의미하는 것이기도 하다는 점을 이 구절에서 우리는 느낄 수 있다. 시인은 이런 깨달음을 "독기"라고 표현하며 그것을 잃지 않기 위해 다시 한번 결기의 주먹을 쥐어보는 것이다.

하지만 생각을 생각한다는 것이 쉽지 않은 일이다. 다음 시는 그 어려움을 얘기하고 있다.

생각이란 놈을 생각하면 잠이 달아난다 잡아보려고 밤새 씨름해 볼라치면 번번이 내가 진다 오른발로 버티고 서서 그놈의 옆구리를 잡아당겨 엎

어치기를 시도해보지만, 눈 코 입 없이 동그란 게 손발까지 땅에 붙어서
잡을 곳을 찾지 못한 채 빙글빙글 돌다 나뒹굴게 된다

—「생각이란 생각」 부분

생각을 한다는 것은 어려운 일이다. 왜냐하면 그것은 나의 존재를 끊임없이 확대해 가는 과정이기 때문이다. 생각이 없는 사람들이 오직 자신의 욕망에만 충실해서 남의 이목이나 사회적 관계를 무시하는 것을 보면 이점을 알 수 있다. 그런데 나를 확장하는 과정에서 우리는 길을 잃고 헤매다가 포기하기 마련이다. 그것을 포기하지 않고 끝까지 밀어붙여 어떤 곳에 도달한 사람들을 우리는 위대한 사상가라고 칭한다.

시인 역시 생각을 붙잡고자 하지만 그 생각은 계속 자신을 벗어난다. 결국 시인은 이 생각에 골몰하는 게 귀신들리는 일과 다르지 않다고 느낀다.

예전부터 어르신들이 밤엔 나가지 말아라 이르더니 숨겨진 이유가 있었다 일찌감치 저들 부르는 소리에 이끌려 마당가를 서성이다 머리가 쭈뼛 서는 생각귀신과 부딪쳤으리라 열사흘 꼬박 끌려다녔으리라 오늘 밤 잠자기 다 틀렸다 혼자 싸운다는 게 제일 어렵다

—「생각이란 생각」 부분

생각을 생각하다 결국에 거기에 이끌려 자신을 잃어버리는 행위, 어쩌면 그것은 시 쓰는 것과 다르지 않다. 어떤 사유의 끝을 붙잡고 밤새 "혼자 싸운다는" 제일 어려운 일을 하는 것이다. 시는 흔히 감성으로 쓰는 것이라 말한다. 위대한 영국의 시인 워즈워스는 감정이 흘러넘쳐 시가 되어 나오는 것이라 말하기도 했다. 하지만 생각이 깔리지 않

는 감정은 그 방향을 잃고 감상으로 떨어져 버린다. 시인이 풍부한 어휘력, 티 없이 진솔한 감정, 예민한 감각을 가지고 있다고 하더라도 그것을 삶에 대한 진지하고 깊이 있는 사유로 엮어내지 못한다면 그것은 한갓 언어유희에 그칠 것이라는 점은 분명하다. 시인이 생각의 끝을 잡기 위해 불면의 밤을 보내는 것은 바로 이런 이유 때문이다.

다음 시는 이런 과정을 통해 만들어진 깊은 사유의 시의 모습을 감자의 비유를 통해 보여주고 있다.

> 사는 것 자체가 고통이라지만
> 내일은 다시 걷기 좋은 날
> 제 안의 물기를 거둬 싹을 품어내는
> 모진 어미감자 품에서
> 보랏빛 감자꽃 한 송이 문득 피어날지
> 누가 알랴
>
> —「감자 생각」 부분

감자는 화초가 아닌 식량을 위한 작물이다. 꽃을 보기 위해 감자를 기르는 사람은 거의 없다. 여문 구근을 얻어 우리의 일용할 양식으로 하기 위해 감자를 키운다. 어찌 보면 감자 안에는 우리의 삶이 고스란히 들어 있다. 그것을 재배하기 위한 노동과 그것을 먹고살아야만 하는 가난한 삶을 연상시킨다. 예술작품에 등장하는 감자의 내포적 의미들이 그런 것이다. 그런 감자에게 꽃은 잉여적인 존재이다. 하지만 보랏빛으로 핀 감자꽃은 아름답다. 감자꽃은 아무 데도 소용될 수 없지만, 이 무용한 아름다움이 우리의 삶을 풍부하게 해 준다. 시가 바로 그런 것이다.

18. 세상의 속마음을 들여다보다
— 신미균 시인의 시들

신미균 시인은 웃기면서도 슬픈 블랙코미디 같은 시를 자주 쓴다. 몇 해 전에 펴낸 그의 시집 『길다란 목을 가진 저녁』에 실린 시들이 이런 그의 시의 특징을 아주 잘 보여준다. 유쾌한 언어 이면에 감춰진, 세상을 바라보는 통렬한 그의 시선은 독자들에게 충격을 안겨준다. 즐겁지만 불편하고 가볍지만 무거운 그의 시편들을 읽다 보면 내 자신의 이기적 욕망과 비겁함에 얼굴이 붉혀진다.

그런데 최근 발표한 그의 시들에는 웃음기가 걷혀있다. 현실의 어둠과 그 배후에 자리 잡은 인간의 이기심을 좀 더 신랄한 어조로 들춰내서 읽는 우리를 부끄럽게 만든다. 우리는 항상 입으로는 공동체와 함께 사는 사회를 말하지만 다른 사람들의 삶과 고통을 돌아보지 않는다. 아니 어쩌면 그들의 고통 속에서 우리는 매일의 삶의 행복과 평온을 구하고 있는지 모른다. 택배 노동자들의 죽음은 이렇게 생겨난 것이다.

담벼락에 말리려고 기대 놓은
가죽 샌들을 본다

내 발 가죽을 보호하기 위해
남의 등가죽을 빌렸던 거다

땀에 젖은 네가 토해 놓은
비릿한 숨소리가

낡아 갈라진 틈 사이사이
박혀있다

미안하다
너한테 묵념 한 번 못 해줘서

—「가죽 샌들」 전문

이 시에서 "가죽 샌들"은 하청업체에서 파견되어 발전소에서 일하다 죽은 김용균이며 하루 15시간 노동으로 숨진 택배노동자들이다. 우리는 노동하는 그들의 등가죽을 빌려 우리의 안온한 일상을 유지하며 살고 있다. 마치 가장 낮은 곳에서 우리의 온몸의 무게를 견디며 나를 지탱해준 "가죽 샌들"처럼 그들은 우리 사회의 저 낮은 곳에서 "땀에 젖은 네가 토해 놓은/ 비릿한 숨소리"를 내며 오늘도 정해진 분량의 과도한 노동을 해야 한다. 그럼에도 헌 가죽 샌들을 버리듯이 우리는 그들의 죽음에 눈 하나 깜짝하지 않고 또 우리의 일상을 보내고 있다. 시인의 눈은 가죽 샌들에 가 있지만 사실 그 시선은 우리 마음속 깊이까지 들어와 있다. 우리의 삶을 지탱해주고 있는 고통 받는 존재들에 대한 미안한 마음을 통해 이제까지 그들을 돌아보지 못한 나와 우리 모두의 부끄러움을 들춰내고 있다.

다음 시는 좀 더 신랄하게 사람들의 이기심을 지적하고 있다.

공원 풀밭 위 비둘기
한 마리
모이를 쪼아 먹다
가느다란 투명 비닐 끈에
두 발이 감겼다

…(중략)…

옆에 있는 비둘기들
…(중략)…
그 비둘기 옆을 빙빙 돌다
턱 밑에 있는 것까지
쪼아 먹다

더 이상 먹을 것이 없는지

모두 한꺼번에 다른 곳으로
풀썩, 날아가 버린다

–「서울」 부분

시인은 불행을 당한 한 마리의 비둘기를 보고 시를 썼다. 그러나 시의 제목은 조금은 생뚱맞게 "서울"이다. 한순간의 비둘기들의 모습이 서울이라는 곳의 대도시의 삶의 방식을 그대로 보여주고 있다고 생각했기 때문일 것이다. 꼼짝 못 하는 비둘기 덕분에 더 많은 먹이를 얻고 좋아하면서 그 불행한 비둘기에게는 안중도 없는 비둘기 떼처럼 서울이라는 거대 도시의 삶은 어쩌면 남의 희생 위에서 행복을 추구하며 사는 것인지도 모른다는 시인의 깨달음이다. 우리는 자신이 사는 곳의 아파트 가격이 올랐다고 좋아한다. 하지만 그것 때문에 오늘도 집을 구하지 못하고 월세를 전전해야 하는 누군가가 존재한다. 어쩌면 그들의 고통을 통해 나의 행복이 존재하는 것인지도 모른다.

우리는 도시를 형성하며 수많은 사람들과 함께 살고 있다. 도시에서 비둘기들이 떼지어 사는 것처럼 우리도 그렇게 모여 살고 있지만, 비둘기도 우리도 공동체를 이루며 살고 있는 것은 아니다. 구성원의 고통을 공동체가 방기한다면 그것은 공동체가 아니라 그냥 군집일 뿐이다. 우리 사회 역시 공동체의 가치는 사라지고 서로가 서로에 대한 이기적 욕망만이 존재하고 타인의 불행이 나의 행복이 되는 그런 사회가 되어 가고 있음을 이 시는 알레고리를 통해 우리에게 보여주고 있다.

이런 사회에서 사는 개인들은 자신의 속내를 감추어야 한다. 다음 시는 그런 인간의 마음을 비유적으로 보여준다.

정말
네 속을 모르겠다

깊은지
얕은지
썩었는지
깨끗한지

언뜻
푸른 하늘을
가슴에 품고 있는 것처럼

보였는데

작은 돌 하나
떨어뜨리자
시커멓게 불쑥 올라오는
너의
그 속을

—「우물」 전문

우리는 모두 우물처럼 자신의 속내를 감추어야 한다. 모두 위선자가 되어야 한다. 사회에서 요구하는 공동체의 가치관과 개인의 이기적 욕망이 상충하기 때문이다. 하지만 "작은 돌 하나/ 떨어뜨리"는 조그만 손해나 이익에는 너무도 민감하게 반응하여 자신의 속내를 들키고 만다. 시인은 우리의 이런 음흉한 이중성을 적나라하게 까발려 우리 마음속의 어둠을 들춰낸다. 시는 어쩌면 이렇게 돌멩이 하나 던져 숨겨진 우리의 나약함과 사악함을 까발리고 그것으로 인해 생기는 인간의 고통에 동참하고 그 피해자를 위로하는 것인지도 모른다. 다음 시에서 그것을 확인해 볼 수 있다.

코뿔소 한 마리가 죽자
사자들이 몰려들어
와그작와그작 뜯어 먹는다
…(중략)…
광란의 파티를 연다

더 이상 살이 남아있지 않은 곳에
곤충 떼들이 엥엥 새까맣게 붙었다

며칠 후

크고 작은 빈 뼈들 속에 바람이 들어가
경건한 노래를 한다
누군가의 한 끼를 위해 몸 바친 코뿔소를
위해

－「뮤지컬」 부분

불행하게 죽은 코뿔소 한 마리 때문에 사자부터 곤충들까지 모두가 즐거워하며 "광란의 파티"를 벌이고 있다. 하지만 시인이 말하고자 하는 핵심은 거기에 있지 않다. 그것은 시의 제목이 "뮤지컬"인 것에서 잘 드러난다. 시인이 얘기하고자 하는 것은 이 시의 마지막 연에 있다. 모든 파티가 끝나고 "뼈들 속에 바람이 들어가" 만드는 "경건한 노래"가 있어 그것이 뮤지컬을 이루고 있다. 그것은 코뿔소의 희생을 위로하는 제의가 된다. 어쩌면 예술이 그런 것이고 시가 그런 것이어야 함을 시인은 말하고 싶었던 것일 거다.

신미균 시인은 그러면서도 자신의 장기인 유머를 잃지 않는다.

사자새끼 코끼리새끼 고양이새끼라는 말을 들으면
아무렇지도 않은데 개새끼라는 말을 들으면
화가 난다

…(중략)…

걷다가 발을 헛디뎌 넘어졌다
화풀이할 데도 없고

개 같은 날이라고
투덜거렸다

–「개 억울」 부분

개에게는 억울한 일이지만 "개새끼", "개지랄", "개수작"이라는 욕을 하지 않을 수 없다. 그런 욕으로 화풀이하고, 분노를 다스릴 필요가 있기 때문이다. 시는 우리 마음속에 있는 이러한 분노와 어둠과 억울함을 들춰내고 대신해주는 "개 같은" 언어일지 모른다.

19. 여행의 목적

— 우대식 시인의 여행 시들

왜 여행을 가느냐고 물으면 거기에 자신 있게 대답할 사람은 많지 않다. 더러 어떤 사람들은 세상을 배우러 간다고 말하고 또 어떤 사람들은 자기 자신을 찾으러 간다고 말하기도 한다. 그러나 이 말들을 사실이라고 믿기는 어렵다. 이런 뚜렷한 목적보다는 우연과 충동이 여행을 하게 만든 경우가 훨씬 많다. 그리고 또 어쩌면 이렇게 아무런 목적 없는 여행이 더 큰 재미와 해방감을 줄 수도 있을 것이다.

우대식 시인의 최근 여행 시들은 중국 여행 과정에서 쓴 것이다. 우 시인은 어떤 목적으로 그곳에 갔으며 그 과정에서 무엇을 느꼈을까?

> 머리말의 책들이
> 꿈의 절벽으로 쏟아져 내린다
> 문자들의 아우성, 악다구니
> 마땅히 원주에서 죽어야 할 것이나
> 나는 나의 죽음을 모른다
> 가슴에 앉고 연주하는 모든 악기가 가슴이 되듯
> 죽음을 가슴에 안은 나는 죽음인가 죽엄인가
> 유형(流刑)의 땅에 다시
> 바람이 불고

눈이 쌓일 때
팔만대장경 같은 세계에
잠시 배를 정박하고
휘파람을 분다
허공에 부서지는 소리의 세계는 여전히 아름답다

–「꿈의 잔도」 부분

제목에서 보듯 시인은 꿈을 찾아 여행을 떠났다. 여기서 꿈이란 이상이나 소망을 말하는 것은 아니다. 그것은 사라진 어떤 것이고 시인이 죽음으로까지 바꾸고 싶어 하는 잊혀진 내밀한 자신의 욕망이다. 그 욕망을 좇아가는 길은 "잔도"처럼 위험스럽게 절벽에 매달려있다. 그래서 사람들은 포기하거나 그것과 죽음을 맞바꾸기도 한다. 그런데 시인에게 있어서 이 아름다움은 잠시 머물기도 했던 "팔만대장경 같은 세계"는 아니다. 그것은 "잠시 배를 정박하는" 위안과 평안을 주지만 이 위험한 모험을 하게 만들지는 못한다. 잔도를 타고 허공으로 오르는 이유는 "여전히 아름다운" "부서지는 소리의 세계"에 도달하기 위해서이다.

그런데 이 아름다움은 무엇일까?

봉황성 이른 아침
묘족(苗族) 나 어린 기집 아이가 객잔 앞에서
국수를 먹는다
조그마한 왼손이 국수 그릇을 바치고 있다
그릇에 입을 대고 국수를 떠넣을 때
왼손에 가늘고 파아란 힘줄이 돋아났다
밥그릇을 쥔 저 어린 손이

세상에서 가장 아름다운 여자를 만든다

–「묘족 마을에서」 전문

"밥그릇을 쥔" 나이 어린여자 아이를 보고 시인은 아름다움을 생각한다. 국수를 먹기 위해 밥그릇을 쥔 묘족 아이의 가녀린 손에서 보이는 어떤 힘이 아직은 아름다움은 아니지만 아름다운 여자를 만드는 근원임을 시인은 문득 깨닫는다. 모든 아름다움의 근원은 밥에 있다는 이야기이다. 밥을 먹고, 밥을 얻기 위해 일을 하고, 결국 그 밥으로 자라난 육신이 아름다움을 만들어 낸다는 것이다.

다음 객잔을 노래한 시도 마찬가지로 밥을 얘기하고 있다.

해거름의 저녁
산마루 객잔에
따궈(大兄)가 홀로 앉아 밥을 먹는다
당당하게 찬을 늘여놓고
웃통을 까 재끼고
밥을 뜬다
숟가락에 얹힌 따뜻한 밥
어떤 혁명도 이것을 이길 수 없다
모든 혁명이 내세운 깃발도
바로 따뜻한 한 술 밥이었다
나누어 먹는 밥
나누어 먹는 혁명
객잔에 들어가
내 밥을 달라고 조르고 싶은
비가 내리는 장가계의 저녁

–「객잔 앞에서 비를 맞다」 부분

누군가를 나눈다는 것은 다른 것이 아니라 밥을 나누는 것이다. 밥을 나눌 때 우리는 다른 사람과 진정으로 하나가 된다. 그 힘이 세상을 만들고 혁명을 만들고 지금 나를 만들었다고 할 수 있다. 시인이 객잔 앞에서 비를 맞으며 청승맞게 쓸쓸함을 느끼는 것은 밥을 먹는 "따궈(大兄)"와 자신과의 거리 때문이다. 시인은 "내 밥을 달라고 조르고 싶은" 마음을 통해 이들과 함께하고 이들의 삶과 역사 속에 들어가고 싶어 한다.

결국 시인이 여행을 통해 찾고자 하는 것은 아름다움이라는 시인의 꿈이지만, 그 아름다움은 거기 사는 사람들의 밥과 그 밥을 만드는 삶과 역사를 함께 하는 것에서 나온다는 것을 우리는 알 수 있다.

그런데 삶과 역사 속에 자신을 놓는다는 것은 자유를 찾아가는 것이고 불안을 받아들이는 것이다. 절대적인 어떤 가치나 완전한 진리에 자신을 묶어두는 편안한 안정의 길이 아니라 자유를 찾아가는 길은 쉽게 도달하지 못하고 또한 항상 변하는 불안한 길이다. 다음 시가 이를 말해준다.

> 이 시대에 자유를 그리워하는 일
> 빵처럼 부푼 자유를 시기하는 일
> 자유의 추앙으로부터 떠나는 일
> 집을 팔아 한 자루 권총을 사서 자유를 겨냥하는 일
> 자유가 불안을 만들고
> 불안은 시를 낳는다
> 시는 다시 불안을 낳고
> 불안은 자유를 희망한다
> 불안의 힘으로 싸울 수는 없나
> 불안의 힘으로 전면전은 불가능한가

심장의 산맥에 밤마다 봉화를 올린다

—「불안의 힘」 부분

여행에서 느끼는 가장 큰 감정은 불안이다. 익숙한 것으로부터 놓여났다는 해방감과 자유는 불안을 수반한다. 위 시에서처럼 "자유가 불안을 만"든 것이다. 그리고 아름다움이나 시는 이 불안에서부터 태동한다. 이 불안이 세상을 변화시키고 "심장의 산맥에 밤마다 봉화를 올"리는 것처럼 사람의 마음을 바꾸게 한다. 그런 점에서 시와 혁명은 결코 다르지 않다. 시인이 멀리 타국에서 낯선 풍경과 낯선 사람들을 만나는 것은 이 불안을 경험하기 위해서일 것이다.

불안은 안빈낙도와 같은 초월의 가치를 좋아하지 않는다. 자연으로 돌아가는 안온한 삶도 좋아하지 않는다. 이 불안에서 헤매고자 하는 시인의 기개가 다음과 같은 절창의 시를 만들었다.

사람에 의지하지 마라
이제 오십이 넘었으니
안빈의 도와 같은 것도 필요 없다
안(安)도 그러하지만 빈(貧)도 모두 하찮다
당연히 그러할 것이니
자연으로 돌아갈 필요는 더욱 없다
고물상과 폐차장이 널려 있으면 어떠한가
걸어서 물에 도달하면 좋겠지만
아스팔트를 뚫고 핀 들꽃 한 송이면
또 어떠한가
내 몸은
나도 잘 모르는 문명의 회로(回路)이다

…(중략)…

눈곱 낀 눈으로
먼 태풍을 응시하다가
생각이 부산해질 때
발바닥에 무늬를 새겨 넣을 뿐
그 족적(足跡)의 힘으로 천 리도 가고 만 리도 갈 뿐

-「안빈낙도를 폐하며」 부분

세속적인 욕망에 기대는 것도 허망하지만 그런 것을 물리칠 수 있다는 정신에 기대는 것도 또한 허망한 것임을 시인은 얘기한다. 중요한 것은 그런 거창한 가치가 아니라 아무것에도 의지하지 않고 "문명의 회로"인 불안한 자신의 몸에 맡기는 일이다. 결국 여행의 목적은 불안에 있고 그 불안을 몰고 오는 자유에 있다. 우대식 시인에게 시는 이 불안의 여정으로 자신의 몸을 "천 리도 가고 만 리도" 가게 만드는 "족적의 힘"인 셈이다.

20. 절망과 희망의 변증법

— 박정이 시인의 시들

우리 사회는 희망을 너무 쉽게 말한다. 아무리 삶이 힘들더라도 희망의 끈을 놓지 않으면 머지않아 좋은 일이 있을 것이라고 말한다. 사람들이 타락하고 절망하고 스스로 생을 포기하는 것도 모두 희망이 없기 때문이라고 말한다. 그래서 모두 희망을 이야기한다. 정치인들은 자신들이 나라의 새 희망이 될 것이라고 하고, 사회는 젊은이들에게 젊어서는 아파야 한다고 너무도 쉽게 희망 고문을 가한다.

그런데 이 희망의 과잉은 쾌락추구라는 현대 사회의 특성과 관련을 맺는다. 희망이 삶의 근원적인 긍정에 이르지 못하고 피상적으로 소비될 때 그것은 쾌락의 추구가 된다. 우리가 사는 현대 사회는 수많은 쾌락을 우리에게 제공한다. 어쩌면 근대 이후의 자본주의 사회는 더 많은 쾌락을 만드는 일로 부를 늘리고 사회를 발전시켜 왔다 해도 틀린 말은 아닐 것이다. 그러나 그것은 그만큼 고통이 많아지고 있다는 것을 반증하는 것이기도 하다. 고통이 늘어날수록 고통을 잊고 싶어 쾌락추구가 늘어가기 때문이다. 현대사회로 올수록 사회는 복잡해지고 자극은 늘어간다. 사회가 발전할수록 사회는 파악할 수 없는 불가사의한 것이 되고 만 것이다. 그러므로 사회가 주는 자극은 모두 고통이 된다. 알 수 없는 두려움이 우리의 삶을 지배하고 있고 도처에 위험이

도사리고 있기 때문이다. 그러므로 희망을 생각하기 위해서는 이 고통과 그로 인한 절망을 먼저 생각해 봐야 한다.

박정이 시인의 시들이 바로 이 일을 하고 있다.

> 얼어야 산다
> 아무도 알 수 없는 풀들이
> 겨울잠 자듯 얼음에 달라붙어 있다
> 이름이야 있겠지만 몰라서, 없으면 더 좋은 풀들
> 세상 얼음에 얼어서 사는 세상 밖의 존재이다
> 몇 날을 달려온 햇빛이 지구의 자전으로 비켜서고
> 낱알 같은 입자로는 언 땅을 녹이기엔 턱도 없다
> 그래도 겨울이 온통 누렇지 않는 것은 순전히 얼음 덕택이다
> 얼음은 오염된 빛을 뒷걸음질 치게 하고
> 움직이는 것들이 어떤 음모도 없이 깊은 대화를 나누게 한다
> 그 대화의 끝은
> 번뜩이는 눈으로 어둠 속에 갇혀있던 무감각을 깨우고
> 번갯불 같은 힘으로 풀을 존재케 한다
> 오염된 빛은 빛의 굴절을 초래하고 죽음에 이르게 한다
> 오직 얼어야만 오염된 빛의 엉덩이에 걸린 가난을 볼 수 있게 한다
> 겨울은 겨울다움으로 씨앗을 씨앗답게 만들고
> 어떤 풀들을 얼려서 살려낸다
> 슬픔마저 끊지 않는 것은 얼음의 관용이다
> 가끔은 얼어야 산다

—「결빙의 시대」 전문

시에서 시인은 이 시대의 삶이 모두가 얼어붙은 "결빙의 시대"라고 표현한다. 그것은 고통이 우리의 삶 전반을 지배하고 있기 때문이다.

욕망과 욕망에 따른 쾌락을 중시할수록 그만큼 그것의 좌절이 몰고 오는 절망과 고통의 크기는 더 커지는 것이다. 이것이 시인이 우리가 사는 시대를 결빙의 시대라 명명한 이유이다. 하지만 시인은 이 결빙이라는 절망적인 상황에서 비로소 희망을 생각한다. 스스로 "세상 밖의 존재"가 되어 삶을 다시 돌아보고 "어둠 속에 갇혀있던 무감각을 깨"울 번뜩이는 지성과 감성의 힘을 발휘할 수 있기 때문이다. "풀들을 얼려서 살려"내듯이 이 절망의 상황이 우리의 슬픔을 희망으로 전환할 수 있다고 시인은 믿는다.

다음 시는 이 고통과 절망이 어떻게 새로운 희망의 힘으로 전환되는지 그 과정을 잘 보여준다.

검은 무덤이다
흙에 젖을 물린다
전지된 뿌리에서 눈을 뜬다
고통에 떨고 있는 바람의 여린 살빛,
허공에 유영하는 새의 울음소리
바람의 포로가 되었을까
긴 한숨을 쉰다
읽어버린 한숨의 무덤은 시간의 층계다
텅 비어버린 어깻죽지 위에서
바람 뒤에 쓸려간 뭔가를 어둠에서 더듬고 있다
다시, 흙에 젖을 물린다
안개의 몸을 부빈 흙이 탱탱해진다
흙의 울음이 점점 공명을 이룬다
흙의 눈빛이 포개진다
흙의 금지된 포갬이다
흙의 무게의 포갬이다

흙의 생이 시작되었다 나는 생의 반대편에서 산다
먼저 흘러간 강물 속에서 어쩌면 내 생은 출발 전 일보,
매일 강물 속에서 걸어 나올 연습만 한다
생의 긴 좁은 공간에서 물의 계단으로
천천히 오르는 시간은 과거로 간다
내 생의 시간은 말하지 못한다
너의 생은 나보다 먼저 시작되었기 때문이다
다시 내 생이 걸어 나온다
생이 커가고 있기 때문에 내 생이 공간에 갇혀있다
꿈틀거린다 출렁인다
붉은 춤이 있고 까만 비가 내린다
환한 겨울의 무대, 구름 위를 나는 환희
한 올도 걸치지 않는 홀가분함,
깊은 침묵 대신 노래를 부른다 밀봉된 유서처럼.

—「시간의 층계」 전문

"검은 무덤"이라고 정의내릴 정도로 세상은 암흑과 절망이 지배하고 있다. 그리고 그 절망은 "흙의 울음", "흙의 금지", "흙의 무게" 등의 표현에서 알 수 있듯이 욕망의 좌절이 가져오는 슬픔과 우리의 자유를 끝없이 옭아매는 사회적 억압에서부터 기인한다는 것을 알 수 있다. 하지만 시인은 이 절망의 심연에 머물러 있지만은 않는다. 이 절망을 만들어 내는 삶의 시간들을 거슬러 가면서 거꾸로 절망의 늪에서 "꿈틀거리"고 "출렁"이면서 빠져나온다. 그것은 지금 내 생을 있게 만든 역사에 대한 인식이기도 하고 나를 구성하고 있는 모든 삶들의 생명을 함께 생각하는 포용의 사고이기도 하다. 시인은 그것을 "너의 생은 나보다 먼저 시작되었다"라는 한 마디로 아주 간결하게 표현하고 있다. 이런 인식에 도달했을 때 시인은 "구름 위를 나는 환희"를 경험하게

된다. 그리고 그 경험은 "깊은 침묵 대신 노래"가 된다. 그것은 바로 시일 것이다. 이렇듯 박정이 시인에게 시는 절망을 희망으로 전환하는 가장 유효한 도구이자 고통의 삶을 견뎌야 하는 이유이기도 하다.

이런 삶의 자세를 시인은 '그늘의 생존법'이라 명명하기도 한다.

> 그녀가 머무는 공간은 그늘이다
> 허공의 그늘에서 사는 여자는 그늘을 살아내는 법을 안다
> 바람이 구르듯, 그늘을 구른다 푸른 혼이 구른다
> 무중력 절망감이 차츰, 공간을 넓혀간다 자신도 그늘이라 생각한다
> 푸른 기억을 망각하려고 능멸의 허공을 직시하고 있다는 것
>
> —「그늘의 생존법」 부분

절망을 직시하여 자신 역시 그늘, 다시 말해 이 절망의 한 요소라고 생각할 때 비로소 이 그늘에서 사는 방법, 즉 희망의 삶을 생각할 수 있다는 것이다. 그런데 절망을 희망으로 전환하기 위한 근원적인 이런 에너지는 어디서 기인하는 것일까? 그것은 바로 사랑이다.

> 훌쩍, 훌쩍
> 훌쩍이는 어깨 위로 어둠이 빛이 되는 순간,
> 붉은 알알이 발효되고 버무려 짓이겨진 동그란 입술이
> 불덩이 노래가 되었다
> 부딪친 입술의 조임, 닿아 번져가는 흑장미향,
> 녹아내린다 녹아내린다
> 아직, 어둠이 살아있는데 붉은 포말을 가득 머금은 채로
> 끝없는 절규를 뿜어내고 있었다
> 허무로 무너지려는 쿨렁거린 갈등을 풀어 착상되는 순간,
> 공유한다는 그것만으로 공허한 마음 기대고

오래 볼 수 없는 수줍음, 세세토록 층층이 젖어 있는
장미 한그루 반항의 덫이 그림자가 되는 꽃잎
겹겹이 뒤엉킨 번들거림,
색색의 수줍음이 파르르 떨고
다시 훌쩍 훌쩍, 눈물이 파열된 채
첩첩이 에두른 여윈 안개꽃이
잦은 장맛비에 비 울음을 풀어놓았을 때
음험하고 절묘한 춤의 교감이 시작되었다

–「위험한 절규」 전문

"위험한 절규"는 한 존재와 다른 한 존재가 그 생명의 근원에서 서로 만날 때 내는 소리이고 그것은 가장 원초적인 외침이기도 하다. 그것을 통해 모든 존재들은 "어둠이 빛이 되는 순간"을 경험한다. 시인은 이 존재와 존재가 마주치는 격렬한 순간을 아주 실감 나게 묘사하고 있다. "갈등이 풀어 착상되는 순간"이라는 표현을 통해 세상이 주는 절망과 그것에 의한 존재들 간의 소외와 단절을 넘어, 사랑과 사랑이 주는 결실이 새로운 생명의 희망을 만들어나가는 빛나는 시간을 말해주고 있다. 그것은 사랑이라는 극적인 교감의 순간이고 이 순간이 모든 생명들에게 삶의 약동하는 힘을 선사한다. 시인은 이 근원적인 힘에서 절망을 희망으로 전화하는 가장 중요한 계기를 생각한다.

절망은 우리를 병들게 하고 우리를 스스로 죽음으로 인도하게 만들기도 한다. 하지만 이 절망을 손쉽게 희망으로 대체할 수는 없다. 그런 쉬운 방식을 택해서 사람들은 쾌락에 몸을 던진다. 하지만 그 끝은 더 큰 절망일 뿐이다. 마약중독에서 우리는 그 예를 쉽게 찾을 수 있다. 진정한 희망은 자신의 삶과 또한 자신의 삶을 구성하고 있는 또 다른 타자들의 삶을 인정하고 그 삶에 드리워진 고통과 절망까지도 나의 것으로 껴안는 것이다. 그런 실천을 우리는 사랑이라고 한다. 박정이 시인의 시가 보여준 실천도 이와 크게 다르지 않다.

21. 투명함에 대하여

— 박형준 시인의 시들

사람들은 모두 맑은 것을 좋아한다. 맑은 공기, 맑은 물은 인간의 생존을 위해 유리한 환경을 말해주는 것이다. 그러므로 맑은 것에 대한 선호는 인간의 진화와 문명의 발전과도 깊은 관계가 있으리라 추정해 볼 수 있다. 그뿐만 아니라 사람들은 맑은 심성이나 투명한 성격 등 추상적이고 정신적인 부분에서도 역시 맑은 것을 좋아한다. 맑은 것은 그 안을 들여다볼 수 있고 이해할 수 있고 감추는 게 없으므로 불투명함이 가지고 있는 두려움을 주지 않는다. 그러므로 맑은 것은 선함의 표시이고 상대에 대한 선의의 표현이기도 하다.

하지만 현대사회를 사는 우리는 이 투명함을 유지하기 힘들다. 현대문명은 끊임없이 투명함을 해치면서 발전해 왔다. 맑은 공기를 오염시키고 맑은 물을 더럽히면서 물질에 대한 욕망을 최대한 확장해가는 현대사회의 물질문명의 추구는 우리의 심성까지 탁한 욕망으로 가득 차게 만들었다고 할 수 있다. 욕망은 감추어지고 보이지 않아야 더 커지고 실현 가능성이 커진다. 다시 말해 불투명성이 욕망의 가장 큰 특징이다. 현대사회가 우리의 욕망을 키워 더 많은 욕망 충족 수단을 상품화시킬수록 우리의 정신은 맑아지기 더 어렵다고 할 수 있다. 하지만 이 불투명한 욕망이 지배하는 현대사회에서도 맑고 투명한 것을 좋아하고 그것을 회복하고자 하는 노력을 포기하지 않는 것은 인간의 마음 속에 원초적인 생명에 대한 포기할 수 없는 지향이 존재하기 때문일 것이다.

박형준의 몇몇 시들은 이 투명함에 대한 헌사이다. 다음 시는 투명함의 시 쓰기에 대한 자기 고백이다.

> 인도의 카나우지 지방에서는
> 미티 아타르(miti attar, 흙의 향기)라는 이름으로
> 비 향기를 담아 향수를 만든다.
> 사람들에게 비가 오기 직전의 고향 땅의 풋풋한 흙내음을
> 사실적으로 떠오르게 한다는 흙 향수.
> 내 고향은 정우(淨雨)인데,
> 맑은 비가 뛰어다니는 지평(地平) 마을이다.
> 생땅을 갈아엎은 듯한
> 비에서 풍기는 흙내음,
> 비 향기 진동하는 지평선,
> 그 진동을 담은 시를
> 단 한 편이라도 쓸 수 있을까.
>
> –「비의 향기」 전문

시인은 자신이 시를 쓰는 이유를 고향의 비의 향기를 다시 재현하기 위한 것이라고 말하고 있다. 비가 향기를 담을 수 있는 것은 그것이 깨끗하기 때문이다. 시인의 고향 이름인 정우(淨雨)가 이를 말해준다. 그렇다면 깨끗한 비의 향기를 담아내는 시를 쓴다는 것은 무엇일까? 그것은 단순하게 자연을 닮은 순수한 언어만을 말하는 것은 아니다. "비 향기가 진동하는 지평선"은 맑은 비의 향기가 세상을 변화시키고 지금

여기의 어둠과 불투명함을 "생땅을 갈아엎은 듯" 바꾸는 어떤 에너지를 갖는 것을 의미한다. 그것은 오염되고 왜곡되어 원래의 생생한 의미를 잃어버린 상투적인 말들의 세상에서 다시 말의 주술적 힘을 회복하는 것을 의미하고, 또한 그것이 박형준 시인이 시를 쓰는 이유이기도 하다.

그런데 세상은 이 투명함을 항상 방해한다. 지구의 역사는 이 투명함을 오염시키는 시간들의 흐름일지 모른다고 시인은 생각한다.

> 눈이 내렸다 그쳤다 하며 몇십만 년 압축되는 걸
> 상상해보세요. 이 층 하나가 그 시대의 눈입니다.
> 빙하의 나이테인 거죠.
> 이 시대 때는 먼지가 많이 쌓였나 봐요.
> 하얀 눈이 아니라 잿빛 눈이잖아요.
> 그것도 먼지가 저렇게 많이 있다는 것은
> 그 시대에 어떤 큰 사건이 있었다는 겁니다.
> 예를 들어 저건 화산재일 수도 있는 거죠.
> 북극에 화산재가 날아올 정도로
> 지구에 큰 화산 폭발이 있었다는 것이죠.
> 층층층 하나가 다 굉장한 시간을 가지고 있어요.
> 이 안에 있는 기포들은
> 그 시간대의 공기인 거죠.
>
> —「빙하 나이테」 부분

토양에 비해 상대적으로 투명한 빙하의 퇴적층을 살펴보는 것은 그 안에 들어있는 불투명한 과거의 시간들을 다시 재현하는 일이다. 이렇듯 빙하의 투명함은 지나온 시간들을 돌아보게 하고 지워졌던 과거를 지금 여기 사는 우리와 연결한다. 지금 이 시대에 지구 온난화를 야기하여 이 빙하를 파괴하고 있는 인간의 만행은, 이 원초적인 투명성을 없애고 그 투명성에 빚지고 있는, 이 지구상의 모든 자연과 인간의 생명을 위협하는 일인지 모른다는 생각을, 이 시를 읽으며 해 볼 수도 있다.

그런데 박형준 시의 투명한 이미지는 일반적인 투명함의 이미지와 달리 그 안에 따뜻함을 포함하고 있다.

> 뜰에 첫서리가 내려 국화가 지기 전에
> 아버지는 문에 창호지를 새로 바르셨다
> 그런 날, 뜰 앞에 서서 꽃을 바라보는 아버지는
> 일 년 중 가장 흐뭇한 표정을 하고 계셨다
> 아버지는 그해의 가장 좋은 국화꽃을 따서
> 창호지와 함께 바르시곤 문을
> 양지바른 담벼락에 기대어 놓으셨다
> 바람과 그늘이 잘 드나들어야 혀
> 잘 마른 창호지 바른 문을 새로 달고
> 방에서 잠을 자는 첫 밤에는
> 달그림자가 길어져서
> 대처에서 일하는 누이와 형이 못 견디게 그리웠다
> 바람이 찾아와서
> 문풍지를 살랑살랑 흔드는 밤이면
> 국화꽃이 창호지 안에서 그늘째로 피어나는 듯했다
> 꽃과 그늘과 바람이 숨을 쉬는
> 우리집 방문(房門)에서,
> 가을이 깊어갔다
>
> –「가을이 올 때」 전문

창호지는 유리창의 투명함과는 그 느낌의 거리가 큰 투명함을 보여준다. 그것은 투명하기보다는 흐릿한 반투명함이라 말하는 것이 옳다. 하지만 유리창의 투명함은 차가운 투명함임에 반해 창호지의 반투명함은 따뜻함을 간직하고 있다. 유리창의 투명함은 안과 밖을 확실히 경계 짓고 오직 시선으로만 타자를 확인하는 냉혹한 투명함이다. 이에 반해 창호지는 비록 유리창의 투명함을 가지고 있지 못하지만 유리창과는 달리 공기와 소리를 투과시킨다. 시인은 그것을 “꽃과 그늘과 바람이 숨을 쉬는/ 우리집 방문”이라고 아름답게 묘사하고 있다. 그런 점에서 창호지의 반투명은 유리창의 투명함에 비해 훨씬 더 인간적이고, 사람들과의 소통을 가능하게 한다는 점에서 어찌 보면 더 투명한 것인지도 모른다. 시인은 이 창호지의 투명함으로 헤어져 있는 누이와 형과 소통하고 가족 간의 든든한 유대를 확인한다. 이렇듯 박형준 시인이 추구하는 투명함은, 나를 감추고 나와 타자를 구별하는 장벽을 없애는, 소통과 사랑의 투명함이라 할 수 있다.

투명함을 생각한다는 것은 자기 성찰과도 긴밀한 관련을 맺는다. 자신을 진솔하게 돌아보는 것은 맑은 마음이 아니면 불가능하다. 욕망과 두려움으로 자신에 대한 허상을 키우며 우리는 살아오고 있는지 모른다. 시인은 이 부끄러운 마음으로 자신을 돌아본다.

꿈에서였다
비 온 뒤 아침 숲길을 걷고 있었다
천사의 눈동자로 가득한 나무를 보았다
물방울로 된 눈동자,
그 눈동자에
수천수만의 내가 비쳐 나오고 있었다

물방울 안에 돌고 있는 모습이
무지개 같았다
나무가 잎사귀를 흔들 때마다
바람의 영혼에서 솟아나는 음표처럼
물방울 속에서 찰랑거리고 있었다
그러다 이윽고 땅으로 떨어지고 있었다
천사의 눈에 비치면
저승에 간다는 말이 생각났다
눈부신 아침의 추락이었다

–「아침의 추락」 전문

시인은 나무에 맺힌 이슬방울을 "물방울로 된" "천사의 눈동자"라 표현하고 있다. 그 투명하고 순수함이 세상살이에 오염된 자신을 보고 있다는 어떤 부끄러움이 이런 표현을 가능하게 했으리라 짐작된다. 하지만 이런 부끄러운 자신이 물방울 안에 비칠 때 물방울은 곧 땅에 떨어지고 만다. 자신이 겪고 있는 삶의 무게가 이 투명함을 유지하지 못하기 때문이리라. 투명함을 본다는 것은 오염된 자신의 삶을 인식한다는 것이고 그것은 곧 자신의 성찰과 반성과 부끄러움을 떠올리므로 그 자체가 투명한 노력이기도 하다. 자신의 모습을 담고 떨어지는 이슬방울이 "눈부신 아침의 추락"인 이유가 여기에 있다.

투명함을 회복하는 것은 자신에 대한 성찰뿐만 아니라 각고의 노력이 필요하다. 다음 시에서 그것을 비유적으로 보여주고 있다.

북 메우는 장인의 맑은 마음이 없으면
그 영혼을 흔드는 울림을 낼 수 없거든.
맨 마지막에 이뤄지는 음잡이 과정은

연륜이 깊어 노련한 귀를 가진 사람만이 할 수 있는
난산 중의 난산이거든.

…(중략)…

IMF가 있던 1997년
나는 늦은 나이로 대학에 편입하여 다니면서
학비를 벌기 위해 사보에 인터뷰 기사를 쓰곤 했다.
그 무렵 북을 만드는 장인을 만났다.

시를 업으로 삼으려는 시쟁이가
자신의 언어에 빠지면 시를 제대로 만들 수가 없어.
시는 일상어라는 나무를 베어내고 잘라내는 것만 제외하고는
언어를 다듬는 모든 공정은 수작업으로 이뤄지지.
그리고 온갖 정성과 심혈이 깃든 마음이 없다면
그 시는 무용지물의 시가 되지……

–「어느 북장인과의 인터뷰」 부분

북을 만드는 장인과의 인터뷰를 통해 자신의 시작 과정을 돌아보는 사색을 시로 쓴 작품이다. 북을 만드는 과정은 대부분이 수작업인데 하나의 북을 완성하기 위해서는 사심과 잡념을 버리고 오직 심혈을 기울이는 맑은 마음이 없으면 불가능하다고 장인은 말한다. 시인 역시 시를 쓰는 일이 이와 다르지 않다고 생각한다. "북쟁이가 북에 빠지면 북을 만들 수가 없"듯이 시인이 "자신의 언어에 빠지면 시를 제대로 만들 수 없"다고 그는 말한다.

자신의 언어에 빠진다는 것은 북장인이 북을 치는 것처럼 시인이 자신의 시어의 용도를 미리 생각하는 것을 말한다고 할 수 있다. 그것은

시어에 자신의 욕망과 이념을 투사하는 것이다. 그렇게 되면 맑은 마음도 사라지고 그 맑은 마음으로 만들어 내는 시도 사라진다. 시를 만든다는 것은 이 모든 것들을 자신의 마음에서 덜어내고 맑음을 회복하고 언어의 원래의 힘을 되찾는 것이다. 시인은 이런 상태를 여기서 인용하지 않는 다른 부분에서 "몸이 갠다"라는 말로 표현하고 있다. 날씨가 개는 것처럼 어떤 맑은 상태가 시인의 심신을 회복시키기 때문이다.

인간의 환경 그리고 거기서 사는 인간의 몸과 마음이 모두 오염된 세상에서 투명함을 말하는 것은, 어쩌면 시대착오적이거나 아니면 현실 도피적인 초월적 세계에 대한 안주로 읽힐 수 있다. 하지만 박형준의 시들은 이 투명함의 지향을 끊임없이 지금 여기 살고 있는 나와 세상에 대한 성찰과 반성으로 이어가고 있다. 그리고 이런 사색을 통해 우리가 잊고 지내고 있을지도 모르는 깨끗한 세계에 대한 기억을 잃지 않으려고 애쓰고 있다. 이런 깨끗한 시가 아직도 필요하다면 바로 이 때문일 것이다.

22. 변하는 것들을 위한 찬가

— 진란 시인의 시세계

사람들은 변하지 않는 것을 좋아한다. 영원성, 항상성, 불변성은 항상 긍정적인 가치로 여겨지고, 금석 같은 맹세나 영원한 사랑 같은 말을 듣고 사람들은 행복해하고 기뻐한다. 그런 말을 들으면 믿음과 안정감을 얻기 때문이다. 하지만 세상에 영원한 것은 없고 변하지 않는 것도 없다. 그렇기 때문에 사람들은 그 없는 것에 대한 갈망을 더 키우고 있는지 모른다. 많은 종교나 철학적 명제들은 이 변치 않는 진리들을 추구하고자 노력했고 또 많은 예술가들은 궁극의 아름다움을 찾고자 일생을 바치기도 했다.

하지만 진란 시인은 이 변치 않는 것들을 꿈꾸지 않는다. 반대로 그는 변하고 사라져 가는 것들에 관심을 두고 그들의 언어를 대신하고자 한다.

> 나무 달링 나무 달링 나무 달링
> 붉은 배롱나무 아래에서 들었다
> 아무리 귀를 쫑긋거려 보아도 나무 달링
> 한여름 푸른 법당에서 들려오는
> 리드미컬한 울림, 그 울림에 간지럼을 타는

붉은 시스루 입은 여인처럼

소금 꽃 한바탕 피어나는, 마음 먼저 간지럽더라니
오래 들어도 나무 달링
새겨들어도 나무 달링
백일홍 요염한 나신에 무표정으로 흘러내리는
나무 달링 나무 달링

–「내 귀에 나무 달링」 부분

시인은 사실 헛소리를 듣고 있다. 법당에서 울리는 불경 소리가 시인의 귀에는 다른 소리로 바뀌어 들리고 있다. 불경 소리는 영원한 진리를 부르는 소리이다. 그 소리를 통해 우리는 안식과 평온을 얻고 불안한 현실에서 단단한 믿음을 다시 회복한다. 하지만 시인은 그 불경 소리를 "나무 달링"이라는 조어 방식도 이상하고 의미도 확실하지 않은 어절로 바꾸어 듣고 있다. 그것은 영원성의 반대편에 있는 불안한 현실의 음성이다. 그리고 그것은 "붉은 시스루 입은 여인"이라는 표현에서 느낄 수 있듯 자연과 사랑을 함께 꿈꾸는 시인 자신의 내면적 욕망의 표현이기도 하다. 불안하고 흔들리는 것이기에 그것은 확고한 의미를 만들지 못하고 불투명한 음운들의 조합으로 들리는 것이다. 진란 시인은 이 불안하고 흔들리고 변하는 것들의 음성을 그대로 옮기고자 한다. 그것을 통해 관념화된 어떤 절대성의 편견을 넘어서고 싶은 것이다.

다음 시에서 우리는 그 일단을 볼 수 있다.

한때 나도 편집벌레였다
그들이 나를 읽기 전에 그들을 먼저 읽어 버렸다

잊혀 지기 전에 광장에 나오라고 파발이 떴다
울긋불긋 행장을 차리고 나갔다

가면무도회다

…(중략)…

순광도 역광도 빛의 아우라, 그 빛 속에 우리는
읽다가 얽다가 옳다가 갉다가 긁다가 낡다가 늙다가 묽다가
붉어지다가 마침내 잊혀 지다가
그들에게 읽히거나 잊어지는 순간보다 먼저
부유물들이 가라앉아서
홀로 맑아지다가 밝아지다가
암전되는

–「편집광벌레들」 부분

이 시를 특정 정치적 사안에 대한 문제로 해석할 수도 있다. 하지만 구태여 그렇게 한계지어 읽을 필요는 없다. 좀 더 넓혀 해석하자면 이 시는 고정관념과 편견에 매달리는 인간군상에 대한 비판이다. 편집광이란 어떤 한 가지에 사로잡힌 사람을 말한다. 그들은 대체로 편견과 고정관념에서 벗어나지 못한다. 그러면서 그것이 가장 소중하기 때문이라고 말한다. 그리고 무엇인가를 믿고 그것에 죽도록 매달린다. 광장에 그런 사람들이 모인다는 것은 변혁의 에너지라고 말할 수도 있지만 또 한편으로는 하나의 믿음에 사로잡힌 역할 노름일 뿐이다. 시인은 그것을 가면무도회라고 표현하고 있다. 시인은 그러한 믿음이 사실은 아무것도 아니고 결국 잊혀질 것이라 예견한다. "읽다가 얽다가

옮다가…”로 이어지는 온갖 변화들이 이런 믿음을 잠식하고 무의미한 것으로 만들 것임을 느꼈기 때문이다. 진실은 이 변화하는 순간들이고 그러면서 “홀로 맑아지다가 밝아지다가 암전되”어 사라지는 변화에 대한 시인의 예민한 통찰력만 남는 것임을 시인은 우리에게 역설하고 있다. 그런데 시인은 이 변화하는 모습들을 모두 ㄺ으로 끝나는 동사들로 표현했다. 그것은 발음하기 불편한 표기를 통해 그 변화들이 우리에게 불편함을 준다는 점을 음성적으로 표현하기 위해서이다. 그런데 이 불편함을 받아들이고 그 불편한 진실을 마주해야 하는 것이 시인의 길이라는 점을 시인은 강조하고 있다.

변하는 것에는 사랑마저 피할 수 없다.

> 아무도 오지 않는데
>
> 아무 기별 없는 모정에 앉아
> 햇볕을 쬐다 바람을 만나는 연처럼 먼 허공
> 희게 빨아 널은 수건이 까슬까슬할 때까지
> 오래 앉아 엄마는 빨랫줄에 걸려서
>
> 그런 줄도 모르고
> 그런 줄도 모르고
> 엄마는 오래 마르고 있는 줄도 모르고

–「어머니와 빨랫줄」 부분

흔히들 사랑 중에서도 가장 고귀한 사랑으로 모성애를 든다. 그 모성애만큼이나 그것의 원천인 어머니는 항상 변함없는 사랑의 존재로 인식되고 있다. 하지만 시인은 그것이 아니라는 것을 깨닫는다. 어머니는 "엄마는 오래 마르고 있는"이라는 표현에서처럼 점점 소멸을 향해 가고 있는 존재라는 것을 알게 된다. 사랑을 확신하고 변치 않는 사랑의 존재에 대한 기억만을 갖는다고 해서 그 존재를 소중하게 여기는 것은 아니다. 진정한 사랑은 그 존재가 변하고 소멸해가는 과정을 아프게 지켜볼 수 있을 때 비로소 가능하다는 것을 시인은 어머니를 통해 알게 된 것이다. 쓸쓸하고 슬픈 시이지만 보여주는 생각의 깊이가 예사롭지 않은 작품이다.

시인은 시를 쓴다는 행위에 대해서도 이와 비슷한 생각을 보여준다.

한 번쯤은 그랬다
단박에 쓰윽 굵은 밑줄을 긋듯
마음만 먹으면 천편일률이라도 시집 몇 권은 쓸 줄 알았다

한 번쯤은 그랬다
그곳에 여우가 있어 슬쩍 곁을 내주면
매화 필 때 함께 있고 싶던 사람도 해마다 다시 필 줄 알았다

정말 한 번쯤은
꿈꾸는 자작나무 숲 원두막에 여우구름처럼 스미고
시도 아니고, 사람도 아닌, 전설로 남을, 영원일 줄 알았다

숱한 해를 피고 지고 또 피어나는 꽃
사람은 가고 없으니
꽃은 피어도 사람이 없다
길 위에 바람으로나 내려앉는
흰 나비 떼
꽃묘가 되고

묘묘가 되고
풍문이 되고

오후의 시간을 재고 있는 버즘나무나 되어

–「여전히 커다란 귀가 잎사귀처럼 움찔거려요」 전문

원래 시인은 뭔가 변하지 않는 것, 사라지지 않고 영원히 남는 것 그런 것들을 위한 시를 쓰고 싶었다. 하지만 그런 시는 오지도 않고 존재하지도 않았다. 그렇게 꿈꾸던 시가 "흰나비 떼/ 꽃묘가 되고/ 묘모가 되고/ 풍문이 되고" 결국은 "버즘나무"처럼 하찮은 것이나 될 때 비로서 "귀가 입사귀처럼 움찔거리며" 진정한 사물의 소리들을 들을 수 있게 된 것이다. 시는 변하고, 사라지고, 없어지고, 뭔가 다른 것이 되는 데에서 만들어진다는 시인의 깨달음이다.

결국 이렇게 변하고 사라지는 것들에 관심을 주고 이들에 대한 소중함을 깨닫는 것은 모든 존재들의 그 하찮고 불안한 모습을 있는 그대로 받아들이는 진정한 사랑의 실천 다름 아니다. 시인은 그것을 다음과 같이 아름다운 문장으로 표현하고 있다.

순해진 아침 빛들이 저수의 둘레를 힘껏 껴안고
다정인 양 촉촉하게 익사하는

–「11월의 물광」 부분

존재가 아름다운 것은 그것이 사라지고 변하기 때문이다. 그러므로 우리는 변하지 않는 사랑을 꿈꿀 것이 아니라 이 끝없는 소멸과 변이를 받아들여야 한다. 그것이 다른 존재를 사랑하는 길이다. 진란 시인의 시들을 읽으면서 이런 깨달음을 오래 음미해 본다.

23. 늑대의 시간을 위하여

— 강희안 시인의 시들

사람들은 때로 늑대가 되고 싶어 한다. 그래서 늑대 인간을 다룬 소설이나 영화들이 심심찮게 만들어지고 있다. 흔히 사람들은 두려운 대상과 자신을 일치시키려고 한다. 그렇게 해서 두려움을 극복하고자 하는 것이다. 두려운 동물이 늑대만은 아닐 텐데 왜 사람들은 특히 늑대가 되고 싶어 하는 것일까? 이를테면 사자나 호랑이가 사람들에게는 훨씬 두려운 대상일 것이다. 그런데도 늑대를 두려워하고 또 늑대가 되고자 하는 것은 호랑이나 사자에 비해 늑대가 훨씬 사람들 가까이에 있기 때문이다. 또 그런 만큼 그 두려움이 현실적이기 때문이리라.

늑대는 인간의 손길을 거부하고, 길들여진 짐승인 가축들을 해치고 개들을 유인해 야성으로 되돌리기도 한다. 이렇듯 인간에게 가까이 살면서 결코 인간에게 길들지 않고 길들여지는 것들을 위협한다는 점에서 그것은 인간들에게 근원적인 두려움을 제공하는 존재이다.

강희안의 시는 이 늑대 울음이 되고자 한다. 누구에게도 길들 수 없고 어디에도 소속되지 못하는 외로운 한 마리 늑대가 시인 자신이라고 다음과 같이 말한다.

나는 가족 지향형의 바다표범이나 철학자형 코끼리보다는 분명히 늑대입니다. 명민한 머리 회전과 대담성을 보면 곧바로 확인됩니다. 나는 정글에서처럼 세상에서도 자신에 반대하는 세력들에게 도전하는 노력형 강골입니다. 게다가 나는 이웃들에게 친절하면서도 야망이 큰 까닭에 늘 외로운 처지입니다. 누구보다 현실 의식이 강하지만, 때로는 지나친 모험을 탐하다가 비난의 표적이 되기도 하는 나는 우우— 한 마리 늑대입니다

－「늑대의 비밀」 부분

가족에게도 세상에게도 시인은 복속되거나 지배되지 않는 존재가 되고자 한다. 그리고 "이웃들에게 친절하면서도 야망이 큰 까닭에 늘 외로운 처지"라고 자신을 규정함으로써 자신은 스스로 타인들에게 권력이나 억압을 행사하지 않지만, 내적 상승 욕구가 큰 모험가이므로 끝없이 세상과 불화할 수밖에 없다고 말하고 있다. 이렇듯 길들지 않고 세상의 가치에 복종하지 않으며 항상 자유를 꿈꾸는 야성을 잃지 않으려는 정신을 가진 자신의 모습을 시인은 한 마리의 늑대로 표현하고 있다.

그런데 이 늑대라는 이미지가 강희안의 시를 이해하는 데 중요한 단서가 된다. 늑대는 남성성의 표현이기도 하다. 흔히 남자를 늑대로 비유하는 것처럼 그것은 남성적 욕망을 가장 적나라하게 보여주는 시적 표현이다.

욕망을 강조하는 경향이 유행한 지 오래되었다. 그런데 이 경향들은 대개 다 여성들의 욕망을 다루고 있다. 남성의 전유물인 이성적 억압에 저항하는 욕망의 흐름으로서의 자유로운 글쓰기를 주장한 쥴리아 크리스테바의 이론 이후, 남성성은 그 욕망을 억압하는 질서와 폭력의 원천으로 간주되어 왔다. 여성적 욕망은 여기에 대한 저항이며 탈주이며 또 그런 만큼 자유의 원천이기도 하다는 것이다.

여기에 비해 남성적 욕망은 반사회적이거나 반도덕적인 것으로 치부되어 왔다. 이렇게 보면 현대사회에서 남성은 이중의 탄압을 받는 존재이기도 하다. 이성과 서열이 지배하는 남성적 질서 안에서의 억압과 욕망마저 표현할 수 없는 또 다른 억압이 바로 그것이다.

강희안의 시들은 이 이중의 억압 속에 갇혀있는 남성적 욕망을 가식없이 드러냄으로써 진정한 자유의 의미를 찾고자 한다. 이는 다음 시에서 그 단초를 확인할 수 있다.

> "정확하고 빠른 패스가 이뤄질 것"이라는 제작사 측의 장담과는 무관하게 필드 플레이어들도 애를 먹기는 마찬가지다. 워낙 속도가 빨라 점프 타이밍을 잡기가 어려운 데다 잔디의 결에 따라 다른 노선을 탄다는 등등 구구한 불만들이 속속 터져 나오고 있다. 따라서 한 외신에 따르면 이번 월드컵이 지구촌 인간의 축제가 아닌 골의 가뭄 현상을 동반한 '자블라니들의 축제'라는 주장으로까지 불거지고 있다.
>
> –「자블라니에 대한 보고서」 부분

"자블라니"는 2010년 남아공월드컵 공인구의 이름이다. 그 자블라니에 대한 신문기사를 시인은 그대로 옮겨 적고 있다. 그런데 시인은 왜 이 공에 관심이 많을까? 그리고 그 관심 자체를 한 편의 시라고 우기고 있을까? 그것은 이 공 자체가 시인에게는 남성적 욕망의 상징으로 보였기 때문이다. "정확하고 빠른"은 사회에서 남성에게 요구하는 덕목이다. 현대사회의 모든 가치는 이 정확하고 빠른 것에서 나온다. 그리고 그것을 만족시켜야 하는 것이 이 현대사회를 사는 남성의 책무이기도 하다. 또한 모든 억압과 폭력은 이 정확하고 빠른 것을 위해 행해진다. 억압과 폭력의 가장 첨단의 장소인 군대가 요구하는 것이 정확하고 빠른 것이라는 점을 생각해 보면 쉽게 납득할 수 있을 것이다.

하지만 시인은 이 정확하고 빨라야 한다는 요구를 거부하고 있는 "자블라니"에 무한한 애정을 표하고 있다. 너무 정확하기에 세상의 판단을 거스를 수 있고 너무 빠르기에 세상이 함부로 제어할 수 없는 남성적 자유로움을 시인은 말하고 싶은 것이다. 그것은 앞서 말한 늑대의 본성이기도 하다. 시인은 결국, 이 자불라니를 통해서 늑대로서의 기억을 회복하고 있는 것이다.

자칫 많은 페미니스트들의 반감과 비판을 받겠지만 강희안의 시는 여성적 욕망을 비야냥 대기도 한다. 그것은 여성에 대한 편견이나 비하에서 나온 것이기보다는 여성적 욕망이 어쩌면 진정한 욕망이 아니라는 점을 지적하기 위해서이다.

> 그녀는 물속에 들어가 연신 뻐끔 담배를 피운다
> 일조량과 산소량이 부족하다고 투덜대며
> 불쑥불쑥 검은 물 밖으로 뛰쳐나올 태세다
> 물밑 작업하던 강에는 문명이 시작되기 전인 듯
> 검푸른 바벨의 언어가 아로새겨져 있다
>
> …(중략)…
>
> 아침마다 성경책을 필사하던 그녀의 일과는
> 팽팽한 브래지어 와이어의 압력에 따라
> 밑 빠진 음모를 더듬어 보는 일로 바뀌었다
> 교정 구석구석에는 물의 책을 찢고 나서야
> 다시 문맹을 알리는 대자보가 나붙기 시작했다

—「물고기 강의실」 부분

문명에 길들지 않은 "검푸른 바벨의 언어"는 크리스테바가 지적한 여성의 언어일 것이다. 그러한 언어를 말하는 "그녀"가 담배를 피우고 물 밖으로 튀어나오고자 하고 있다는 점에서 그녀들은 충분히 반사회적이고 반문명적이다. 하지만 시인은 그것이 어디까지나 정해진 물 속에서만 진행되고 있는 물고기의 입질에 불과하다는 점을 절묘하게 지적해내고 있다.

마지막 연은 좀 더 신랄하다. 성경책은 모든 질서와 권력의 상징이다. 물론 여성들은 이제 그 성격책을 필사하던 일을 멈추고 있다. 합리성의 강요인 책을 찢고 자신의 욕망에 충실하고자 한다. 페미니즘이 강조하는 것도 물론 이와 크게 다르지 않다. 하지만 시인에게 그것은 "밑 빠진 음모를 더듬어 보는" 성적 욕망을 위한 자위이거나 "문맹을 알리는 대자보"처럼 정해진 룰에 따라 욕망을 과시하는 자기만족적 행위라는 점을 들어 시인은 이를 비꼬고 있다.

물론 남성성이 가지는 폭력성과 억압성을 시인은 무시하지 않는다. 억압적인 남성성과 그것에 의한 사회 권력의 지배 그리고 그것의 일상화된 현실을 시인은 다음과 같이 표현한다.

> 그가 주말마다 엘리베이터 갈아타면서
> 붉은 동그라미를 치고 있다
> 그렇게 줄줄 달력의 버튼 누르며
> 수평 하강을 반복하는 동안
> 한 장씩 드르륵 뜯겨져 나가는
> 스프링 바퀴의 궤적을 염탐할 것이다
>
> …(중략)…

그는 태양의 독재가 그리웠다던가
나무와 꽃잎, 구름에 닿을 때마다
제 방식대로 출사표를 던지곤 했다
한때 수직 상승을 꿈꾸었지만
매달 마지막 날이 되어서야
최고라는 1의 지분을 행사할 것이다

—「태양의 편력」 부분

달력의 숫자와 엘리베이터의 상승과 하강은 현대사회의 합리성과 그에 따른 기계화의 상징이다. 물론 그것은 "태양의 독재"라는 강력한 남성성이 지배하는 세계이기도 하다. 그러한 세계는 인간으로 하여금 수직 상승을 꿈꾸게 만든다. 스스로 태양의 위치에서 권력을 행사하고자 하는 까닭이다. 약한 것들을 지배하고 착취하는 마쵸이즘의 근원이 여기에 있다.

하지만 시인은 그것이 헛된 것임을 잘 알고 있다. 최고지만 미미한 "1"이라는 숫자로 환원되는 별 볼 일 없는 자기만족임을 시인은 깨닫고 있기 때문이다. 또한 그것이 일상화되면서 권태를 몰고 오기도 한다. 여기에서 인용되지는 않았지만, 이 시의 마지막 연에서 "그는 오랜만에 게으른 하품을 팔았다"라고 말하고 있는데 이는 이러한 세계가 결국은 권태와 연결되어 있다는 말이다. 바삐 돌아가고 오직 상승을 위해 모든 삶을 바치지만 결국은 게으른 하품을 꿈꿀 수밖에 없는 일상의 척박함을 잘 말해주고 있다. 그런데 시인이 남성적 욕망을 꿈꾸는 것은 이러한 세계에 들어가기 위해서가 아니라 그러한 세계로부터 자유롭기 위해서이다.

그런 의미에서 강희안 시인이 꿈꾸는 남성적 욕망은 허무와 맞닿아 있다.

○인의 바깥은 헐거운 자유라 했다
우물 안의 올챙이가 외출을 서두르는 그 너머엔
파르르 하늘매발톱이 자랐으므로
그의 두 발은 깊이 빠져든다 했다

…(중략)…

○안의 바깥에 사로잡혀 궁그르다 지쳤다 했다
통통 공의 탄성에 눈멀었으므로
그는 두 발로 직립하는 일을 파기한다 했다
○안에 ○인의 그림자를 포갠, 그는

◎의 凹凸을 넘보다가 두 발만 길어졌다 했다

—「○안의 바깥」 부분

"○인"은 일단 공인(公人)으로 읽을 수 있다. 그는 대중들의 위에 있으므로 권력을 가지고 있거나 지배적 위치에 있는 인물이다. 하지만 그는 또한 아무것도 아닌 인간 공인(空人)이기도 하다. 권력을 가지고 행사할수록 그의 두 발은 "우물 안의 올챙이"가 되어 좁은 세상에 깊이 빠져들 뿐이다.

그래서 시인은 진정한 ○을 꿈꾼다. 그것은 절대적인 무를 나타내는 빌 공(空)이기도 하고, 통통 튀는 공이기도 하고, 또한 아무것도 아니면서 모든 것이기도 하는 숫자 0이기도 하다. 무엇이든지 그것은 속박을 거부하고, 현실적 가치를 거부하는 허무의 세계와 긴밀한 연관을 맺고 있다. 시인이 억압과 지배를 거부하고 바깥을 꿈꾸는 것은 이런 허무를 통해서이다. 시의 제목이 〈ㅇ안의 바깥〉인 이유가 여기에 있다. 내재적 초월의 다른 이름이라고 할 수 있다. 그리고 그것은 어디에도 길들어질 수 없는 자유의 기억, 즉 늑대의 시간을 회복하는 일이다.

제3부
시가 있는 단상들

1. 토마토에 대하여

어렸을 때부터 나는 과일을 아주 좋아했다. 다 큰 어른이 된 지금도 마찬가지이다. 시장에 가면 과일에 먼저 눈길이 가고 결국 이것저것 먹음직한 것으로 고르다 보면 온갖 종류의 과일로 시장바구니를 온통 채우기 일쑤이다. 어쩌다 뷔페식당에 가서도 그렇다. 많은 음식들이 있지만 나중에 디저트로 여러 종류의 과일을 맘껏 먹을 수 있다는 생각이 나를 행복하게 한다.

이것만이 아니다. 여자들이 들으면 여자를 대상화하거나 비하하는 반페미니스트적 발언이라고 비난할지 모르지만, 나의 젊은 날을 만들었던 여러 여자들 모두가 특정한 과일의 향기와 맛으로 기억될 정도이다. 어떤 여자는 딸기와 같았고 또 어떤 여자는 키위를 생각나게 하고, 과일이 되다만 오이 같은 여자도 있었다.

하여간 이렇게 내가 과일에 탐닉하게 되는 데는 이유가 있는 것 같다. 과일은 내게 있어 욕망의 기호였다. 일상의 꾀죄죄한 너절함에서 벗어나 황홀하고 산뜻한 쾌감의 세계로 나를 인도하는 해방의 수단이었다.

그것은 어렸을 때부터 그래왔던 것 같다. 어린 날의 나의 일상은 꽁보리밥과 시어빠진 김치로 기억된다. 그런데 그것들을 맛있게 먹고 무럭무럭 자랄 만큼 나는 튼튼한 육체와 정신을 가지고 있지는 못했다. 항상 벗어나고 싶었다. 어쩌다 먹는 과일은 그러한 일상에서 벗어난 행복한 쾌감의 세계로 나를 인도해 주곤 했다. 달고 시큼한 과일들의 맛이 나의 혀에 신선한 쾌감을 주고 산뜻하면서도 농염한 향기가 나를 자극하면 소도시 변두리의 가난과 답답함의 일상을 정말 완전히 잊을 수 있었다. 또 입속에서 느껴지는 그 촉감이라니. 탱탱하면서도 부드러운 과육이 입안에서 부서져 녹아내리면 육감적인 쾌감과도 닮은 어떤 황홀감이 느껴지곤 했다.

그러나 그런 쾌감을 맛보기는 너무도 어려운 일이었다. 과일이 귀했기 때문이다. 어쩌다 제삿날이나 아니면 아주 귀한 손님이 왔을 때나 어떻게 사과 한 쪽 아니면 참외 꼭지라도 먹어볼 수 있었다. 과일의 그 황홀하고 행복한 맛은 항상 나에게 결핍으로만, 채울 수 없는 욕망으로만 존재하는 그런 것이었다.

바로 이럴 때 나를 욕망의 노예가 되지 않게 만들어 준 것이 토마토였다. 내가 태어나고 자란 목포 변두리 농촌 마을에서는 여름철에 지천으로 토마토가 널려 있었다. 모두가 토마토 농사를 하기 때문이었다. 옆집에서 첫물 토마토라고 주기도 하고 배고프면 그냥 남의 밭에서 따먹기도 하고, 하여간 여름에는 쉽게 토마토를 먹을 수 있었다. 과일에 대한 결핍과 과일의 맛을 통해 일상으로부터 벗어나고자 했던 나의 욕망을 토마토가 얼마간 충족을 시켜주었던 것이다. 그러나 물론 그것은 완전한 것은 아니었다. 채소도 과일도 아닌 그래서 얼핏 산뜻하게 느껴지면서도 또 한편 느끼한 그 토마토의 맛은 무언가 부족한 맛이고 그래서 과일에 대한 식욕으로 표상되는 나의 욕망을 완전히 채워주지 못했다.

그런데 토마토에 대한 나의 이러한 느낌과도 얼추 비슷한 이미지로 토마토가 등장하는 영화가 있다. 그것은 일본 애니메이션인 '반딧불의 묘지'이다. 영화 중에 주인공 세스꼬, 세이다 남매가 먹을 것이 없어 굶주리다 밭에서 토마토를 발견하고 훔쳐먹는 장면이 나온다. 굶주림에 시달리다 허겁지겁 토마토에 탐닉하는 그들 남매의 모습이 아주 선명하게 그려지고 있다. 그러나 그 훔친 토마토로 그들이 바라던 음식에 대한 욕망이나 행복이 채워지는 것은 결코 아니다. 세스코가 그렇게 먹고 싶어 했던 드롭프스, 쥬스, 초콜렛, 매실짱이찌 같은 그 황홀한 행복의 맛과는 분명한 거리를 가지고 있는 먹을거리였을 것이다. 또 그 영화에서 두 남매가 병과 배고픔에 지쳐 점차 망가져 가고 그들의 삶의 터전인 방공호마저 황폐해져 가는 장면에서 빗물이 고여있는 양동이에 먹다 남은 토마토 꼭지가 둥둥 떠 있는 장면이 나온다. 이 역시 토마토가 가진 그런 느낌과 관련이 있어 보인다. 좌절된 욕망과 삶의 피폐함 그래서 점차 망가져 죽음으로 향해 가는 과정의 그 슬픔을 토마토 꼭지로 표현한 감독의 감각이 상당히 예리해 보이는 대목이다.

하여간 나에게 토마토는 삶의 너절함과 그것으로부터 해방되고 싶은 강렬한 욕망 사이에 미묘하게 자리 잡고 있는 그런 과일이다. 과일의 강렬한 맛과 향이 주는 쾌감의 해방감을 안전히 주지도 못하고 그러면서 일상의 꾀죄죄함으로부터 나를 건져줄 것 같기도 한, 그런 경계에 놓여 있는 것이 토마토이다. 먹고 싶다는 생각이 들만큼 강렬한 욕망을 부추기지도 않고 맛과 향으로 일상의 모든 것을 잊게 할 깜짝 새로운 자극을 줄 만한 과일은 아니지만, 벗어나고 싶은 남루한 삶으로부터 약간의 신선함을 선사하는 존재이기도 한 그런 과일이다. 그런 토마토와 같은 존재들로 해서 나는 탈주와 일탈을 감행하지 못하고 일상의 삶을 그럭저럭 견디며 현실에 묶여 있는 것인지도 모르겠다.

그런데 이렇게 현실과 일탈의 아슬아슬한 경계에서 우리의 욕망을 다스려 주고 있는 토마토 같은 존재가 시고 예술이 아닐까 생각해 본다. 다음과 같은 시가 있다.

끈을 풀어놓았다.

낡은 한 켤레 구두가 가지는 안식. 툰데르트, 브뤼셀, 누엔넨, 안트베르펜 수많은 도시와 이름 없는 풍경을 밟았던 초행길. 별의 해안선을 걸었던 발자국. 기억조차 아득한 것이 되어버린 어둠. 고독과 고뇌와 이젤을 메고 헤매었던 긴 편력의 끝. 제단 위에 펼쳐진 손때 묻은 성경같이 엄숙한 적막.

한 켤레의 낡은 구두의 조용한 가사. 숨소리도 들릴 듯하다. 밤의 깊이에서 이따금 몸을 뒤척이며 꿈꾸는 길. 이직 밟아보지 못한 길. 검은 불꽃의 삼목나무와 소용돌이치는 별과 달이 비치는 밤길도 흰 강물같이 떠오른다. 구두에서 이는 물빛 바람도 보인다. 도버 해협의 가을빛. 한계령 겨울눈.

사랑하는 테오, 안녕! 절망을 찾아 다시 떠나야겠다. 고추잠자리는 아침 태양 최초의 빛으로 날개를 편다. 최후의 전신을 위하여 나는 다시 길 위에 서련다. 진눈깨비 자욱한 2월의 빠리에서. 안녕! 테오.

낡은 구두 한 켤레를 아직 버리지 못하고 있다. 발병 전, 미국 하트포드에서 산 스페인제 야외화. 정이 들었다. 밑창이 달아버린 누런 구두의 쓸쓸한 무게. 부드러운 가죽을 구겨보기도 한다.

길. 서걱이는 억새풀 군락 너머로 사라지는 아득한 들길의 저켠. 시민들의 싱싱한 발자국을 느끼기 시작하는 아침의 포도. 다시 걷고 싶다.

– 허만하, 「고호의 눈4 – 한 켤레의 구두」 전문

시인은 낡은 구두 한 켤레를 통해 예술가로서의 자신의 삶을 돌아본다. 구겨져 아무렇게나 놓여 있는 낡은 구두에서 지친 삶에서 돌아와 쉬고 있는 안식과 평안을 느낀다. 그러나 시인은 거기에서 안주할 수 없다. 아침 태양이 떠오르면 어딘가로 떠나야 한다. 그게 절망을 향해 가는 거친 길이라고 할지라도 죽음과도 같은 휴식에만 머물러 있을 수는 없다. 이렇듯 이 시는 정주와 방랑 사이의 긴장을 통해 거기에서 예술가로서의 고흐와 자신의 삶의 방식을 말하고 있다. 확실한 규범이나 모든 것을 하나로 환원하는 단일한 원칙이나 법칙 등, 이른바 신념이나 진리를 추구하는 종교나 학문의 세계는, 어떤 확실한 틀 속에 우리를 안주시킨다. 하지만 예술은 이런 것들로부터 벗어나고자 하는 것이다. 그리하여 괴롭고 피곤하지만 생동하는 삶의 구체성 속에 다가서는 것 그것이 시이고 예술이다.

2. 색깔에 대하여

나는 비교적 사람들 말을 듣기 좋아하고 또 친절하게 들어주는 편이다. 하지만 정말이지 듣기 싫은 말이 있다. 정확히 말하면 듣기 싫은 질문이 하나 있다. 그것은 '무슨 색을 좋아하세요?'라는 질문이다. 그런데 이 질문을 수없이 많이 들어 왔다. 대학 때 미팅 가서 처음 보는 여학생에게서 들어보기도 하고, 가르치는 학생들에게서도 들었고, 옷을 고르다 백화점 점원에게 듣기도 한다. 이런 질문을 받으면 도대체 무슨 대답을 해야 할지 아득해질 뿐만 아니라 그런 질문을 하는 사람마저 싫어진다. 좋은 색깔을 고르라는 것 자체가 내게는 불가능하고 또 그런 질문이 가능하다고 생각되지도 않는다.

그러한 질문은 생각의 편협성이나 상투성과 관련되어 보인다. 보통 사람들은 색깔을 고정된 것으로 생각한다. 빨 · 주 · 노 · 초 · 파 · 남 · 보 일곱 가지 색이거나 아니면 좀 더 색에 대해 예민하다고 생각하는 사람들의 경우라도 기본 색도표에 나오는 20개 정도의 색이 이미 정해져 있다고 생각한다. 그런데 한 색깔을 두고 어떤 색깔이라고 이름 붙이는 것은 사실 색깔에 대한 폭력이다. 모든 사물들의 다양한 색깔이 지닌 각각의 느낌과 깊이를 무시하고 뭉뚱그려 하나의 색으로 추상화하는 것은 사고의 개념화 작용을 위해서는 어쩔 수 없기는 하지만,

그 과정에서 각각의 색깔들이 가진 감각적인 구체성은 사라져버릴 수 밖에 없는 것이다.

같은 빨간색이라고 하더라도 수많은 다른 빨간색이 있을 것이다. 시골 다방 레지 아가씨의 입술에 칠해진 촌스러운 빨간 루주 색에서부터, 어렸을 때 처음으로 경험했던 닭을 잡던 광경에서 보았던 끊어진 닭모가지에서 흐르던 섬뜩하리만치 선명한 빨간색까지, 다양한 느낌의 빨간색이 존재할 것이다. 어떻게 보면 〈빨간색을 가진 모든 사물의 수 × 그것을 보는 사람의 수〉만큼의 각각 다른 많은 빨간색이 존재한다고도 할 수 있다. 그런데 사람들은 이런 모든 느낌들을 지워버리고 하나의 빨간색으로 환원한다. 그리고 거기에 '정열'이라든가 하는 어떤 개념과 의미까지 부여하기도 한다. 그래서 빨간색을 좋아하는 사람은 정열적이고, 노란색을 좋아하면 유아적이고, 보라색을 좋아하면 거짓말을 잘한다는 등의 싸구려 심리학을 늘어놓기까지 한다. 그런데 그렇게 되면 색은 사라지고 없다. 우리의 감각적 구체성으로 느껴질 때 사실은 그게 진정한 색깔인 것이다. 그렇기 때문에 모든 색에는 우리의 삶과 경험이 녹아있거나 결부되어 있다.

얼마 전에 동네 슈퍼에 물건을 사러 갔다가 아주 우연히 대학 때 만났던 옛 친구를 만난 적이 있다. 그때 내 느낌이 지금도 색깔로 기억된다. 주황색이었다. 옛날 삼양라면 봉지 같은 그런 주황색이었다. 그것도 몇 년을 땅속에서 묻혀 있다 포크레인 이빨에 걸려 끌려 나오고 있는 오래된 삼양라면 봉지 같은 퇴색한 주황색이었다. 그것은 또 슬픔의 색이기도 했다. 그 값싼 화려함이 그 화려함마저 지탱하지 못하고 시들어 가는 듯한 색깔이었다. 그녀도 나도 그런 색깔로 그렇게 시들어간다는 느낌이 문득 들었던 것 같다. 그녀도 이런 비슷한 느낌이 들었던지 잠깐의 만남 뒤 헤어질 때는 약간의 눈물까지 내비치기도 했다. 나는 그때 그녀가 들고 있던 노란 시장바구니 안쪽을 쳐다볼 수 없었다. 거기에 그녀의 현재의 삶과 지나온 삶이 다 들어 있을 것 같았다. 그것을 아는 것이 두렵고 슬펐다.

하여간 이렇듯 하나하나의 색에는 우리의 삶이 묻어있고 경험이 농축되어 있다. 색이라는 것은 이러한 감각적 구체성이다. 그런데 사람들은 이런 색깔을 단일한 하나의 개념으로 추상화해버린다. 더 나아가 색을 좋은 색과 나쁜 색으로 구분하기까지 한다. 옛날에 빨간색이면 다 나쁘고 파란색이면 다 좋은 시절이 있었다. 또 지금도 흰색은 선하고 올바른 좋은 색이고 검은색은 악의 색이라는 생각을 하는 사람들이 더러 있다. 이렇듯 색을 구획 짓고 또 더 나아가 좋은 색 나쁜 색을 고르라는 것은 세상에 대한 편협한 생각을 강요하는 것과 별반 다를 바가 없다. 약간의 비약일지 모르지만 이러한 편협한 생각이 우리를 상투적으로 만들고 기존의 가치와 생각에 매몰된 채 억압을 받아들이며 살게 하는 것인지도 모른다. 이러한 편협함과 상투성을 벗어날 때 모든 색들의 느낌과 깊이가 서로 다르게 느껴지면서 그 색과 관련된 우리의 감각적 구체성이 살아난다. 그리고 그것은 끊임없이 우리를 상투화시켜 기존의 생각과 제도의 노예로 만들려고 하는 사회적 억압에 저항하는 길이기도 하다.

그리고 더욱 비약해보자면 그런 저항의 길이 예술이기도 하다. 모든 추상화와 그에 따른 이데올로기로부터 벗어나 삶의 구체성을 생생하게 느끼게 하는 것 그러기 위해, 단일한 원리나 고정된 시각, 또는 편협한 원칙으로 환원하려는 모든 억압적 기도들을 무화시키거나 추문화시키면서, 삶의 구체성과 거기에서 보이는 가혹한 진실을 회복하는 것 그것이 예술이 아닐까 생각해 본다.

정지용의 다음과 같은 시가 있다.

한 백 년 진흙 속에
숨었다 나온 듯이

게처럼 옆으로
기어가 보노니,

머언 푸른 하늘 알로
가이 없는 모래밭

– 정지용, 「바다2」 전문

사실 이 시는 정지용의 시 중 그렇게 대단하게 평가되는 시는 아니다. 그런데 이 간단한 시 구절들을 시가 되게 만드는 것은 마지막 연, 그중에서도 '머언 푸른'이라는 부분이다. 이 시에서 보이는 4음보의 규칙성이 마지막 연 첫째 행을 '머언 푸른/ 하늘 알로' 로 읽히게 만든다. 그런데 사실은 의미상으로는 '머언/ 푸른 하늘/ 알로'로 읽든지 아니면 '머언/ 푸른 하늘 알로'로 읽어야 한다. 하지만 이렇게 읽으면 어쩐지 어색하다. 시의 리듬감이 상실되고 만다. 한국어로 시를 경험한 사람은 당연히 '머언 푸른/ 하늘 알로'이렇게 박자를 맞추어 읽게 될 것이다. 그런데 여기에서 아주 미묘한 의미상의 변화가 만들어진다. 마치 '머언'이 '푸른'을 꾸미는 것 같은 의미상의 착각이 생겨나면서 푸른색에 대한 새로운 이미지가 만들어진다. '머언 푸른색' 얼마나 그럴듯한 색깔인가? 한없이 맑고 투명한 아득한 파란색, 마치 고려청자의 빛깔과도 같은 그러한 깊은 파란색을 떠올릴 수 있게 된다. 이렇듯 이 시는 '푸른'이라는 말과 거기에 부여된 상투적 관념으로 환원될 수 없는 푸른색의 느낌을 약간의 언어 조작을 통해 그 풍부한 구체성으로 되돌려 놓았다.

그런데 사실 이런 것이 문학이고 예술 아닐까? 인생과 세계에 대한 거창한 기획을 보여주는 게 아니라 또 문학이 그럴 수도 없지만, 시인이 의도를 했건 하지 못했건 상투성에 저항하게 되는 이러한 실천이 사실은 그 어느 것보다 더 혁명적인 것이 아닐까?

3. 슬픔에 대하여

나이가 들어가면서 점점 눈물이 많아져 가는 것 같다. 얼마 전부터, 소설을 읽다가 또는 영화를 보다가 하다못해 TV 드라마를 보면서 애들과 집사람 보기 민망하게 눈물을 죽죽 흘린 적이 한두 번이 아니다. 슬픔은 나이와 비례해 가는 것 같다. 그만큼 삶에서 느낀 좌절이 많기 때문이리라. 좌절이 많다기보다는 조그마한 좌절에서도 느껴지는 심리적인 충격이 크기 때문인지도 모른다. 젊었을 때는 어지간한 슬픔 같은 것은 충만한 삶의 생기와 내일이라는 강력한 희망으로 쉽게 잊어버리거나 아니면 분노나 증오 등의 격정적 감정으로 슬픔을 해소해 버릴 수가 있었다. 그러나 나이가 들면서부터는 삶에서 겪게 되는 좌절은 고스란히 내가 떠안아야 할 심리적 무게가 된다.

슬픔을 생각해 보았다. 아주 간단히 정리하자면 슬픔이란 욕망의 좌절이 가져온 정서적 반응이다. 근원적인 결핍을 가지고 태어난 우리는 항상 무엇인가를 통해 그것을 채우고자 한다. 그것이 바로 욕망이다. 그러나 그러한 욕망을 결코 완전하게 채워지지 않는다. 욕망의 현실적 실현은 항상 근원적인 결핍에는 부족하거나 모자라기 때문이다. 그래서 결핍을 보상하기 위해 무엇인가를 갈구하지만, 그것 역시 또 다른 욕망만을 만들어 낼 뿐이다. 욕망의 충족은 끊임없이 유보되고 우리는 욕망의 대리물 사이를 끊임없이 표랑할 뿐이다. 이것이 라캉이 말한 '욕망의 환유적 연쇄'일 것이다.

그런데 이러한 욕망의 환유적 연쇄에 대응하는 인간의 정서가 슬픔이다. 이렇게 보았을 때 세상은 슬픔 그 자체이다. 하여간 슬픔은 채울 수 없는 욕망의 좌절을 피하지 않고 대면할 때 생기는 감정이다. 이러한 슬픔을 피하기 위해 슬픔을 느끼는 주체를 부정해서 자기파괴로 몰고 가면 자살 같은 죽음 충동이 된다. 반대로 슬픔을 가져온 욕망의 대상에 대한 파괴로 몰고 가면 그것은 폭력이 되고 파시즘이 된다. 그러나 슬픔은 욕망의 좌절을 가져온 현실 그 자체를 받아들이는 감정이다. 따라서 그것은 역설적이게도 강인한 감정이다. 좌절을 피하거나 다른 것으로 환원하지 않는 슬픔은 또 사실은 가장 진정하고 근본적인 감정이기도 하다. 슬픔 이외 여타의 감정들, 기쁨이라든가 분노라든가 하는 것들은 어쩌면 슬픔을 강조하거나 슬픔을 견딜 수 있게 해 주는 보조적이고 파생적인 감정이라고 볼 수도 있다.

하지만 자본주의는 이러한 슬픔을 은폐한다. 자본주의는 인간의 완전한 욕망 충족이라는 환상을 심어준다. 자본주의는, 결핍을 인정하려는 그래서 슬픔을 느끼는 사람들을 꼬드겨서 그러한 결핍을 보상하고 완전한 욕망 충족 가능하다는 것을 믿게 만들어 끝없이 상품을 사게 만든다. 이 때문에 자본주의적 인간은 슬픔을 모른다. 욕망이 좌절되어도 계속되는 물질의 추구가 이러한 욕망 충족을 완성하리라 믿기 때문이다.

그런데 이러한 자본주의가 가장 흥성하고 있는 요즘 갑자기 슬픔을 주제로 한 멜로 영화나 TV 드라마가 유행이다. '러브레터'나 '동감' 같은 영화와 '가을동화' 같은 드라마가 그런 것들이다. 자본주의적 욕망의 구가 속에 살고 있으면서도 어쩔 수 없는 욕망의 좌절을 경험하게 되고 거기에서 느끼는 슬픔을 피할 수 없기 때문이리라. 욕망 충족의 기회와 가능성이 더 커질수록 어쩌면 욕망의 좌절과 거기에서 느끼는 슬픔 역시 더 커지고 있을지도 모른다.

하지만 이들 영화나 드라마에 나오는 슬픔은 진정한 슬픔은 아니다. 사랑하는 사람의 부재와 거기에서 경험하는 욕망의 좌절이라는 슬픔의 정서를 주제로 하고 있지만, 이들 영화나 드라마에서 욕망의 좌절이란 애초에 비현실 속에서 존재한다. 이미 죽은 사람이거나 죽게 예정된 사람 아니면, 시대가 다른 공간에서 사는 사람을 욕망의 대상으로 설정하기 때문이다. 이렇게 되었을 때 슬픔은 현실적 고통을 감당하지 않아도 되는 견딜 만한 슬픔이 되어버린다. 슬픔은 그 진정성을 상실하고 감상적인 포즈로 떨어진다. 그래서 그것은 세상의 어둠과 결핍에 대면하려는 진지한 예술적 태도로 나타나지 않고 값싼 정서적 오락물이 되어버린다. 이 작품들의 예술적 성취의 저급성과 대중적 성공은 여기에서 기인하고 있을 것이다. 슬픔의 포즈로 슬픔을 은폐하고 거짓 슬픔으로 슬픈 삶을 위안하고 슬픈 현실로부터 도피하도록 해주는 것이 이들 영화나 드라마들이 가지고 있는 근본적인 성격이다.

자본주의는 이렇게 슬픔마저도 다른 것으로 만들어 슬픔을 은폐하고 있다. 그렇다면 진정한 슬픔을 깨닫는 것 이것이야말로 자본주의의 완강함에 저항하는 미미하지만 솔직한 예술적 몸부림 아닐까?

기형도의 다음과 같은 시가 있다.

> 누나는 조그맣게 울었다.
> 그리고, 꽃씨를 뿌리면서 시집갔다.
> 봄이 가고.

우리는, 새벽마다 아스팔트 위에 도우도우새들이 쭈그려 앉아
채송화를 싹뚝싹뚝 뜯어먹는 것을 보고 울었다.
맨홀 뚜껑은 항상 열려 있었지만
새들은 엇갈려 짚는 다리를
한 번도 빠뜨리지 않았다.
여름이 가고,
바람은, 먼 南國나라까지 차가운 머리카락을 갈기갈기 풀어 날렸다.
이쁜 달(月)이 노랗게 곪은 저녁,
리어카를 끌고 新作路를 걸어오시던 어머니의 그림자는
달빛을 받아 긴 띠를 발목에 매고, 그날 밤 내내
몹시 허리를 앓았다.

– 기형도, 「달밤」 전문

아주 가슴 아픈 슬픔이 느껴지는 시다. 한 섬세하고 예민한 영혼이, 세상에 대한 느낌의 진폭과 거기에서 생기는 정서적 욕망이 훨씬 컸으리라 생각되는, 한 어린 영혼이 막히고 닫혀버린 가난한 현실의 삶 속에서 느꼈을 슬픔이 고스란히 전해지는 시이다. 슬픔을 생생한 이미지로 만들어 우리들 가슴 깊이 숨겨져 있을 슬픔을 다시 몽실몽실 되살아나게 만든다. 하지만 이 시는 슬픔을 미화하거나 과장하지 않는다. 또한, 애써 다른 것을 통해 위안받으며 그 슬픔으로부터 도피하려 하지 않는다. 슬픔의 압박을 견디며 세상의 아픔을 그대로 온몸으로 느끼며 또 우리에게 보여준다.

이러한 슬픔의 무게가 몸과 마음을 짓눌러 시인을 결국 죽게 했는지도 모른다. 시인은 죽었지만 우리는 죽지 않았다. 우리는 그러한 슬픔을 항상 견딜 수 있는 것으로 만들어버리기 때문이다. 슬픔을 미화해서 삶의 장식으로 만들어버리거나 막연한 희망 등으로 슬픔을 잊어버

리면서 살기 때문이다. 기형도 시인처럼 온전한 슬픔으로 세상의 어둠에 저항할 그럴 용기를 우리는 가지고 있지 못하기 때문이리라.

4. 냄새에 대하여

아주 오랜전에 담배를 끊었다. 그리고 그 이후로 한 개비도 피워본 적이 없다. 그냥 한 번에 금연에 성공한 것이다. 흔히 담배 끊은 사람하고는 상종을 하지 말라는 말이 있다. 그만큼 담배 끊기가 힘들고 그것에 성공한 사람은 독한 사람임이 분명하다는 데서 나온 말일 게다. 하지만 내가 정말 독해서, 다시 말해 의지가 강하고 생활에 철저해서 담배를 끊은 것은 아무래도 아닌 것 같다.

그것은 순전히 냄새 때문이었다. 담배를 끊고 나서 삼 일째 되던 날 등산 갔을 때의 일이었다. 바람에 실려 향긋한 꽃향기가 느껴졌다. 이름도 모르는 하얀 꽃이었다. 그때 문득 어렸을 때 이후로 꽃향기를 제대로 맡아보지 못했다는 것을 깨달았다. 그리고 하나씩 하나씩 냄새들이 되살아났다. 세상이 온통 냄새로 가득 차 있다는 것을 그때 다시 느꼈다. 오랜 시간을 담배 때문에 그 모든 냄새들을 잊어버리고 살아온 것이다.

어렸을 때부터 난 냄새에 아주 민감했다. 냄새들의 세상에서 살았다고 해도 과언이 아니었다. 모든 사물들의 속성과 그것이 내게 주는 느낌이 모두 냄새로 감각되었다. 자다 일어나면 꿈속에서 느꼈던 냄새를 찾아 흥흥거렸던 기억도 있다. 슬픔과 기쁨의 냄새가 있었고 뭔지 모를 사랑의 감정도 냄새로 아직 기억된다. 그것은 요구르트 냄새와도 비슷한 약간 시큼하게 상한 우유 냄새였다. 왜 그것을 사랑의 냄새로 기억하고 있는지는 모른다. 아마 좋아했던 누군가가 그런 냄새와 관련이 있었을 것 같다. 지금도 그 비슷한 냄새를 맡으면 나는 나의 감정에 모든 것을 맡겨 버리고 싶은 충동을 느낀다.

이것 말고도 어렸을 때부터 좋아하던 냄새는 많다. 밖에서 놀다 지쳐 어머니 무릎을 베고 누웠을 때 땟국물에 절은 어머니 헌 치마에서 맡아지는 부엌 설거지통 냄새가 그중 하나이다. 세상에서 가장 편안한 안정감을 가져다주는 그런 냄새였다. 하지만 지금은 그 냄새에 대한 기억만이 있고 그 냄새, 그 느낌은 전혀 떠오르지 않는다. 세상과 나이가 그런 안온함을 빼앗아 간 때문이리라.

이 냄새와 반대로 봄날 밭고랑에서 피어오르는 마른 똥 냄새는 어린 나의 온 마음을 들뜨게 하는 냄새였다. 밭에 거름을 주기 위해 인분을 뿌려 놓으면 처음의 지독한 냄새는 바람과 햇살에 의해 말라가면서 점점 옅어져, 나중에는 악취인지 향기인지 분간할 수 없는 아주 희한한 냄새가 희미하게 피어오른다. 그 냄새를 맡으면 멀리 떠나고 싶어진다. 그 냄새가 날 때쯤 고운 연두색으로 변하기 시작한 산을 쳐다보면, 그 산에서 누군가가 찾아와 저 먼 곳으로 나를 데려다줄 것 같은 어떤 울렁거림이 느껴졌다.

여름에 갑자기 굵은 장대비가 쏟아지면 메말라 푸석푸석 먼지가 이는 빨간 황토 바닥에서 피어오르는 먼지 냄새 역시 잊혀지지 않는 냄새이다. 그것은 변화의 냄새였다. 어떤 강한 에너지가 내 자신과 나의 운명을 바꾸어 나를 다른 무엇이 되게 해주는 것 같은 기분이 들었다. 매해 여름에 그런 냄새를 맡고 나면 내가 갑자기 훌쩍 크고 있다는 느낌이 들었다.

그리고 무엇보다도 내가 좋아하는 냄새는 싸구려 화장품 냄새이다. 화장이라고는 해본 적이 없으신 어머니 밑에서 자라서 화장품 냄새라는 것은 어머니를 따라 동네 새댁 신혼방에 놀러 가거나 누나들이 있는 친척집에 놀러 갔을 때나 맡아볼 수 있었다. 그때의 화장품 냄새는 지금의 백화점 화장품 코너에서 나는 고급스러운 향취가 아니라 '향기'라는 관념이 조악하게 만들어 낸 너무나 간단명료한 자극만을 주는 냄새이다. 주간지 표지의 천박한 미소나 속옷 가게에 걸려있는 알록달록한 싸구려 란제리를 떠올려주는 그런 냄새이다. 그 냄새들은 어린 나에게는 너무 큰 자극이었다. 어쩌면 나는 그 냄새들을 통해 여성을 알게 된지도 모른다. 그래서 지금도 그런 냄새를 만나면 그냥 그 냄새의 주인을 따라가고 싶은 충동을 느낀다. 나의 성적 취향의 저급성은 이렇듯 출신 성분이 가져온 너무나 뿌리 깊은 것인 모양이다.

그런데 이 모든 냄새들을 담배 때문에 한꺼번에 다 잃어버린 것이다. 고등학교 2학년 때 친구들과 몰려다니면서 처음으로 담배를 피웠을 때를 잊을 수가 없다. 그런 냄새는 처음이었다. 담배는 이제까지 내가 알고 좋아했던 모든 냄새를 다 지닌 것과 같은 깊이 있으면서도 또 복잡한 그래서 정말 아름답기까지 한 향기를 가지고 있었다. 자극적이면서도 또한 온몸을 감싸 안는 것 같은 은은함을 가진 담배 연기의 냄새에 난 그만 매료되었다. 그리고 골초가 되었다. 하지만 그때부터 다른 냄새들은 내게 더 이상 없었다. 화장품 냄새나 꽃향기는 물론 나의 감정과 결부된 생활 속의 수많은 냄새들도 모두 담배 냄새 속에서 사라져 버린 것이다. 냄새들이 모두 사라진 것이 아니라 모든 냄새들이 담배 냄새를 통해서만, 아니 좀 더 정확히는 담배 냄새의 변화를 통해서만 감지되는 것이었다. 이를테면 커피의 냄새는 담배와 함께했을 때의 커피 냄새와 담배를 피운 후의 커피 냄새의 차이로만 느껴졌다.

그런데 담배를 끊자 이 모든 냄새들이 다시 살아나는 것이었다. 담배를 끊으면서 15년 이상 담배에 빼앗겨버린 냄새를 되찾았다는 기쁨이 너무 크게 느껴졌다. 그 기쁨을 포기할 수 없었고 그래서 금연에 성공할 수 있었다.

비슷하게도 젊은 시절 나는 하나의 확실한 신념으로 살아왔다. 현실을 해석하고 그것에 따라 나의 꿈을 완성하고 내가 바라던 사랑을 실천할 분명한 시각과 방법이 있다고 믿어왔다. 그것을 통해서만 세상을 바라보았고 그것으로 사람을 사귀었고 그 길로만 살아야 역사적 정당성을 갖는다고 굳건하게 믿어왔다. 그리고 그런 믿음이 있다는 것이 큰 희망이고 기쁨이었다. 그런데 이러한 신념이 확실해질수록 어릴 때부터의 꿈인 문학은 이제 더는 중요한 것이 아니었다. 그것은 끊임없이 나를 나약하게 만드는 위험한 유혹일 뿐이었다.

하지만 그 확실한 신념이 많은 것을 희생시킬 수 있다는 것을 깨달은 것 역시 10여 년이 지나고 나서였다. 확실한 신념이 희망과 꿈을 주고 내가 무엇인가를 하게 할 강력한 에너지를 보충해 주는 것은 사실이었지만, 삶의 섬세한 무수한 결들을 손상하는 것 역시 사실이었다. 신념을 포기할 때 이 모든 것들이 다시 생생하게 다시 살아났다. 관념을 접어버리자 모든 감각이 열리고 냄새 하나 빛깔 하나하나가 새로운 느낌으로 전경화되는 것이었다. 그리고 다시 시를 읽고 시를 지었다.

시를 하나 인용해 본다.

자연은 하나의 신전, 그 살아있는 기둥들은

이따금 알 수 없는 말들을 새어 보낸다.
그곳을 가는 인간은 상징의 숲을 가로지르고
숲은 낯익은 눈길로 그를 지켜본다.

…(중략)…

어린애 살처럼 싱싱한
오보에처럼 부드러운, 초원처럼 푸른 향기가 있다.
-- 그리고 또, 썩은, 풍성하고 양양한 향기가 있어,

무한한 것들이 퍼져가듯,
용연향, 사향, 안식향, 훈향처럼,
정신과 감각의 열광을 노래한다.

보들레르의 「조응」(correspondances)이라는 유명한 시이다. 흔히 보들레르의 상징시의 원리를 시적으로 형상화해낸 중요한 작품으로 자주 인용되는 시이다. 온갖 사물들 자연의 형상들이 냄새와 같은 고유한 어떤 기운으로 상징의 숲을 만들어 내고, 그것을 통해 우리의 인식으로 쉽게 파악할 수 없는, 세계의 비의적인 의미에 도달해가는 것을 보여준다고 해석한다.

하지만 나는 이런 해석 때문에 이 시를 좋아하는 것은 아니다. 이 시를 읽었을 때의 내가 이 시를 느낌과 꼭 맞아떨어지는지는 잘 모르겠지만, 내가 이 시를 좋아하는 것은 그 많은 냄새들 때문이다. 온갖 냄새들의 세세한 차이를 분별해내고 거기에서 느껴지는 감각의 생생함을 떠올려내는 시인의 감수성이, 내게 크게 와 닿았다. 세상의 온갖 냄새들이 살아 움직이며 그러한 생생한 기운을 감각적으로 체험하여

그려낸 그 느낌의 선명함만으로 이 시는 훌륭한 시가 아닐까 생각해 본다.

5. 소름에 대하여

소름에 대한 기억들이 많다. 조금의 자극에도 소름이 잘 돋는 편이기 때문인지 모른다. 물론 나를 소름 돋게 만든 가장 흔한 원인은 추위였다. 어릴 때부터 에너지가 부족했던 나는 추위에 떨었던 기억이 너무도 많다. 겨울이면 한기가 사방에서 몰려드는 차가운 마룻바닥 교실에서 새파란 입술로 꽁꽁 언 손발을 부비며 온몸에 소름 투성이가 되어 오돌거렸던 경험이 아직도 생생하다. 온몸에 소름이 돋을 정도로 추울 때면 나의 모든 힘과 열기가 다 빠져나가고 나 자신마저도 추위 속에 오그라들어 없어질 것 같은 일종의 두려움이 느껴지기까지 했다. 그 경험들을 떠올리면 아직도 손발이 저리는 듯한 느낌이 든다.

무서움 또한 소름을 일으키게 하는 중요한 원인이었다. 소름이 돋고 머리끝이 서는 것 같은 무서움은 겁이 많았던 나에게는 너무 흔한 경험이었다. 갑자기 골목길에서 큰 개를 만났을 때나 어두운 곳에서 뱀이나 벌레 같은 느낌의 징그러운 물체를 만졌을 때가 그런 경우일 것이다. 그런데 이런 순간적인 섬뜩함과는 다른 훨씬 큰 공포를 느낀 적이 있다. 중학교 다닐 때쯤인가 멀리 떨어진 친구 집에 놀러 갔다 오는 길이었다. 바다로 면한 산모퉁이 길을 지나와야 했다. 평소 낮에 다닐 때는 갯벌에서 일하는 사람들도 있고 띄엄띄엄 인가도 있고 해서 그렇게 무섭게 생각하지는 않았던 길이었다. 하지만 밤에는 너무 달랐다. 산모퉁이를 도는 길이었기 때문에 길 앞쪽은 보이지 않았다. 한쪽 옆에는 스산한 바람 소리를 내는 대숲이 있었고 앞과 옆 그리고 뒤는 모두 캄캄한 검은 바닷물뿐이었다. 그렇게 무서운 검은 색은 처음이었다. 벗어날 수 없는 어떤 공포의 세계에 빠져드는 느낌이었다. 온몸에 힘이 빠져 한 발짝 뗄 수 없는 무력감이 느껴지자 그때 몸에 나타나는 특징적인 증상이 소름이었다. 온몸에 돋아난 소름 봉우리를 통해 나의 영혼이 다 빠져나가고, 내 자신마저 무화되어버리는 듯한 아니 차라리 없어져 버리고 싶다는 생각을 했던 것 같다.

소름과 관계된 또 다른 기억이 있다. 대학 다닐 때 운동권 독서 써클에서 같이 공부를 하던 선배가 있었다. 사실 공부에서는 배울 게 없던 선배였다. 하지만 집회에서는 너무도 다른 모습을 보여주었다. 그 선배의 열변은 모든 사람을 사로잡는 힘이 있었다. 그 선배의 한마디 한마디에 모두 가슴이 뜨거워지고 우리는 거리에 뛰쳐나가 젊음의 열정을 불태우곤 했다. 그 선배의 격정적인 연설을 들으면 소름이 돋았다. 그 소름 돋는 감동의 연설을 들으며, 무언가 강력한 힘에 사로잡혀 나도 모르게 그 힘에 나를 맡겨 내 자신을 던지고 불태우고 싶은 그런 정열의 끓어오름을 느꼈다.

소름이 돋는 또 하나의 경우가 있다. 이런 점잖은 지면에서 내놓고 얘기하기 정말 쑥스러운 일이기는 하지만, 섹스를 하다 절정에 도달했을 때이다. 그것이 나만의 신체적 특징인지 모든 사람들이 다 그런지는 모르지만, 하여간 그때의 느낌은 환희와 고통, 두려움과 충만감이 공존하면서도 나의 몸과 마음이 공중에서 부서져 내려 없어지는 것 같은 그런 것이다.

이렇게 볼 때 소름은 자신에게 가해지는 막강한 힘 앞에 자신을 지키려는 격렬한 몸부림의 표현이 아닌가 한다. 공포나 추위 앞에서 어떤 내분비샘의 작용으로 그런 신체적 현상이 생겨나는지에 대한 정확한 과학적 지식은 전혀 없지만, 나의 경험에 의하면 소름은, 그것이 기운이건 체온이건 정신이건 자신을 형성하는 어떤 중요한 것을, 외부의 위해로부터 지키려는 신체의 급격한 반응이다.

그런데 이러한 소름들과 비슷하지만, 차원을 좀 달리하는 소름이 있다. 감동적인 예술작품을 접할 때 특히 짧으면서도 강렬한 언어로 폐부를 찌르는 시를 읽을 때 소름이 돋는 것을 느낀다. 내게 소름을 경험케 한 시들 중 기억나는 것은 다음의 시다.

> 개 같은 가을이 쳐들어온다.
> 매독 같은 가을.
> 그리고 죽음은, 황혼 그 마비된
> 한 쪽 다리에 찾아온다.
>
> 모든 사물이 습기를 잃고
> 모든 길들의 경계선이 문드러진다.
> 레코드에 담긴 옛 가수의 목소리가 시들고
> 여보세요 죽선이 아니니 죽선이지 죽선아
> 전화선이 허공에서 수신인을 잃고
> 한번 떠나간 애인들은 꿈에도 다시 돌아오지 않는다.
>
> 그리고 그리고 괴어 있는 기억의 폐수가
> 한없이 말 오줌 냄새를 풍기는 세월의 봉놋방에서
> 나는 부시시 죽었다 깨어난 목소리로 묻는다.
> 어디만큼 왔나 어디까지 가야

강물은 바닷가 될 수 있을까.

— 최승자, 「개 같은 가을이」 전문

우리는 '가을' 하면 수확과 풍성함과 아니면 떨어지는 낙엽을 밟으며 느끼는 센티멘탈한 그러나 아름다운 슬픔 같은 것을 생각한다. 그것이 가을에 대한 통념적인 생각이다. '아름다운 열매를 위하여 이 비옥한 시간을 가꾸게 하소서'라는 릴케의 시구절이나 '저 기울어진 달빛 그늘로 우리 낙엽을 밟으며 헤어지자' 등의 유치한 소녀 취향의 낭만적 시구절 들을 생각할 것이다. 풍성함이나 애잔한 슬픔, 아름다운 이별 등등이 가을에 대한 우리의 통념적 느낌이다. 그런데 위의 최승자의 시는 이런 통념적 기대를 완전히 저버린다.

시인에게 가을은 아주 고통스러운 것이다. 아름다운 것이 아니라, 매독같이 더럽고 추악한 고통이다. 황혼은 밀레의 만종에서와 같은 경건한 마무리가 아니라 마비와 죽음이다. 그리고 모든 것이 생명력을 잃고, '모든 길들의 경계선이 문드러지'는 것과 같이 삶의 지향이 사라지고, '전화선이 허공에서 수신인을 잃'는 것에서 알 수 있듯 사람들과의 단절과 소외가 심화된다. 그렇기 때문에 모든 과거는 폐수처럼 세월 속에서 썩어가고 있으면서 아무런 의미도 남기지 못한다. 시인이 보기에 가을은 현대 사회의 인간들이 느끼는 이러한 소외와 절망감을 증폭시키는 계절인 것이다.

이 시를 대학 2, 3학년 무렵 처음 읽었던 것 같다. 시인과 같은 인생의 고통을 느낀 그런 나이는 아니었다. 하지만 이 시를 읽고 시인의 고통이 주는 그 강렬함이 나에게 큰 무게로 다가왔고 나도 모르게 소름이 돋는 것을 느꼈다. 엄청난 밀도의 시인의 고통이 일상의 안일함에 머물러 있는 내게 큰 타격을 입히고 그러한 정서적 반응에 대한 두려움이 소름으로 나타나지 않았나 싶다. 하여간 시인의 고통이 나의 고통이 되어 나를 사로잡는 것 같았다. 그것은 카타르시스의 경험이었다. 그런 카타르시스를 통해 나 아닌 다른 사람의 고통을 이해할 수 있게 된 것이다. 앞서 얘기한 추위나 고통에서의 소름들이 외부의 힘들에 대한 자폐적이고 수동적인 반응들이라면 시를 읽고 감동해서 생긴 소름은 나 아닌 새로운 세상에 대한 발견의 고통을 동반한 그런 것이었다. 그것은 나를 넘어서 다른 것들을 포섭해 들이고 세상을 보는 안목을 넓혀주고 그것에서 가지게 되는 정서를 풍부하게 해준다. 지금 같은 시대에도 시나 예술이 필요하다고 우길 수 있다면 바로 이런 점이 아닐까 생각한다.

그런데 소름을 닭살이라 부르기도 한다. 흔히 소름을 비하하거나 부정적으로 생각하면서 쓰는 말이다. 같은 생리적인 현상을 왜 이렇게 다른 말로 부르는 것일까? 그것은 쓰는 맥락이 다르기 때문이다. 간단히 말해 소름이 진정성을 상실할 때 그것은 닭살이 된다. 공포나 추위에서 생기는 소름을 닭살이라 하지는 않는다. 그것은 명백한 외부적 자극이기 때문이다. 닭살이라는 말은 감동이라는 정서적 반응과 관계가 있다. 거짓된 감동을 강요하거나 상투적인 방식으로 양식화된 감동을 만들어 낼 때, 그런 식상한 느낌을 흔히 닭살이라는 말로 비하해서 표현한다.

그런데도 사람들은 닭살을 좋아한다. 상대에게 하는 닭살 돋은 거짓말을 듣고 사랑을 맹세하는 연인들이 지금도 수없이 존재할 것이고, 대중적인 시나 인생론 책들에 나오는 상투적인 그러나 아름답고 따뜻한 구절들이 수많은 이 땅의 청소년들의 책갈피에 적혀서 입시에 지친 그들의 삶을 달래주고 있을 것이고, 뻔한 이야기인 줄 알면서도 할리우드의 로맨틱 코미디의 닭살이 돋는 결말에 많은 사람들이 행복해한다.

그러한 닭살 돋움이 사람들에게 위안을 주기 때문일 것이다. 그것은 소름을 만들어 내는 추위나 공포의 육체적 고통, 아니면 진정한 예술 작품이 가진 심리적 고통과는 거리가 멀다. 거부할 수 없는 강력한 어떤 힘 앞에 자신이 내던져져 있는 것 같은 두려움이나 고통 없이 익숙한 자극에 익숙한 반응을 하면서 어떤 위험이나 심리적 압박감을 피해 정서적으로 감동을 맛보려는 태도에서 나온 것이 닭살이다. 예술에서 그것은 감상성으로 나타난다.

6. 귀찮음에 대하여

“아! 귀찮아”, “귀찮아 죽겠네” 이런 말을 몇 번이나 하면서 살아왔는지 생각해 본다. 수백 번 아니 수천 번, 어쩌면 그것보다 훨씬 많아 하루에도 수십 번씩 하며 살아온 게 아닌지 모르겠다.

처음으로 귀찮음이라는 감정을 느꼈다고 생각되는 뚜렷한 경험은 초등학교 1학년인가 2학년 때였다. 그때는 교실이 부족할 때라 2부제 수업을 했다. 오후반일 때 오전반이 끝나고 점심시간이 지난 오후 1시에 학교에 가야 했다. 한 달을 오전반으로 지내면 다음 달에는 오후반으로 교체되는 그런 방식이었다.

언젠가 오후반일 때였다. 이른 여름 어느 날로 기억된다. 아무도 없는 집에서 혼자 빈둥대다 살며시 잠이 들었다. 문득 놀라 깨어보니 학교 갈 시간이 다 되어 있었다. 하지만 도무지 일어나기 싫은 그런 기분이었다. 일어나서 책가방을 챙기고 찌는 땡볕 아래 30분 이상을 걸어서 학교에 간다는 것이 너무나 귀찮게만 여겨졌다. 그저 움직이기가 싫을 뿐이었다. 누워 시계를 보면서 5분 안에는 일어나야 하는데…… 이제는 3분밖에는 안 남았는데, 하는 생각을 하면서 온몸이 방바닥 저 아래로 가라앉는 것 같은 나른함에서 벗어나기 힘들었다. 밖에서는 감나무 가지 사이로 매미가 앵앵거리고 있었고 무화과나무의 그 무성한 나뭇잎 사이로 정오 무렵의 맹렬한 햇살이 찬란하게 번져 나와 비현실적인 영상을 만들어 내고 있었다. 그것이 내가 최초로 경험한 귀찮음이었다.

지금도 이런 귀찮음은 수시로 몰려온다. 교육에 종사하는 사람으로서 정말 이런 말하기 스스로 창피한 생각 피할 수 없지만, 학생들도 아무런 흥미를 느끼지 않고, 나 역시 할 말이 별로 없는 교양 과목 수업을 들어가기 전이라든가, 아는 사람 부탁으로 별로 쓰고 싶지 않은 시집 발문이나 서평을 쓰기 위해 컴퓨터 앞에 앉아 깜박거리는 모니터의 커서를 보고 있을 때, 엄습하는 귀찮음 때문에 손 하나 까딱하기 싫어진다.

이런 것 말고도 훨씬 자잘한 귀찮음이 일상사의 곳곳에 잠복하고 있다가 나를 맥빠지게 만든다. 매일 신문 사이에 끼어 들어오는 전단지들이 어느 날 문득 온 집안을 뒤덮고 있음을 볼 때, 점심은 먹어야겠기에 구내식당에 내려갔는데 오늘의 메뉴판에 “두부 잡채 덮밥” 또는 “오징어 매운탕” 같은 정체불명의 음식 이름이 적혀 있는 것을 볼 때 나도 모르게 “아으 귀찮아”라는 말이 입속에서 비집고 나오는 것을 느낀다.

귀찮음이란 일하기 싫음이다. 하지만 그것은 어떤 중요한 일의 실행을 두고 느끼는 압박감하고는 좀 다르다. 그것은 아무런 열정도 일으키지 않은 무의미한 일들을 앞에 둔 무기력함이다.

귀찮음을 좀 더 개념적인 말로 바꾸면 그것은 권태(倦怠)이다. 좀 비약적인 설명이지만 그것은 죽음으로 향하는 정신적 태도이기도 하다. 최대한의 욕망을 확대하여 약동하는 삶의 생기로 살아가는 것에 반해 닫히고 갇혀버린 무의미한 삶에 매몰되어, 냉장고 속의 오래된 푸성귀처럼 생기를 조금씩 빼앗겨 시들어가는 그런 정신 현상이다.

그런데 이 권태는 근대인의 삶에 있어서는 근본적인 존재 조건이기도 하다. 비대해진 사회 조직과 기계화되고 자동화된 생산 시스템 그리고 모든 인간관계가 수치화된 제도로 환원되어버린 사회 조건 안에서 도구로 변해버린 인간 존재는 이제 능동적이고 주체적인 자기실현보다는 강제적이고 수동적인 "일"에 매달려 살게 된다. 더욱이 그 일이란 것은 오직 생산성이나 효율성이라는 말로 얘기되는 계량화된 성과로만 표현되는 것이기에 개성이나 자기 정체성 같은 것은 애초에 문제 되지 않는다. 그렇기 때문에 자신이 하는 일이면서도 그것은 자신의 일이 아니다. 거기에 권태가 자리한다.

어떤 사회철학자는 이러한 권태의 근원을 화폐에서 찾기도 한다. 화폐 즉 자본이 우리 삶의 중심이 되어버린 현대 자본주의 사회에서는 인간의 모든 활동은 화폐의 가치로 환원되어버리기에 인간 활동의 산물인 모든 사물은 하나하나의 특정한 개성을 갖지 못하고 그것이 가지는 화폐의 액면가로만 이야기된다. 때문에 사물들을 향해 가지는 감정과 의욕은 사라지고 권태감이 그것을 대치하게 된다는 것이다.

현대 자본주의는 비약적 생산성 향상을 이룸으로써 우리의 욕망을 최대한 확대한다. 그러나 또 한편 그것은 모든 조직과 제도 그리고 모든 인간적 산물을 균질화하고 계량화하여 인간의 욕망을 통제하고 그를 통해 질서의 안정화를 만들어 낸다. 거기에서 권태가 만들어진다. 그렇게 볼 때 우리의 욕망은 사실 우리의 욕망이 아니다. 이를테면 내가 가진 어떤 옷이나 음식에 대한 욕망, 좀 더 나아가 한 여자를 사랑하고 싶다는 욕망까지도 그것은 순수한 나의 욕망이 아니라 화폐의 가치로 척도화 되고 객관화된 다른 누군가의 욕망일 뿐이다. 거기에 권태가 있다. 이러한 권태에서는 나의 주체성은 존재하지 않고 끊임없이 나는 타자화 되어 사라져 간다.

근대 이후 예술이 존재하는 한 가지 중요한 이유는 어쩌면 이런 권태에 저항하기 위해서이다. 그리고 권태에 저항하는 한 가지 방식은 권태를 그대로 직시하여 권태를 권태로 표현하는 방식이다. 그것은 보들레르와 이상이 했던 방식이기도 하다.

이 점에 대해서는 우리 영화, 홍상수 감독의 영화들을 들지 않을 수 없다. 그의 영화는 흔히 일상성의 영화로 불리워진다. 할리우드 영화로 대변되는 주류영화의 기본 문법인 '꽉 짜여지고 일관된 내러티브 혹은 스토리 라인을 거부하면서 일상의 권태로움을 권태롭게 보여준다. 너절하고 나른하며 불안하기도 한 지극히 일상적인 사건들, 이치에 맞지 않는 엉뚱한 대사들로 우리 모두 각자 자신들이 경험한 것 같은 현실의 부스러기나 일상의 표면들을 표현하여 현실감을 만들어 보여주고 있다.

그의 영화들 전편에 전경화되어 나타나는 이러한 인물들의 일상적인 대사나 행위들은 과연 무엇일까? 사실에 대한 객관적 재현이라는 서사적 요구로 이 작품을 이해할 때 이 영화는 우리의 우스꽝스러운 모습을 풍자적으로 드러내는 어설픈 코미디가 되어버린다. 하지만 전혀 반대로 이 영화는 서사의 구축을 통한 현실 재현에 저항하고 있다. 항상 우리는 우리의 삶이 영화들에서처럼 폼나는 진지한 것이라고 생각한다. 아니 그렇게 생각하기를 강요당하고 있다. 하지만 이 영화는 영화 속에 나오는 꽉 짜여진 혹은 고도로 연출된 플롯과 대화, 인물들의 진지함이 사실과는 전혀 다르다는 것, 우리의 삶은 이런 것과는 달리 하찮고 너절하며 누추하고 알량한 권태로운 일상들의 연속이라는 것을 일깨워준다. 이는 어찌 보면 낯설게 하기의 방식이기도 하다. 우리의 삶을 낯설게 하고 이러한 삶을 다룬 기존의 영화의 문법을 낯설게 해서 세상에 대한 전혀 새로운 낯선 인식을 가능하게 하는 것이다. 하지만 그 낯선 것이 사실은 가슴 아프게도 진실임을 우리에게 가차 없이 보여주고 있다.

다음 김수영의 시도 권태를 이야기한다.

……활자는 반짝거리면서 하늘 아래에서
간간이
자유를 말하는데
나의 영은 죽어있는 것이 아니냐

벗이여
그대의 말을 고개 숙이고 듣는 것이
그대는 마음에 들지 않겠지
마음에 들지 않어라

모두 다 마음에 들지 않어라
이 황혼도 저 돌벽아래 잡초도
담장의 푸른 페인트빛도
저 고요함도 이 고요함도

그대의 정의도 우리들의 섬세도
행동이 죽음에서 나오는
이 욕된 교외에서는
어제도 오늘도 내일도 마음에 들지 않어라

그대는 반짝거리면서 하늘 아래에서
간간이
자유를 말하는데

우스워라 나의 영은 죽어있는 것이 아니야

― 김수영, 「사령(死靈)」 전문

시인인 '나'는 어떤 책을 읽으면서 스스로를 돌이켜보고 있다. 그 책에는 자유에 대한 내용이 들어있는 듯하다. 그는 이 책 속에 씌어 있는 자유의 가치나 필요성에 대해 공감한다. 그러나 이 공감에도 불구하고 어떤 현실의 제약들 때문에 그 자유를 이행하지 못한다. 그래서 스스로를 죽은 영혼이라 탄식한다. 그런데 왜 시인은 자유를 실천하지 못할까? 시대적 상황에 따른 정치적 억압이나 그것에 대항하지 못하는 시인 자신의 소시민성 때문이라고 흔히 지적한다.

그러나 좀 더 근원으로 들어가서 생각하면 그것은 현실의 권태 때문이다. '황혼'이나 '돌벽의 잡초', '담장의 푸른 페인트' 등 일상의 모든 것들에 억압의 근원이 있다. 그것들의 고요함이 억압의 원천이다. 자유를 말하는 책의 정의도 섬세한 개인의 개성도 권태로운 현실의 침묵한 고요함 속에서는 무력하기 그지없다. 시인은 그런 무력함을 탄식함으로써 우리를 둘러싸고 있는 권태의 완강함을 보여주고 있다.

그런데 권태를 드러내는 것이 왜 권태에 저항하는 것일까? 권태를 모르게 만드는 것이 권태의 지배 방식이기 때문이다. 권태는 우리의 삶에 젖어 들어 우리의 모든 감성과 행동을 완강한 질서와 제도로 틀 짓고 욕망마저 교환가치로 계량화하여 그런 지배적 가치 하에 살아가도록 자동화시킨다. 그런데 그러한 삶을 귀찮아하고 그러한 삶에 권태를 느낀다는 것은 얼마나 큰 불온한 삶의 방식일까? 이 시는 그러한 삶의 방식을 획책하고 있다.

권태에 저항하는 또 하나의 방식이 있다. 그것은 끊임없이 나 아닌 다른 것이 되어 권태의 포섭으로부터 벗어나려 몸부림치는 방식이다.

얼마 전에 세상을 뜬 한 시인은 다음과 같이 우리를 다그친다.

3분 동안 못할 일이 뭐야
기습 결혼을 하고
아이를 낳을 수 있지
다리가 끊어지고
백화점이 무너지고
한 나라를 이룰 수도 있지

그런데
이봐
먼지 낀 베란다에 널린
양말들, 바지와 잠바들
접힌 채 말라가는
수치와 망각들
뭐하는 거야

저것 봐
날아가는 돌
겨드랑이에서
재빨리 펼쳐 드는 날개를

저 날개 접히기 전에
어서 결혼을 하고
아이를 낳아야지
도장을 찍고
악수를 청하고
한 나라를 이루어야지

비행기가 떨어지고
강물이 갇히기 전에
식탁 위에 모래가 켜로 앉기 전에
찬장 밑에 잠든 바퀴벌레도 깨워야지
서둘러 겨드랑이에
새파란 날개를 달아야지

– 최정례, 「3분 동안」 전문

3분 안에 재빨리 무엇이 되자고 재촉하고 있다. 그래야 '강물이 갇히'고 '식탁의 모래가 켜로 앉'는 현실의 화석화에서 벗어날 수 있다고 생각하기 때문이다. 그래야 '먼지 낀 베란다에 널린' '양말들'이나 '바지와 잠바들' 같은 부끄러운 망각의 존재가 아니라 '새파란 날개'의 살아있는 존재가 되리라고 생각하기 때문이다. 이렇게 이 시는 무엇인가 되어 이 칙칙한 현실의 권태를 벗어나자고 우리의 잠든 영혼을 뒤흔들고 있다.

그런데 그것이 왜 3분일까? 엄습하는 권태에 대한 두려움을 보여주는 짧은 시간을 그렇게 표현했을 것이다. 하지만 그러한 주관적 시간마저 3분이라는 지극히 계량적인 단위로 표현할 수밖에 없다는 것은 권태를 만들어 내는 이 자본주의 사회의 수치화된 질서가 얼마나 집요하게 우리의 삶을 지배하고 있는지 역설적이게도 잘 보여준다.

어찌 되었든 시인과 우리는 모두 현실의 권태에서부터 행복하게 탈주하지는 못한다. 3분 안에 '죽어라고' 우리가 무엇이 되어 보아도 결국은 결혼하고 아이 낳는 일이고 아주 크게 놀아봐야 한 나라를 이루는 것이다. 다시 말하자면 그것은 더 많은 권태를 강요하는 더욱 강고하고 억압적인 새로운 질서나 제도에 편입되는 것에 불과한 것이다.

그래도 우리는 무엇이 끊임없이 되어야 한다. 그것이야말로 우리가 살아있음을 최소한 증명하는 것이다. 그리고 그러기 위해 우리는 시를 쓰고 또 읽는다.

7. 흔들림에 대하여

나이가 들수록 흔들림이 많아진다. 도대체 확실하고 굳건한 생각이 없어진 것 같다. 이제까지 지켜왔던 믿음들이 허망하게 느껴지고, 무엇을 지키며 어떤 방식으로 살아야 하는지 갈수록 헷갈리기만 한다. 학생들을 가르칠 때도 마찬가지이다. 이제껏 진실이라고 믿어왔던 것을 목소리 높여 말하지만, 문득 학생들의 무관심한 눈동자나 혹은 나를 불쌍하게 보고 있는 듯한 표정을 보면, 과연 내가 알고 있는 것이 무엇이란 말인가 하는 생각과 함께 모든 것이 흔들린다.

그런데 세상은 이렇게 흔들리는 사람을 좋아하지 않는다. 흔히 그런 사람을 지조가 없다고 나무란다. 초지일관 하나의 신념과 가치관을 따르지 못하고, 뜻을 세우고도 그것을 위해 일심으로 매진하지 못하고 자꾸 뒤돌아보고 주저하며 방황하는 사람을 결코 세상은 훌륭한 사람이라고 말하지 않는다. 초등학교 시절부터 좋은 책이라고 강요당해 온 위인전기부터 시작해 하다못해 TV 프로 '성공시대'에서까지 훌륭한 사람들은 온갖 간난과 역경을 극복하며 자신의 뜻을 굽히지 않은 사람들이다. 이 때문에 옛날부터 지조는 인간의 가장 좋은 덕목으로 칭송되어 왔다.

일찍이 조지훈 선생께서는 이러한 지조에 대해서 다음과 같이 설파한 적이 있다.

> 지조란 것은 순일한 정신을 지키기 위한 불타는 신념이요, 눈물겨운 정성이며, 냉철한 확집이요, 고귀한 투쟁이기까지 하다. 지조가 교양인의 위의(威儀)를 위하여 얼마나 값지고 그것이 국민의 교화에 미치는 힘이 얼마나 크며, 따라서 지조를 지키기 위한 괴로움이 얼마나 가혹한가를 헤아리는 사람들은 한 나라의 지도자를 평가하는 기준으로서 먼저 그 지조의 강도를 살피려 한다.
>
> – 조지훈, 「지조론」 중에서

이런 조지훈 선생의 뜻에 따르면 난 너무나 허접한 지조 없는 시정잡배에 불과하다. 하지만 이렇게 자조하고 나면 좀 억울한 생각이 든다. 지조를 지키며 고귀하게 살아온 것은 아니지만 그렇다고 내가 사사로운 이익을 추구하기 위해 끝없는 변절로 점철해 온 것은 아니기 때문이다. 나의 흔들림은 그저 자신감이 없어지고, 살아갈수록 돌아보고 고려하고 염려해야 할 것이 많다 보니 그리된 것이라 애써 자위해 본다.

지천명(知天命)과 불혹(不惑)을 다 건너고 와서 이렇게 흔들리는 이유는 무엇일까? 어쩜 지천명이니 불혹이니 하는 말은 위로의 말이거나 흔들림을 애써 피해 보려는 경계의 말이 아니었나 하는 생각이 들기도 한다.

지조에 대해서 좀 더 생각해 보자. 위의 조지훈 선생은 지조 있는 정치 지도자를 바라는 마음에서 지조의 강도로 지도자를 평가했으나 사실은 지조 있는 지도자가 정치적으로 성공한 사례는 거의 없다고 생각된다. 말 바꾸기, 당 바꾸기가 정치와 동의어가 된 지는 오래다. 그런데 정치가 타락하고 세상이 타락해서 이렇게 되었을까? 흔히 그렇게들 말을 한다. 하지만 한번 다시 생각해 보면 그 어느 시대에도 정치 지도자에게는 지조가 중요한 것이 아니었다. 왕이나 대통령에게 지조를 요구하지는 않는다. 예부터 지조는 신하들이나 한 정치 지도자를 따르는 아랫것들의 몫이었다. 이렇게 보았을 때 지조라는 윤리적 가치에는 다른 사람을 부리고 지배하려는 통치와 복종의 이데올로기가 숨어 있다. 극단적으로 말하자면 지조는 노예의 윤리이다.

지조 있게 흔들리지 않는 사람은 옆에 두고 믿고 부리기에는 좋은 사람일지 모르지만 참다운 자신이 주인인 사람은 아니다. 부림을 당하는 노예는 흔들려서도 안 되고 또 흔들릴 이유도 없다. 그러나 자신이 주인이라고 생각할 때 우리는 끝없이 흔들리고 망설이게 된다. 왜냐하면 삶을 자신이 송두리째 책임져야 하기 때문이다. 이렇게 보았을 때 내가 나이가 들면서 점차 흔들림이 심해지는 것은 어쩌면 당연한지도 모른다.

사실 젊은 나이에는 흔들림이 없었다. 갈등과 번민도 많고 밖에서의 유혹도 훨씬 많았겠지만 뭔가 확실히 지켜야 할 것이 있었고, 젊음을 불태울 뚜렷한 지표가 있었던 것 같다. 그러한 확신에 찬 젊음의 정열이 못내 아쉽고 부럽기는 하지만 또 어떻게 보면 그것은 단순 무식함의 표지이기도 하다. 내가 흔들리는 것은 인생을 보는 폭과 깊이가 달라진 성숙의 모습이라고 얘기한다면 너무 심한 자위가 아닐까?

한 시인이 서로 다른 시기에 쓴 다음의 두 시를 읽어보면 이런 내 생각이 크게 틀리지 않음을 알 수 있다. 먼저 한 편을 읽어보자.

네가 오기로 한 그 자리에
내가 미리 가 너를 기다리는 동안
다가오는 모든 발자국은

내 가슴에 쿵쿵거린다
바스락거리는 나뭇잎 하나도 다 내게 온다
기다려 본 적이 있는 사람은 안다
세상에서 기다리는 일처럼 가슴 애리는 일 있을까
네가 오기로 한 그 자리, 내가 미리 와 있는 이곳에서
문을 열고 들어오는 모든 사람이
너였다가
너였다가, 너일 것이었다가
다시 문이 닫힌다
사랑하는 이여
오지 않는 너를 기다리며
마침내 나는 너에게 간다
아주 먼 데서 나는 너에게 가고
아주 오랜 세월을 다하여 너는 지금 오고 있다
아주 먼 데서 지금도 천천히 오고 있는 너를
너를 기다리는 동안 나도 가고 있다
남들이 열고 들어오는 문을 통해
내 가슴에 쿵쿵거리는 모든 발자국 따라
너를 기다리는 동안 나는 너에게 가고 있다

– 황지우, 「너를 기다리는 동안」 전문

이 시는, 네가 오지 않을수록 나는 너에게 가고 있고, 너와의 만나지 못함이 헤어짐이 아니라 가까워짐이라는 역설을 말하고 있다. 그것을 통해서 이 시는 무엇을 말하고 있을까? 간단히 말하면 그것은 사회의식과 역사의식이라 할 수 있다. '아주 먼 데서 나는 너에게 가고/ 아주 오랜 세월을 다하여 너는 지금 오고 있다'라는 구절을 보면 그것을 알 수 있다.

이 시에서 너는 일단은 연애시의 형식을 갖추고 있기 때문에 사랑하는 연인일 것이다. 연인만이 아니라 친구일 수도 있고, 민중일 수도 있고, 민주나 자유일 수도 있다. 어떻든 여기서 너를 만난다는 것은 인간과 인간과의 어떤 완전한 소통을 의미한다. 인간과 인간이 소외를 극복하고 소통을 회복하는 사랑이나 그것을 통해 얻어지는 자유를 지금 시인은 갈구하고 있다고 봐야 한다.

그런데 너는 지금 없지만, 즉 인간 간의 완전한 소통은 아직 이루어지지 않고 단절만이 심화되어 있지만, 그것이 언젠가는 이루어질 수 있다고 시인은 믿는다. 왜냐하면 그 문제를 개인의 문제로 생각하지 않고 역사와 사회적 차원의 문제로 넓혀 생각하면 결국 우리는 하나일 수 있다고 생각할 수 있기 때문이다. 인간과 인간이 지금 단절과 소외를 겪고 있지만, 역사적 안목에서 바라볼 때 그것은 일시적인 것이고, 또 사회 속에서 바라볼 때 우리는 어떤 식으로든지 연결되어 있기에, 그러한 사회적 활동을 통해 우리의 단절과 소외가 극복되리라는 믿음이 있다. 그러한 인식은 그러므로 내가 너에게 가는 행위이다. 단지 기다리는 것이 아니라 우리들 사이의 단절과 소외를 극복하고자 하고 그것의 의미를 생각할 때 우리들의 관계는 회복되리라는 기대와 희망을 시인은 가지고 있는 것이다.

이렇게 보았을 때 이 시에서 쓰여진 역설은 이러한 시인의 생각을 더 확고하게 그리고 강조하여 표현하는 도구로 사용되었다. 헤어짐과 오지 않음을 통해 만남의 필연성과 가야 할 사명의 의의를 강조하는 것이다. 젊음의 번민과 열정으로 괴로워하고 있지만, 시인은 끝내 믿음과 확신을 포기하지 않는다.

그러나 다음 시를 읽어보자.

초경을 막 시작한 딸아이. 이젠 내가 껴안아 줄 수도 없고
생이 끔찍해졌다
딸의 일기를 이젠 훔쳐볼 수도 없게 되었다
눈빛만 형형한 아프리카 기민들 사진:
"사랑의 빵을 나눕시다"라는 포스터 밑에 전가족의 성금란을
표시해놓은 아이의 방을 나와 나는
바깥을 거닌다, 바깥:
누군가 늘 나를 보고 있다는 생각 때문에
사람들을 피해 다니는 버릇이 언제부터 생겼는지 모르겠다
옷걸이에서 떨어지는 옷처럼
그 자리에서 그만 허물어져 버리고 싶은 생:
뚱뚱한 가죽부대에 담긴 내가, 어색해서, 견딜 수 없다
글쎄, 슬픔처럼 상스러운 것이 또 있을까

그러므로, 어느 날 나는 흐린 주점에 혼자 앉아 있을 것이다
완전히 늙어서 편안해진 가죽부대를 걸치고
등 뒤로 시끄러운 잡담을 담담하게 들어주면서
먼 눈으로 술잔의 수위만을 아깝게 바라볼 것이다

문제는 그런 아름다운 폐인을 내 자신이
견딜 수 있는가, 이리라

– 황지우, 「어느날 나는 흐린 酒店에 앉아 있을 거다」 전문

앞서 인용한 시는 시인이 30대에 썼으나 이 시는 40대 후반 50이 다 되어 쓴 시다. 이러한 연령을 반영하듯 앞의 시는 아직 생에 대한 열정과 희망이 살아있는 듯한 느낌인 데 반해 이 시는 인생에 대한 쓸쓸한 체념이 느껴진다. 그것은 일단 어조에서도 온다고 할 수 있다. 앞

의 시의 어조는 뭔가 갈구하면서 또한 다짐하는 듯한 희망적이면서 적극적인 확신에 찬 어조이다. 그러나 이 시의 어조는 다분히 주저하면서 머뭇거리고 체념하는 듯한 어조로 되어 있다. 시의 리듬에서도 생각해 볼 수 있다. 앞 시는 중간쯤의 비교적 짧은 시구들의 반복을 통하여 너에 대한 확신과 믿음과 그리고 너를 향한 나의 마음의 다짐을 강조한다. 그러나 이 시는 풀어진 산문체로 씀으로써 긴장감 자체가 사라지고 있다. 삶에 대한 기대나 바람이 없는 것과 마찬가지로.

두 시의 배경의 차이를 생각해 보는 것도 재미있다. 앞서 인용한 시의 배경은 다방인데 이 시의 배경은 술집이다. 다방이나 술집이나 누군가를 만나는 곳이다. 다방에 혼자 있거나 술집에 혼자 있거나 다 불쌍하고 외롭게 보인다. 누군가 만날 사람을 못 만났거나 어떻게 해서 혼자 되어버린 사람이다. 그러나 다방은 만남의 시작이다. 그러나 술집은 만남의 끝에 존재하는 곳이다. 따라서 다방에서 홀로 된다는 것, 외로움을 느낀다는 것은 아직 희망이 남아있다. 아직은 그 사람을 만날 수 있다는 기대가 살아있기 때문이다. 그러나 술집에서 혼자 있다는 것은 누군가 만나리라는 기대도 희망도 남아있을 수 없다. 우리가 다방에서 혼자 앉아 있는 사람을 보았을 때 외로워 보이기는 하지만 그렇게 불쌍하게 보이지는 않는다. 혼자 쉬고 있다거나, 무슨 일로 상대에게 바람을 맞았지만 어느 땐가 다시 만날 수 있겠지 하고 생각한다. 그러나 술집에서 혼자 술을 마시고 있는 사람을 본다면 너무 처연하게 보일 것이다. 인생의 막다른 곳에서 혼자 버려진 너무나 쓸쓸한 한 인간을 보는 듯이 느껴질 것이다.

이렇게 놓고 보면 이 시는 인생에 대한 열패감과 절망감을 표현한 자기 연민의 시로 읽힌다. 그러나 이는 이 시의 아이러니를 이해하지 못한 해석의 결과이다. 이 시의 주제는 '아름다운 폐인'이라는 구절에서 집약적으로 드러난다. 과거 70년대나 80년대를 뜨겁게 살아왔던 것처럼 어떤 가치라든가 신념이라든가 희망이라든가 열정이라든가에 이끌려 사는 것이 아니라 아무런 가치지향이 없는 삶으로 생각되기 때문에 폐인이다. 그러나 신념이나 가치나 전망이 주는 모든 구속으로부터 초연할 수 있기 때문에 반대로 아름다울 수가 있다. '젊은 시절 내가 자청한 고난도/ 그 누구를 위한 헌신도 아녔다/ 나를 위한 헌신, 한낱 도덕이 시킨 경쟁심'(황지우, 「뼈아픈 후회」)이라고 말한 구절처럼, 신념에 이끌린 과거의 삶이 사실은 억압과 자기 기만에 다름이 아니었음을 지적한 것이다. '슬픔처럼 상스럽다'라는 표현도 이와 다르지 않다. 세상일에 슬퍼하고 분노하고 그런 것이 사실은 상스러운 감상과 무어 다르겠는가 하는 인식이다. 그런 것을 벗어버린 초연함 그것을 아름다움으로 말했을 것이다. 그렇다고 지금 자신의 모습을 절대화하고 미화하는 것은 결코 아니다. 과거의 삶이 억압이고 자기기만이지만 또한 지금의 자기 모습도 '뚱뚱한 가죽부대'처럼 퍼지고 주저앉혀진 존재일 뿐이다. 그렇기 때문에 어쩔 수 없는 폐인이다.

위 시에서 시인은 아이러니컬한 대립 속에서 긴장과 방황을 경험한다. 이렇게 볼 때, 이 시는 목소리 높은 신념에 이끌린 바깥의 삶이나 지금 주저앉혀진 자신의 삶, 그 어디에도 진실이나 정당한 길은 놓여있지 않다는 것을 말하고 있다. 그사이의 끝없는 긴장과 그 사이에서의 방황, 즉 앞서 내가 말한 그 흔들림 속에 사실은 우리의 삶이 놓여있고 거기에서 진실과 길을 찾을 수 있다는 것을 우리에게 말하고 있다.

8. 낯선 것에 대하여

우리는 대개 낯선 것을 두려워한다. 그것에 대해 알지 못하기 때문이다. 집 안에 있는데 문득 낯선 사람이 들어온다거나 길에서 우리하고 전혀 다르게 생긴 외국인이 말을 걸어올 때 두려움을 느낄 것이다. 그들이 무엇을 원하고 우리가 그들을 어떻게 대해야 할지 몰라 그런 것이다.

그래서 대개는 익숙한 것을 좋아한다. 오래된 친구를 만나 노닥거리는 것이 즐겁고, 어렸을 때부터 즐겨 먹어왔던 음식을 먹어야 속이 편하고, 익숙한 내용의 드라마를 보고 어디서 들어봤음직 한 귀에 익은 음악을 들어야 마음이 안정되고 공감이 간다.

하지만 익숙한 것은 상투적이기도 하다. 이 익숙함 속에서만 살아갈 때 우리는 그 익숙함이 주는 편안함과 안정감을 얻는 대신 좁은 편견과 고정된 감각 그리고 삶에 대한 안이한 자기만족 속에 갇히게 마련이다.

그런데 우리의 일상의 삶은 이런 익숙함과 상투성의 연속이다. 매일 매일의 삶을 꾸린다는 것이 그것으로부터의 일탈을 허용하지 않기 때문이다. 사회에 나가서는 직장인으로 집안에서는 가족의 일원으로 정해진 무엇인가를 하면서 살아야 한다. 거기서 벗어나는 것은 곧 실패와 파탄을 의미한다. 그렇지 않기 위해 사회가 요구하는 가치와 규범과 생활양식을 따라 살며 익숙한 자신의 공간을 만들어 가야 한다. 그것이 부모로서 또는 사회인으로서의 올바른 역할이다.

그런데도 우리는 일탈을 꿈꾼다. 이 익숙한 공간으로는 채울 수 없는 어떤 욕망의 흐름이 항상 존재하기 때문이다. 그래서 일상을 벗어나 휴가를 떠나고 여행을 가기도 한다. 그러나 사실은 이 여행이나 휴가마저도 세상이 정해주는 방식으로 할 수밖에 없는 것이 또한 우리의 현실이다. 많은 사람들이 가는 익숙한 장소에 모여 놀다가 누군가 좋다는 음식점을 찾아가 식사를 한다.

이렇듯 익숙한 상투적인 세상에 저항하여 낯설음을 받아들인다는 것은 너무나 큰 모험이고 위험이다. 하지만 그렇지 않고서는 세상의 진실을 바라볼 수 없다. 상투성은 우리에게 편안함을 주는 대신 세상을 보는 협소한 시각을 강요해 자기도 모르게 세상의 진실을 은폐하고 왜곡하기 때문이다.

'낯설게 하기'라는 러시아 형식주의자들의 문학 개념을 빌리지 않더라도 문학이란 어쩌면 이러한 상투성에 저항하여 우리의 삶과 세상에 대한 진실을 바라보는 일일 것이다.

한 시인이 결혼식장에 나타난 신부(新婦)를 보고 "그대는 천사 나라의 비밀경찰"이라고 표현한 적이 있다. 우리는 결혼이라고 하면 으레 행복하고 단란한 가정을 떠올리고 결혼식장의 신부를 생각하면 아름다움, 순결 같은 의미를 상투적으로 생각한다. 그래 누가 결혼한다고 하면 다들 '좋겠다' '깨 쏟아 지겠다' 등의 말로 답하는 것이 일반적이다. 그리고 결혼을 하면 으레 모두 행복해져야 한다고 생각한다. 하지만 어쩌면 이는 실제 현실과는 너무도 거리가 멀다. 그리고 또 어쩌면 이러한 상투적인 생각이 불행이 근본적인 원인일지 모른다. 행복해야 하는데 생각처럼 행복하지 않기 때문에 가정불화가 생기고 상대방의 사랑을 의심하고 결국 가정을 파탄 내고 하는 것일 게다.

그런데 위의 시인은 '그대는 천사 나라의 비밀경찰'이라고 결혼식장 신부의 모습을 전혀 다른 낯선 것으로 만듦으로써 결혼의 실제 의미를 다시 생각하게 한다. 그것은 천사 나라와 같은 행복과 아름다움을 가장한 억압과 구속의 세계라는 것이다. 이런 것을 통해 우리는 결혼의 억압성, 사랑보다는 서로 간의 구속과 소유에 집착하는 현실에서의 결혼의 실제 의미를 생각한다. 이렇게 시인은 상투적인 결혼에 대한 생각을 벗어나 그것을 낯설게 다시 봄으로써 결혼이 사랑의 감옥임이라는 현실을 고통스럽지만 깨닫지 않을 수 없었던 것이다.

이렇듯 시는 일상에 의해 감춰진 은폐된 진실을 드러낸다. 따라서 그것은 섬세하고 나약하고 무력한 것이기는 하지만, 상투적인 안온하고 익숙한 세상을 벗어나서 삶의 진실에 육박에 들어가려는 강인한 정신의 결과이다.

최승자 시인이 쓴 다음의 시를 보자.

> 오늘 나는 기쁘다. 어머니는 건강하심이 증명되었고 밀린 번역료를 받았고 낮의 어느 모임에서 수수한 남자를 소개받았으므로.
>
> 오늘도 여의도 강변에선 날개들이 풍선 돋친 듯 팔렸고 도곡동 개나리 아파트의 밤하늘에선 달님이 별님들을 둘러앉히고 맥주 한 잔씩 돌리며 붕붕 크랙카를 깨물고 잠든 기린이의 망막에선 노란 튤립꽃들이 까르르거리고 기린이 엄마의 꿈속에선 포니 자가용이 휘발유도 없이 잘 나가고 피곤한 기린아 아빠의 겨드랑이에선 지금 남몰래 일 센티미터의 날개가 돋고…………
>
> 수영이 삼촌 별아저씨 오늘도 캄사캄사합니다. 아저씨들이 우리 조카들을 많이많이 사랑해 주신 덕분에 오늘도 우리는 코리아의 유구한 푸른 하

늘 아래 꿈 잘 꾸고 한판 잘 놀아났습니다.

아싸라비아

도로아미타불

– 최승자, 「즐거운 일기」 전문

우리는 시 그러면 뭔가 예쁘고 고운 그리고 따뜻한 말을 기대한다. 보통 사람들이 많이 읽고 또 좋아하는 대중적인 시들이 바로 그런 시들이다. 그런데 이 두 시는 이러한 기대를 완전히 저버린다. 이 시는 세상에 대해 야유와 조롱을 하고 있다.

시는 삶의 경쾌한 행복을 말하고 있는 듯하다. 첫 연은 시인 개인이 발견한 자기 삶의 즐거움들의 표현이다. 다음 연은 보통 사람들이 일상의 삶 속에서 느끼고 사는 행복감이다. 그런데 마지막 연에 오면 이것이 심상치 않다. '아싸라비아/ 도로아미타불' 아싸라비아는 즐거움을 가장 천박한 방식으로 드러내는 감탄사이다. 도로아미타불은 헛됨을 말하는 것이다. 시인은 우리가 느끼는 행복감이 근거 없는 천박함과 헛된 것임을 말하고 있다. 왜냐하면 삶의 더 깊은 곳에는 행복할 수 없는 것들이 자리 잡고 있기 때문이다.

첫 연에서 시인이 즐거운 이유들을 보자. 어머니의 건강을 확인하고 약간의 돈과 남자가 생겨 즐겁다고 말하고 있지만, 사실은 그런 것들이 자신의 삶을 끊임없이 괴롭히고 있는 고통들이라는 것을 역설적으로 강조하고 있다. 어머니의 골골한 육신이 항상 시인을 괴롭혔을 것이며, 몇 푼 안 되는 번역료 받기만을 기다려온 것으로 봐서 얼마나 심한 궁핍으로 시달려 왔는지 알 수 있다. 더욱이 시인은 나이 들어서까지 변변한 남자 역시 만나지 못했다는 것까지도 말해주고 있다.

둘째 연도 마찬가지이다. 모두가 꿈꾸는 일상의 행복들은 사실 허망한 것일 뿐이다. '날개들이 풍선 돋친 듯 팔렸고'라는 표현의 낯설음이 이를 아주 잘 말해주고 있다. 이것을 통해서 날개라는 우리의 꿈이 풍선처럼 헛된 부풀림이며 쉽게 사라지는 신기루 같은 것임을 말함으로써 우리의 행복이 얼마나 덧없는 것인가를 잘 표현하고 있다. 애들의 손을 잡고 과자를 먹으며 포니 자가용을 타고 가는 즐거움이 사실은 허상이고 허망한 꿈에 불과하다는 가혹한 인식을 피하지 않고 있다.

'캄사캄사'나 '코리아'라는 말의 사용도 재미있다. 일부러 영어를 쓰고 영어식으로 우리말 발음을 하면서 우리의 현실이나 우리의 느낌마저 이제는 진정한 우리 것이 아니라 남의 시각에서, 다시 말하면 미국 자본주의의 헛된 욕망의 관점에서 바라보고 있다는 것을 말하고 있다.

이렇듯 이 시는 일상성과 상투적 인식 속에서는 전혀 알 수 없는 세상에 대한 새로운 파악을 보여주고 있다. 그리고 그것은 고통스러운 것이다. 왜냐하면 일상의 상투적인 세상은 익숙한 행복들로 우리를 위안하고 있기 때문이다. 그것을 넘어서서 자신과 자신을 둘러싼 삶의 진실을 받아들인다는 것은 얼마나 힘든 시련의 길일까? 시는 이런 강인한 정신의 소산이다.

9. 상상력에 대하여

다음과 같은 수수께끼가 있다.

한 아이가 길을 가다 지나가던 차에 치여 많이 다쳤다. 아이와 함께 가던 그 아이의 아버지가 급히 병원에 아이를 데리고 갔다. 그랬더니 병원에 있던 외과 의사가 급히 뛰어나오면서 "아이구 내 아들아! 얼마나 아프니." 하면서 눈물을 글썽이며 아이를 부둥켜 안고 황급히 응급실로 들어갔다. 이것이 어찌 된 영문인가?

이 상황을 설명해 보라는 것이 수수께끼의 물음이다.

대부분 아이의 아버지가 둘이라든가, 외과 의사랑 애어머니가 불륜의 관계라든지 하는 생각을 할 것이다. 그러나 대답은 의외로 간단하다. 외과 의사는 아이의 어머니였던 것이다. 그런데 대부분 우리는 이러한 간단한 사실을 깨닫지 못한다. 왜냐하면 상투적인 생각에 빠져 있기 때문이다. 의사면 으레 남자이고 더욱이 외과 의사라면 당연히 남자들의 직업이라고 생각한다. 이렇듯 우리는 편견이나 상식적인 판단, 관습, 사고의 상투성 때문에 사실을 제대로 파악하지 못하는 경우가 많다. 아니 우리의 삶의 대부분은 다 이런 상투성으로 이루어졌다고 해도 과언은 아닐 것이다.

이러한 상투성을 벗어나 세상을 새롭게 바라볼 수 있게 해주는 것,

그것은 상상력이다. 위의 수수께끼에서 외과의사가 여자일 수 있다는 생각, 어렵지는 않지만 상투적인 사고 때문에 미쳐 할 수 없는 생각이기도 하다. 이런 생각을 할 수 있는 힘이 바로 상상력이다. 상투적이고 관습적인 판단에 갇혀 있는 우리의 인식을 새롭게 하여 세상을 새롭게 바라보게 함으로써 미처 보지 못했던 세상의 진실을 바라보게 하는 것 그것이 바로 상상력이다.

그렇다면 상상은 어떻게 가능한가? 또한 상상력은 어떻게 길러지는 것일까? 아주 간단히 말하면 그것은 사물과의 관계를 새롭게 보는 데서 생겨난다. 일상적인 사고에서는 전혀 관계가 없어 보이는 사물들을 연결하여 새로운 관련이나 의미를 찾아낼 때 상상력이 발동하게 되는 것이다.

그리고 그것은 예술이 하는 일이기도 하다. 그런데 최근에는 예술보다 더욱 상상력을 필요로 하는 분야가 있다. 그것은 광고이다. 광고는 예술만큼이나 아니면 예술보다 더 상상력을 필요로 한다. 상투적인 것을 말해서는 아무런 효과가 없기 때문이다. 예를 들어, 휴대전화기 광고를 생각해 보자. 상투적으로 생각할 때, 휴대전화기라 하면 바쁜 현대인의 삶이나 휴대전화기를 통한 업무의 효율성 등을 생각할 것이다. 그렇게 생각하면 당연히 휴대전화기의 광고모델은 자동차 영업사원이라든가, 현대적인 전문직 종사자 등이 등장하게 된다. 그러나 이것은 너무나 상투적이다. 그런 감각으로 광고를 만들어서는 아무런 효과도 기대할 수 없게 된다. 그런데 어떤 광고에서는 휴대전화 광고에 스님을 등장시킨다. 상식적인 생각으로는 전혀 어울릴 것 같지 않다. 그러나 이 어울릴 것 같지 않은 두 가지를 관련지어 휴대전화의 통화는 언제 어디서나 때와 장소를 가리지 않는다는 의미를 만들어낸다. 이것이 상상력이다. IBM이라는 다국적 컴퓨터 제조업체의 광고 역시 마찬가지이다. 컴퓨터 광고에 라마승이나 수녀가 등장하는데 이들은 컴퓨터하고는 전혀 관계없어 보이는 인물들이다. 그런데 이 광고는 이런 관계없을 것 같은 인물들을 통해 IBM 컴퓨터의 무국적성, 세계성을 강조한다. 이렇듯 상상력이란 새로운 관계를 만들어 상투적인 인식을 전복하고 그것을 통해 새로운 생각, 새로운 감각을 만들어 낸다 할 수 있다.

다음과 같은 아주 재미있는 시가 있다.

> 눈앞의 저 빛!
> 찬란한 저 빛!
> 그러나
> 저건 죽음이다.
>
> 의심하라
> 모오든 광명을!

– 유하, 「오징어」 전문

오징어잡이 배를 보고 쓴 시이다. 〈오징어〉라는 제목을 보지 않았거나 오징어를 어떻게 잡는지 모르는 사람은 이 시를 쉽게 이해하지 못할 것 같다. 집어등을 켜서 그 불빛으로 오징어를 유인해 잡는 것을 알고 이 시를 읽으면 그 참신한 발상이 상당히 재미있다. 이 시는 먼저 광명과 죽음을 연관시키고 있다. 일반적으로 광명은 희망과 삶을 말하는데 이 시는 그 반대이다. 광명은 죽음이고 절망이다. 이 시는 그러한 새로운 관계 맺음을 통해서 광명을 추구하는 것, 즉 현실적인 희망이나 세속적인 삶의 가치를 추구하는 것은 곧 사실은 죽음을 추구하는 것이라는 점을 말하고 있다. 자본주의적 가치관, 이를테면 소비와 향락, 경제적 부와 같은 빛과 광명이라고 생각되는 것을 추구하다가는 결국 환경파괴나 물질만능주의 등 죽음과 절망의 세계로 나아가리라는 인식을 보여준다. 이렇게 광명에서 죽음을 떠올리는 것은 시인의 독특한 상상력이 있기에 가능하다.

또한 이 시는 오징어와 사람을 연관시킨다. 불빛을 좇아 수면으로 올라오다 바늘에 걸려 잡혀 죽어 결국 납작한 오징어포가 되는 오징어의 운명과 인간의 삶을 연결하고 있다. 그것을 통해 빛을 좇아, 즉 더 나은 삶을 좇고 더 편리한 문명의 발전을 이루며 살다 결국 파멸의 길로 들어서고 있는 현대인의 인간적 조건을 말해주고 있다. 여기서도 오징어와 인간을 결합한다는 것은 오직 상상력을 통해서이다. 그리고 그러한 상상력을 통해 인간의 존재에 대한 새로운 인식에 도달하고 있는 것이다.

그런데 이러한 상상력 때문에 시인은 괴롭기도 하다. 세상의 일반적이고 상투적인 삶의 방식대로 살 수 없기에 그렇다.

> 시 안 써도 좋으니까
> 언니가 행복했으면 좋겠어
>
> 조카의 첫돌을 알리는
> 동생의 전화다
>
> 내 우울이, 이 칩거가, 내 불면이
> 어찌 시 때문이겠는가
>
> 자꾸만 뾰쪽뾰쪽해지는 나를 어쩔 수 없고

일어서자 일어서자 하면서도 자꾸만 주저앉는 나를 어쩔 수 없는데

미혼,
실업,
버스 운전사에게 내어버린 신경질,
세 번이나 연기한 약속,
냉장고 속 썩어가는 김치,
오후 다섯 시의 두통,
햇빛이 드는 방에서 살고 싶다고 쓰여진 일기장,
이 모든 것이 어찌 시 때문만이겠는가
아무도 알아주지 않는 시
한번도 당당히 시인이라고 말해보지 못한 시
그 시, 때문이겠는가

– 한명희, 「두 번 쓸쓸한 전화」 전문

시인은 모든 것이 시 때문이 아니라고 말하지만, 사실은 자신이 시를 쓸 수밖에 없는 어떤 힘이 자신의 삶을 궁핍과 혼란과 고통 속으로 내몰고 있다. 그것은 삶의 안주와 상투성에 매몰될 수 없는 뾰쪽뾰쪽한 상상력 때문이다. 시인은 그것으로 일상의 지배에서 벗어난다. 생활에의 굴종을 거부하고 자유로운 상상력이라는 정신적 힘을 택할 때 시라는 가혹한 운명의 길이 시작되는 것이다.

10. 벗어남에 대하여

어릴 때부터 나의 꿈은 자유였다. 항상 어딘가로부터 벗어나고 싶었다. 갇히거나 틀지워지는 것을 나는 참을 수 없었다. 그래서 결국 문학을 하게 되었다. 글쓰는 것을 통해 세상의 답답함으로부터 벗어날 막연한 세계를 꿈꾸며 살아왔다. 하지만 글을 통해 자유와 해방을 맛보기는 정말이지 어려운 일이기도 하다.

어느 날인가는 평론을 하는 친형이 전화를 걸어왔다. 너는 왜 그렇게 글을 점잖게 쓰느냐는 핀잔의 전화였다. 점잖아서 차분하고 안정된 맛은 있다는 이야기도 덧붙였지만 결국 내가 쓰는 글이 뭔가 돌파해나가는 새로움이 없다는 뼈아픈 지적이었다. 결국 나는 글을 통해서도 해방과 자유를 이루지 못하고 점잖게 뻔한 말들만 나열하고 마는 겉늙음만 보여주고 있었던 것이다.

그러고 나서 읽은 다음의 시는 이런 못난 나를 더욱 심하게 힐난하고 만다.

지금 내게 바람은
바싹 마른 파동
파동치는 고통이다

세상은 바짝 마른 굉음으로 가득하다
유리창과 문짝과 지붕과 벽들이
공중에서 부딪친다
바람의 일격! 바람의 이격! 바람의 삼격!
부러진 굴뚝이 부서진 책상 위에 쓰러져 있다
나는 두 눈 벌겋게 뜬 채
쩍쩍 갈라져 해체된다
해체되어
바짝 마른 해일 속을 떠다닌다
우수도 갈망도 없이.

– 황인숙, 「황사바람」 전문

이 시는 세상의 고통에 두 눈 부릅뜨고 마주하려는 강인한 정신을 표현하고 있다. 세상의 고통 속에 스스로 해체되는 것을 '두 눈 벌겋게 뜬 채' 바라보는 자세는 허무나 자기파괴의 태도와는 거리가 멀다. 세상 속에 스스로를 던져 무엇인가 다른 것이 되는 진정한 강자의 정신이다. 고통의 격랑이 몰아치는 세상에 안주의 집을 짓거나 도피의 굴을 파지 않고 허허벌판에서 바람에 마주하여 자신의 몸을 해체해 가며, 세상에 대한 미련 때문에 생기는 '우수나 갈망도 없이' 표랑할 수 있는 것은 우리를 지배하는 삶의 억압으로부터 벗어날 수 있는 자유로운 정신을 가지기 때문이다. 그것은 어쩌면 문학과 시의 정신이기도 하고 항상 안주와 편안을 찾아가는 나태한 우리의 정신을 일깨우는 불편한 도발이기도 하다.

그러나 이런 벗어남은 결코 만만한 것이 아니다. 값싼 오락물처럼 현실을 벗어난 환상 속의 자기 위안이나, 초월적인 가치관에 자신을 내맡기는 도피적인 자기 부정이 아닌 진정한 벗어남을 위해서는 스스로가 부서지고 망가지는 고통을 감내해야 한다. 자신을 해체해 끊임없이 낯선 것이 되도록 하는 철저한 자기 갱신을 감내하지 않으면 안 된다.

> 달이 터지면서 바닷물이 쏟아져 나왔다. 거미는 거대한 해일 앞에 있었다. 동전은 낯선 섬의 바닷가에 떠밀려 있었다. 그 섬의 해변은 자갈과 모래가 뒤섞여 있었다. 동전의 뒷면에는 어머니들의 젖은 뱃가죽이 널려져 있었다. 나방가루는 보이지 않았다. 거미는 뱃가죽들을 모아 한 번도 본 적이 없는 자신의 날개를 만들기 시작했다. 계속 몰아치는 파도에 날개는 마르지 않았다. 거미는 뱃가죽을 등에 업고 동전에 붙어 있었다. 젖은 날개가 동전 전체를 덮으며 녹아 흐르기 시작했다.
>
> 거미는 어머니들의 뱃속에 갇혀
> 나방의 애벌레가 되었다.
>
> — 정재학, 「거미와 동전」 부분

거미를 지금 여기 땅을 기며 살고 있는 우리라고 생각하고, 동전을 우리를 먹여 살리는 어머니들의 양식, 그러나 이 자본주의 사회에서는 우리의 욕망을 충족시키고 우리에게 무언가 되게 하는 화폐, 즉 자본이라고 생각하면 이 시의 의미가 납득이 된다. 우리는 살기 위해 무언가가 되기 위해 동전에 붙어산다. 그러나 그것으로는 아무것도 아니다. 날개를 갖지 못하는 것은 물론이고 '나방가루'조차 보지 못한다. 무엇인가 다른 것이 되어야 한다. '젖은 날개'와 같은 현실의 삶에 끌려 지상에 얽매여 있는 자기 자신과 자신을 누르고 있는 '동전'이라는 세상의 막강한 억압적 힘 모두를 녹여 다른 것으로 만드는 그런 과정을 거치지 않으면 안 된다. 그것은 이제야 애벌레가 되는 지난하고 또 어쩌면 지지부진한 자기 개변(改變)의 과정이다.

이렇듯 벗어나고 낯선 것이 된다는 것은 정말 쉬운 일이 아니다. 그래서 때로는 허황된 욕망에 자신을 내맡기기도 하고 현실을 벗어난 초월적인 세계를 찾기도 한다. 그러나 이는 진정한 의미에서의 '벗어남'과 '다른 것 되기'가 아니다. 세상의 힘에 스스로를 내맡겨 자신을 포기하는 자기파괴이거나 또 다른 세계에서의 안주이기 때문이다.

그렇지 않기 위해서는 벗어나야 할 세상과 벗어나는 자신 사이에 팽팽한 긴장이 있어야 한다. 세상과 또 다른 세계를 상정하고 어느 한 편에 서는 것은 사실 너무 쉬운 일이다. 세상의 힘에 떠밀려 그 안에 안주할 집을 마련하는 것이나 아니면 현실을 부정하고 초월적인 세계나 절대적인 가치관을 만들어 그 안에 정신의 거주를 구하는 것은 분명 시하고는 너무도 거리가 멀다. 그것들의 확신의 세계이다. 어떤 단일한 가치관이나 사고로 세상을 설명하고 그것으로 사람들을 반듯하게 정렬하는 억압의 세계이기도 하다. 시가 필요한 것은 이러한 단순한 세계로 환원할 수 없고 단일한 가치와 확신한 판단으로 확정할 수 없는 불완전한 세계이다. 시는 이러한 세계를 맞아들이는 것이다. 벗어난다는 것은 이러한 세계로 뛰어든다는 것을 의미한다.

벗어나면서 산다는 것은 어찌 보면 항상 경계에 서는 것을 의미한다. 왜냐하면 벗어났다고 생각하는 순간 우리는 또 다른 세계에 갇히기에 십상이기 때문이다. 항상 벗어나기 위해서는 어디에도 소속되지 않은 불안한 경계에서 줄타기를 해야 한다.

경계에서 사는 방식은 피곤하지만 그러나 정직한 길이기도 하다. 그것은 단일한 믿음이나 하나의 가치관으로 자기 자신이나 자기 밖의 세계를 환원하지 않고, 그렇다고 모든 것을 포기하고 폐기하여 허무주의에 자신을 내맡기지도 않은 채, 모든 사고와 가치들이 가진 허위와 억압성을 끊임없이 들춰내고 부정하여 그것들 사이에 혹 존재하는 진실을 끝까지 찾아 나가는 방식이다.

김승희의 다음 시는 바로 이러한 경계의 삶에 대한 인식을 보여준다.

풍문으로만 알고 있던 심장의 존재를 오늘 나는 느껴보았다 심장이 공격해오기 전까지 나는 그것의 존재를 모르고 있었다 모르고 있었다 강한 바람이 부는 걸까 단단하게 묶인 것으로 보였던 붉은 다알리아 꽃받침이 뿌리치듯 위태로이 흔들리면서 급한 숨을 몰아쉬며 자, 나와 함께 이제 썰물을 탈 시간이라고 말하려는 듯 벌거벗은 두 팔을 내밀며 내밀며 달려들 때 …… 하얀 계엄령 도미노처럼 고요히 무너지는 저 심 · 장 · 마 · 비……

……전차를 타고 가다 유리 지바고는 유리창 밖에서 걸어가는 라라를 보았다 헤어진 지 십 년 만에 우연히 보게 된 라라는 긴 머리를 날리며 햇빛 속을 무심히 걸어가고 있었다 전차는 달리고 지바고는 달리는 전차 유리창을 손으로 마구 두드렸다 라라는 길을 걷고 있었다 햇빛 속에 가방을 메고 천천히 걸어가고 있었다 전차가 멈추자 그는 전차에서 내려 라라를 향해 달려갔다 달리는 그의 눈동자 바로 앞에, 저기 앞에 라라의 어깨가, 라라의 등이 라라의 긴 머리가 바로 저기, 저기에 있었다 소리는 나오지 않았다 라라는 햇빛 속을 무심히 걸어가고 있었고 그는 가슴을 감싸 안고 길바닥에 쓰러졌다……

조용한 살육이, 만나지 못한 육신 위에 닿을 수 없는 라라가, 영원의 계엄령이, 아아 마지막 침묵의 고요한 계엄령이, 언제나 라라는 그렇게 가고 있을 것이고 언제나 지바고는 그렇게 몇 발자욱 그녀의 뒤에서 쓰러지고 있을 것이다, 언제나 그렇게 우리에게 닿을 수 없는 몇 발자욱은 남아있을 것이다, 그렇게, 닿을 수 없는 몇 발자욱은, 가고 싶은 몇 발자욱은, 닿고 싶은 몇 발자욱은 ……도미노처럼 고요히 심장마비가 오고 그렇게 쓰러질 것이다, 아무 데서나, 아무 데서나, 그리고 쓰러진 빨래 같은 누구나의 육신 위로 바람은 불고 하늘엔 허공이 떠 있을 것이다. 바람은 불고……

– 김승희 「저 몇 발자국」 전문

지바고가 라라에 가닿지 못하고 쓰러지듯 우리의 삶은 몇 발자욱 차이로 도달하지 못하고 쓰러지는 절망의 연속이라는 인식이다. 도달해야 할 목적이나 하나로 환원할 수 있는 유일한 가치는 끝내 잡히지 않고 그 앞에서 무너짐을 강요하고 있다. 세상은 이제 안온하고 온전한 세계로 파악되거나 아니면 속악하고 부정적인 것이지만, 도달해야 할 목적과 지향해야 할 가치를 통해 극복되어야 어떤 것으로 설정되지 못한다. 몇 발자욱 부족한 간극과 경계에서 바라본 불안한 모습일 뿐이다.

이 불안함이 현대시의 근원이 아닐까 한다. 이제 현대시는 '노래'가 아니라 이 경계에서 만들어 낸 불안하면서 불안정한 '새로운 언어'이다. 그것은 세상의 모든 것을 지고한 가치와 단일한 목적으로 환원하지 않으며 고정불변의 보편의 상을 제시해주는 것이 아니라 끊임없이 기존의 사고와 의미를 넘어 존재하는 모든 것의 경계를 허물고 고정된 인식의 폐쇄성을 뒤흔다.

어찌 보면 경계에 서서 끊임없이 벗어나 다른 것이 되고자 하는 이 항상적인 피곤한 여정이 현대시의 가야 할 행로일 것이다. 세상의 가치에 자신을 함몰시키지 않고 그렇다고 또 다른 세계에 정신의 안주를 구하지 않고, 윤리라든가 제도라든가 현실적인 삶의 방식을 비켜서 다른 어떤 것이 되도록 끊임없이 자신을 변화시켜 나가야 하는 이러한 시의 정신은, 돈이라는 단 하나의 가치로 모든 것을 환원하고 무화시키는 그래서 온갖 화려한 욕망의 불꽃들이 타오르지만, 결국은 아무것도 남아나지 않는 이 허무의 세계를 버티는 최후의 무기가 아닐까 생각해 본다.